AtV

Claudio Paglieri, geboren 1965 in Genua, arbeitet bei einer Genoveser Zeitung. Vor *Sommer Ende Zwanzig* schrieb er u. a. die Biographien der beiden italienischen Comic-Helden Tex und Dylan Dog, für deren erste er mit der goldenen Palme des Salone dell'Umorismo di Bordighera ausgezeichnet wurde. Außerdem verfaßte er einen Xenophoben-Führer über Ligurien und diverse Bände der Reihe »Lavori socialmente inutili« – sozial nutzlose Berufe.

Die Arbeit hinschmeißen, das Telefon nicht mehr abnehmen, die Freundin so lange ignorieren, bis sie einen filmreifen Trennungsmonolog hinlegt und für immer verschwindet – vor ungefähr zwei Jahren hat Stefano Amici einfach beschlossen, sich nicht länger dem eigenen Pflichtgefühl und den Erwartungen der anderen zu unterwerfen. Seltsam zufrieden in seiner neu errungenen Einsamkeit, läßt er sich seitdem langsam auf den Grund seiner selbst sinken und denkt dabei über all das nach, was ihm auf dem Weg zum Erwachsenwerden unmerklich verlorenging. Die Freundschaft mit Teo, Mario und Robi, zum Beispiel, und die Unbeschwertheit der legendären Inter-Rail-Tour, die die vier Freunde vor zehn Jahren kreuz und quer durch Europa führte. Er denkt an den Pakt, den sie damals geschlossen haben und den es Ende dieses Sommers, an seinem dreißigsten Geburtstag, einzulösen gilt.

Claudio Paglieri

Sommer Ende Zwanzig

Roman

Aus dem Italienischen von
Verena von Koskull

Aufbau Taschenbuch Verlag

Titel der Originalausgabe
L'estate sta finendo

ISBN 3-7466-1895-9

1. Auflage 2003

Umschlaggestaltung und Foto gold, Fesel /Dieterich
Druck Elsner Druck GmbH, Berlin
Printed in Germany

www.aufbau-taschenbuch.de

Meinen wahren Weggefährten.
Unsere Reise ist nie zu Ende gegangen.

September

Ich heiße Stefano Amici, und seit zwei Jahren habe ich mit niemandem gesprochen. Eigentlich merkwürdig, bei meinem Nachnamen. Ich bin weder verrückt noch depressiv, glaube ich. Ich habe einfach nur gemerkt, daß ich nichts mehr zu sagen habe. Und daß ich nichts mehr hören will.

Die Geräusche um mich herum haben schon vor langer Zeit angefangen, mir auf die Nerven zu gehen: Zuerst die Musik in der Diskothek, dann der Verkehrslärm, dann der Fernseher. Irgendwann waren mir sogar die Stimmen der anderen zu laut, schrill und nichtssagend. Und schließlich ist mir auch meine eigene Stimme unerträglich geworden, und überflüssig. Ein fremder Klang, der nichts über das verriet, was in mir vorging.

Glaubt bloß nicht, daß ich traurig und einsam bin. Ich bin fast dreißig Jahre alt, klar im Kopf und körperlich fit: Ich mache viele Liegestütze, und manchmal, wenn es regnet, gehe ich laufen. Eigentlich ist es mir nie so gut gegangen wie jetzt. Keiner erwartet mehr etwas von mir, keiner will mir einen Gefallen tun oder bittet mich um einen. Das ist eine ganz schöne Erleichterung für jemanden mit meinem Nachnamen.

Ich gehe fast nie vor die Tür. Meine Wohnung ist zwar in der Stadt, liegt aber ein wenig von der Welt abgeschnitten in einem Haus über dem Meer. Sie ist klein und wie für mich gemacht, und durch zwei Fenster, an denen die salzverkrusteten Läden allmählich auseinanderfallen, flutet das Licht herein. Die enge Gasse vorm Haus ist für den Autoverkehr gesperrt, und nur hin und wieder schlängelt sich ein Pärchen auf dem Moped zwischen den Schranken hindurch, um den Sonnenuntergang zu sehen oder einen Joint zu rauchen. Das Geräusch der Mopeds ist das einzige, das ich ganz gern höre, ein vertrautes und etwas wehmütiges Echo, das mich in die Vergangenheit zurückversetzt. Auch unsere Auspuffe verbreiteten vor zehn Jahren ihr freches Gegröle, als hätten wir sie mit Lachgas vollgepumpt. Auch wir, das heißt Robi, Mario, der kleine Teo und ich, hatten Mädchen für den Strand, und dazu Hasch und Träume und den Mumm, beides miteinander zu teilen.

Damals kam ich mir vor wie ein griechischer Sagenheld, einer von denen, deren Name schon alles sagt und die ihr Schicksal in die Wiege gelegt bekommen: Sie wissen, wann sie sterben werden, wie und warum. Aber sie leben trotzdem und versuchen, sich deshalb nicht verrückt zu machen und ihrer Bestimmung würdig zu begegnen. Ich bin mit diesem Nachnamen geboren worden und habe mein Schicksal mit achtzehn Jahren kennengelernt, als ich zufällig den Film *Der große Frust* sah. Das war meine, das war unsere Geschichte. Irgend jemand hatte sie geschrieben, und was wir auch taten, wir kamen nicht darum herum, sie zu leben.

Juli

Ich erinnere mich noch an die gräßlichen Juliwochen an der Riviera, an die endlos langweiligen Nachmittage, die wir in den Hollywoodschaukeln der Strandbar »Bagni Ondina« in Pietra Ligure abhingen. Robi, Mario, der kleine Teo und ich konnten dort Stunden damit zubringen, Pfefferminzwassereis zu lutschen, zu kickern und hirnrissige Stücke aus der Jukebox zu spielen. Ich war zwanzig und trauerte bereits dem Arkadien der Kindheit nach, als der Sand noch weich war und man Kugelbahnen bauen konnte, ich noch nicht die leiseste Ahnung hatte, was Mädchen sind, und mein Gesicht noch nicht nur aus Nase bestand.

Die frühen Nachmittagsstunden verbrachte ich auf der Hollywoodschaukel mit Mario, auch Zecke genannt, weil er sich derartig an die Frauen ranschmiß. Später, nach dem Mittagsschläfchen, stießen für gewöhnlich Matteo und Robi dazu. Während ich stundenlang in irgendwelchen Klassikern oder Geschichtsbüchern schmökerte, blätterte Mario in der Zeitung oder saß mit dem Gesicht zur Bar und scannte durch seine Sonnenbrille die Vorder- und Rückseiten der vorbeigehenden Mädchen. Hin und wieder beobachtete ich ihn dabei, wie er die Brille abnahm und sich in der Innenseite der Gläser betrachtete, um zu überprüfen, ob die Nase noch gerade und die absichtlich wie zufällig hingestrubbelten schwarzen Locken noch an ihrem Platz waren. Dann bleckte er seine geraden weißen Zähne und kontrollierte, ob dazwischen nicht doch noch ein Croissantkrümel hing. Was schlicht unmöglich war, da er nie ohne ein Reisezahnputzset aus dem Haus ging und sich, sobald er nur in die Nähe eines Croissants kam, sofort eine halbe Stunde lang das Gebiß schrubbte.

Wir hatten beschlossen, daß dieses Jahr das Jahr des Inter Rail sein würde, der abgefahrenen Europatour per Zug, mit Rucksack und Schlafsack. Dieses Jahr würden wir uns vom trüben Dasein an der Riviera verabschieden und in den Dschungel der Abenteuer stürzen.

Robi hatte den Trip bereits im Sommer zuvor mit zwei Freunden aus Mailand gemacht. Er hatte uns vorgeschlagen, mitzukommen, aber ich war bis zum letzten Moment unschlüssig geblieben, hatte mich dann wie immer nicht entschieden und das Ultimatum einfach verstreichen lassen. Ohne mich hatte Mario nicht mitfahren wollen, und so waren wir den ganzen August über in Pietra Ligure, Savona, geblieben. Wir vermieden es, über Robi zu sprechen, und wenn uns am Bahnhof irgendein Typ mit riesigem Rucksack und fertigem Gesicht über den Weg lief, bestärkten wir uns gegenseitig darin, die richtige Entscheidung getroffen zu haben. Der hat vielleicht schöne Ferien, sagte ich: Schleppt sich durch die sengende Sonne, hockt im Gang, weil im Abteil kein Platz mehr frei ist, und wäscht sich nur einmal die Woche ... Genau, und dann ißt er noch wer weiß was und wer weiß wo, stimmte Mario mir zu. Wollen wir etwa auch so enden?

Ende August war Robi dann zurückgekommen. Er schien um zehn Zentimeter gewachsen zu sein und war noch magerer als sonst, so daß man die Rippen zählen konnte und seine Wangenknochen hervorstanden. Aber seine Augen sprühten Funken, und dieses breite Grinsen wie aus einem japanischen Zeichentrickfilm ging einfach nicht mehr weg. Mario und ich wollten ihm die kalte Schulter zeigen, aber es war unmöglich, sich von seinen Geschichten über Frauen, Drogen, Bekanntschaften und gute Laune nicht einnehmen zu lassen. Der kleine Teo, der vollkommen fertig und für immer gezeichnet aus seinen Ferien zurückgekehrt war, die er mit den Eltern und der Großmutter in Deutschland hatte verbringen müssen, hörte ihm begeistert zu: »Das will ich auch machen! Laßt uns doch im nächsten Sommer zusammen fahren! Sofort großes Indianerehrenwort, daß wir nächsten Sommer fahren!«

An Ostern hatte Mario mich angerufen, um mir zu sagen, daß die Sache stünde. Er plante gerne lange im Voraus und hatte bereits Daten, Preise und Routen studiert. Er hatte mir gesagt, er führe lieber nur mit mir, weil er sich mit Teo und Robi nicht besonders gut verstehe, und so sicher sein könne, daß wir »richtig« Spaß haben würden. Die anderen wären zu kindisch und würden die ganze Zeit nur Junkfood in sich reinstopfen, lange schlafen, in die Disko gehen, breit sein und ihr Geld für Peepshows raushauen. Er sei bestimmt kein Moralprediger und auch kein Weichei, aber er wolle auch (und er betonte »auch«) gesund leben, Kirchen und Sehenswürdigkeiten besichtigen, eben (auch) was Kulturelles machen. Ich wußte, daß das erstunken und erlogen war: Das einzige, was ihn interessierte, waren Frauen und ein unkomplizierter Reisebegleiter, denn für ihn waren Eroberungen lediglich eine Sache von Können und Fleiß. Es war ein Vollzeitjob, der keinerlei Ablenkung zuließ.

Ich hatte ihm zugesagt, denn der Sommer erschien mir noch endlos weit weg. Und bei meinem Leben, das zwischen der Ödnis der Uni, dem Pech bei den Frauen und meinen nervigen Eltern dahinging, war ich mir sicher, daß ich bis dahin sowieso schon gestorben wäre.

Im Juli hatte ich mit Ach und Krach ein paar Literaturprüfungen geschafft und war bei der Aussöhnung mit Susanna um Haaresbreite durchgefallen. (»Du bist ein Jammerlappen. Der letzte Heuler. Du hast einfach keinen Spaß. Du bringst mich nicht zum Lachen. Mit dir zusammenzusein, war der größte Fehler meines Lebens.«)

So hatte ich mich in meiner trüben Schlammspur bis nach Pietra Ligure, Savona, geschleppt und mich, fest entschlossen, nicht mehr aufzustehen, auf die Hollywoodschaukel gehievt. Mario hingegen war völlig aufgekratzt aus Sondrio gekommen, redete jeden Tag von unserer Fahrt und bat mich, das Abreisedatum festzulegen, das ich immer wieder mit irgendeiner Ausrede verschob. Mir gefiel die Vorstellung, der täglichen Langeweile zu entfliehen, doch hatte ich nicht den Mut, mich dafür so weit vorzuwagen. Es war besser, dazubleiben, vor sich hin zu schaukeln und im altbekannten Saft zu dümpeln, statt seine Wünsche und Hoffnungen aufs Spiel zu setzen auf die Gefahr hin, alles zu verlieren und noch mehr zu leiden.

Nach ungefähr einer Woche waren auch Teo und Robi aus Mailand ans Meer gekommen, und um weitere Zeit zu gewinnen, hatte ich Mario davon überzeugt, sie in unser Vorhaben einzubeziehen. Verdammt noch mal, sagte ich mir in den seltenen Momenten des Mutes und der Entschlossenheit, wenn schon Inter Rail, dann wenigstens mit jemandem, der die richtige Einstellung hat, der mich mitreißen und ein bißchen aufmischen kann, jemand, mit dem ich Spaß habe.

Teo und Robi waren sofort mit Begeisterung dabei, und jetzt warteten alle nur auf mich, auf meine Entscheidung. Der Juli neigte sich dem Ende, und ich konnte nicht länger vor mich hin schaukeln und mich drücken.

In dem Jahr hatte es uns ein Lied der Gruppe *Righeira* angetan, in dem es hieß »der Sommer geht zu Ende, noch ein Jahr dahin ... jetzt werd ich erwachsen und will nicht, daß ich's bin ...« Mario spielte es immer wieder und hoffte, mich damit aufrütteln zu können. Er sagte, die Zeit rase davon und man müsse den Tag nutzen, und zwar so schnell wie möglich, bevor die Ferien zu Ende gingen. Ich hingegen fieberte der wehmütigen Spätsommerstimmung entgegen und konnte es kaum erwarten, daß der September käme, die Touristen abreisten, der Strand wieder leer und es für alles zu spät wäre.

Als ich am 29. Juli in die Bar kam, war die Hollywoodschaukel von Teo und Robi besetzt. Mario saß mit dem Rücken zum Tresen und verzichtete sogar auf den Anblick der Barfrau Maria, auch »Bloody Mary« genannt. Diesmal, dachte ich, komme ich nicht so leicht davon.

Der legendäre Robi grüßte nie, und auch jetzt beschränkte er sich darauf, grunzend das Kinn zu heben und seine Stupsnase krauszuziehen. Er war ganz in die *Gazzetta dello Sport* vertieft, und ich weiß noch, daß er von einem Artikel über die Kindheit der Baresi-Brüder fasziniert war, in dem auch die Onkel und Tanten, der Pfarrer und die Barbesitzer ihres Heimatkaffs zu Wort kamen. »Ey, hört mal, hier steht, daß Beppe früher viel stärker war als Franco und daß sie Franco bei Inter zuerst nicht genommen haben.«

Ich versuchte, meinen Platzvorteil zurückzugewinnen: »Das interessiert doch keinen Schwanz, Robi. Hör endlich auf, diesen hirnlosen Schwachsinn zu lesen. Wenn's wenigstens Spiele und Ergebnisse gäbe. Aber im Juli was über Fußball zu lesen ist echt total bescheuert.«

Glücklicherweise war er nie beleidigt. Er rollte höchstens mal mit den Augen und schnaufte, das aber absolut liebenswert. Es war seine Art zu sagen »komm schon, laß uns nicht wieder damit anfangen«.

Der kleine Teo, klein, weil er gerade erst achtzehn und somit zwei Jahre jünger war als wir, ließ sich die Gelegenheit nicht entgehen, seinen Senf dazuzugeben: »Du weißt doch, wie Robi ist, er ist *Simple Mind*. Aber wenigstens macht er sich nicht mit deinen Mörderbüchern verrückt. Was hast du letztens noch gelesen?«

»*Psyche*, von Edwin Rhode. Ein Meisterwerk über die Unsterblichkeit der Seele bei den alten Griechen. Was dagegen?«

Teo reckte seine lange Nase zuerst Richtung Robi, der sich wieder in das Leben der Baresi-Brüder vertieft hatte, dann Richtung Mario. Er suchte mal wieder Verbündete, um über mich herzufallen. Schließlich entschied er sich für den Alleingang: »Ziemlich viel sogar. Total viel. Wie kann man mit so einer Schwarte bloß an den Strand gehen? Das schließt sich gegenseitig aus. An den Strand nimmt man 'nen Comic oder eben die Gazzetta mit. Wenn du den Intellektuellen spielen willst, empfehle ich dir einen netten Roman von Wilbur Smith. Aber *Psyche* liest man nur, wenn einen jemand dazu verdonnert.«

Robi lächelte süffisant und Teo platzte fast vor Stolz. Seit einer Weile machte er ihm alles nach: Er zog sich an wie er und bewegte sich wie er (besser gesagt, er versuchte, sich anzuziehen und zu bewegen wie er), er bestellte sogar die gleichen Sandwiches und Pizzen. Grimmig dachte ich, daß er an seinem Gesicht jedenfalls nichts ändern konnte: Während Robi bartlos und glatt war, mit fein geschnittenen Zügen und dem Blick des schönen Rebellen, war Matteo kantig, mit einem Gesicht voller rechter Winkel, unsicheren Augen und vorspringendem Kinn.

Bis zum vorigen Jahr war ich Teos Vorbild gewesen. Zu allen Dingen, von denen ich Ahnung hatte, wie lesenswerte Bücher, und auch zu solchen, von denen ich keinen Schimmer hatte, wie Eroberungstaktiken, fragte er mich um Rat. Ich hatte ihm gegeben, was ich konnte, ich hatte ihn geliebt wie einen kleinen Bruder, und er war mehr gewesen als ein einfacher Freund. Und nun stand er zufrieden grinsend da und verspritzte sein Gift gegen mich, um bei Robi zu landen. Jetzt, wo ich ihn durchschaut hatte, hätte ich gern darüber gelacht. Aber es verletzte mich noch immer.

Mario wollte nicht, daß wir vom Thema abkämen. »Also, Freunde«, sagte er und starrte dabei nur mich an, »wir müssen entscheiden, wann wir fahren.«

Teo und Robi drehten sich um und sahen mich an, als wollten sie sagen, wir warten nur auf dich.

Ich versuchte aufzustehen: »Äh, will jemand vielleicht ein Eis?«

Mario drückte mich zurück in den Stuhl: »Du kannst dich nicht ewig rausreden.«

»Sagen wir Sonntag?« fragte mich Robi.

»Wie, Sonntag?« protestierte ich. »Sonntag ist in drei Tagen.«

Teo fuchtelte mit den Händen: »Herrgott, was ist denn schon dabei? Wir gehen zum Bahnhof, und ab.«

Einen Moment lang herrschte Schweigen, das meinetwegen für immer hätte andauern können. Ich hauchte ein »Ich weiß nicht, ob ich mitkomme«, das zwischen den Bistrotischen explodierte und die Bar in Trümmer legte. Mario brach in hysterisches Gekicher aus, er konnte es nicht fassen, ich konnte ihn doch nicht einfach so im Stich lassen.

Robi vollzog sein rituelles Augenrollen und Schnaufen: »Hey komm, sei kein Spielverderber, wir werden 'ne Menge Spaß haben. Was willst du denn hier alleine machen?«

Allein. Wie herrlich. Ja, dachte ich, laßt mich allein zurück. Ich werde wunderbare Abende damit verbringen, auf den Klippen entlangzuwandern und dabei die *Ilias* zu lesen oder elegische Distichen zu verfassen. Und an einem dieser Abende werde ich die Frau meines Lebens treffen, die ebenfalls auf den Klippen steht und die Keltische Harfe spielt.

Nachdem mich alle drei fünf Minuten lang bearbeitet hatten, igelte ich mich restlos ein und ließ meine Zweifel zur Gewißheit werden: Nein, ich komme nicht mit. Ich will mir keinen Kamelrucksack auf den Rücken schnallen und damit auf allen vieren durch Europa kriechen. Ich will keine Scheiße fressen, um Geld zu sparen, oder ungewaschen auf dem Boden schlafen. Ich komme nicht mit.

Robi und Mario ließen nicht locker, sie redeten auf

mich ein, schmeichelten, fluchten. Nichts. Als würden sie mit einem Dreijährigen reden. Ich schüttelte den Kopf und hoffte, daß der kleine Teo irgend etwas tun würde, der einzige, der mich hätte überzeugen können. Er hätte nur sagen müssen: »Bitte, wir brauchen dich. *Ich* brauche dich«, und ich wäre weichgeworden. Er hätte mir nur zu verstehen geben müssen, daß immer noch ich seine Bezugsperson, sein Vorbild war.

Statt dessen war Matteo stocksauer, sah woandershin und gab den anderen schließlich ein Zeichen aufzuhören: »Es reicht, laßt ihn in Ruhe. Ich hab's doch gewußt, daß du dir am Ende in die Hosen machen würdest. Es ist auch besser, wenn du nicht mitkommst. Bleib hier, lies deinen griechischen Dreck und quäl dich. Du wärst uns sowieso nur ein Klotz am Bein und würdest die ganze Reise verderben.«

Seine Gemeinheit ließ mich völlig sprachlos. Er hatte das nicht gesagt, um mich zu provozieren und aus der Reserve zu locken, sondern nur, um mich zu verletzen. Das hatte er geschafft. Der kleine Teo, mit dem ich so viele Winterabende bei Pizza und Bier zusammengesessen hatte, um über alles mögliche zu reden und mit bitterer Ironie Geheimnisse und Niederlagen auszutauschen. Wir konnten so gut miteinander Trübsal blasen, und dann? Was war dann passiert? Alles geht einmal zu Ende, das wußte ich. Aber vielleicht war Matteo schließlich einfach meinem Rat gefolgt, es nicht so zu machen wie ich, sondern Ängste und Skrupel zu vergessen, in den Tag hineinzuleben und sich zu amüsieren, so viel es ging.

Wie dem auch sei, während ich die Rolle des sterbenden Soldaten Joe spielte und sagte: »Kümmert euch nicht um mich, seht zu, daß ihr eure Haut rettet, ich werde versuchen, sie aufzuhalten«, nahm er mich nicht huckepack, um mich in Sicherheit zu bringen, sondern antwortete: »Danke, Spitzenidee. So übel zugerichtet, wie du bist, wärst du sowieso nur eine Last für uns.«

Ich hatte noch nicht einmal Zeit, etwas zu erwidern. Um das Thema ein für allemal zu begraben, hakte Teo die anderen beiden unter und machte sich auf den Weg zum Bahnhof, um die Fahrkarten zu kaufen. »Wir fahren am Sonntag«, rief er mir von weitem zu, »wenn du willst, kannst du deine Meinung bis dahin noch ändern.«

Mario drehte sich um und sah mich flehentlich an, doch ich lächelte nur bitter zurück: Wenn es ein Ultimatum gab, so war da nichts zu entscheiden, man mußte es lediglich verstreichen lassen.

September

Ein paar Tage vor meinem achtundzwanzigsten Geburtstag habe ich aufgehört zu reden. Ich war wie jeden Morgen im Büro und las die Zeitung mit einem Übelkeitsgefühl, das jeder kennt, der einmal in einer Bank, einer Versicherung, einem Ministerium oder an irgendeinem anderen Ort mit Schreibtisch, Computer und Chef gearbeitet hat. Ich saß da und las, als plötzlich ein Tropfen auf die Zeitung fiel, und dann noch einer. Ich habe zugesehen, wie sie rasch auseinanderliefen, die Druckerschwärze auflösten und auf dem dünnen Papier zwei kleine, dunkle Flecken bildeten. Ich drehte mich um, um zu sehen, wer sich hinter mir das Wasser von den Händen schüttelte. Doch da war niemand, und ich spürte, wie mir zwei weitere Tropfen über die Wangen liefen. Erst da habe ich gemerkt, daß ich weinte.

Mit offenem Mund habe ich wieder auf die Zeitung gestarrt und nach Luft gerungen, und die Tropfen fielen einfach so herunter, als würde das Faß nun endlich überlaufen. Meine Kollegin, die mir gegenüber saß, starrte mich an und sagte meinen Namen. Auch mein Chef sah mich an und sagte so etwas wie »Was ist denn los?« oder »Was ist passiert?«.

Ich bin aufgestanden, meine Hände und Arme bebten, und mich durchlief ein fiebriger Schauer. Ich konnte nicht antworten. Ich hatte einen Kloß im Hals, und hätte ich versucht, etwas zu sagen, hätte ich sicher nur große Wasserblasen in Buchstabenform herausgebracht, ein E, ein N und ein T. Aber mit Tränen »Entschuldigt, ich fühle mich nicht gut« zu sagen, oder vielmehr zu schreiben, hätte zu lange gedauert.

Ich habe hilflos die Arme ausgebreitet und, noch immer nach Luft schnappend, den Kopf geschüttelt, dann bin ich zur Garderobe gegangen, habe meine Jacke genommen und bin hinausgelaufen.

Draußen war der Straßenlärm unerträglich, alle hatten einen drohenden Gesichtsausdruck und schienen nur mich anzusehen. Ich habe aus vollem Hals geschrien, ich weiß nicht, ob vor Wut, Angst oder Erleichterung, ich weiß nur, daß meine Stimme nach diesem Schrei für immer weg war.

Ich bin nach Hause gekommen, habe die Jacke auf den Boden geschmissen und mich aufs Sofa fallen lassen. Sofort habe ich mich besser gefühlt, sehr viel besser, als wäre ein Unglück geschehen, das ich schon seit langem hatte kommen sehen, etwas Unausweichliches, dessen Erwartung mir das Leben schwer gemacht hatte, und das jetzt endlich hinter mir lag.

Ich blieb in der Hollywoodschaukel sitzen und sah, wie meine Freunde sorglos und entschlossen davongingen. Ich haßte mich. Ich haßte alles an mir. Ich haßte meine fruchtlose Ironie, meine selbstgefällige Melancholie, meinen Überlegenheitskomplex gegenüber der Welt. Ich haßte meine Ängste.

Dafür konnte ich mich bei meinem Vater bedanken. Meinem Vater, der jede Nacht aufblieb, um auf mich zu warten, in zitternder Furcht vor »dem« Anruf von der Polizei oder aus dem Krankenhaus. Meinem Vater, der in der Angst lebte, mir könnte etwas passieren, und mir seit Jahren jedesmal, wenn ich das Haus verließ, ein schwarzes Leichentuch aus »Sei vorsichtig!«, »Komm nicht so spät!«, »Ihr fahrt doch nicht etwa mit dem Auto?« um die Schultern legte, das sich den ganzen Abend nicht abschütteln ließ. Meinem Vater, der immer und überall mit dem Schlimmsten rechnete.

Hätte ich ihn gefragt, ob ich eine Europareise machen dürfe, hätte er mir das nicht verbieten können, denn dazu war ich inzwischen zu alt. Doch diesmal war ich es, der Angst hatte, und ich wollte, daß er mir mit einem entschiedenen Ja seinen Segen gab. Nicht die übliche Diskussion von zwei Stunden, die schließlich mit den Worten geendet hätte: »Mach, wie du denkst. Aber ruf jeden Tag an, damit sich deine Mutter nicht sorgt.« Ich konnte doch nicht auf die Inter-Rail-Tour gehen wie Linus, dem die Mama einen Zettel in seine Pausenbrotschachtel legt, auf dem steht: »Mein lieber Junge, ich hoffe, du hast einen schönen Tag in der Schule. Ich weiß, daß du lieb und brav bist und dich anstrengst. Dein Vater und ich bringen gerne jedes Opfer, damit du etwas lernen kannst, und wir sind sicher, daß wir immer stolz auf dich sein können«. Daraufhin er: Genau das habe ich gebraucht, ein Brot mit Erdnußbutter und Schuldgefühlen.

Wie gern hätte ich meinen Vater über das ganze Gesicht strahlend sagen hören: »Mit deinen Freunden durch Europa? Großartig! Du wirst dich prächtig amüsieren, aufregende und interessante Dinge sehen. Wie gern hätte ich das gemacht, als ich in deinem Alter war! Hier, mein Junge, da hast du das nötige Geld, und das – aber sag es nicht deiner Mutter – ist ein kleiner Zuschuß für Mädchen und Drogen ... He, nichts Hartes, haben wir uns verstanden? Also, gute Reise. Mach dir keine Sorgen, denk nicht an uns und hab Spaß!«

Statt dessen hätte mein Vater mir ein prächtiges Erdnußbutterbrot und eine internationale Telefonkarte in die Hand gedrückt, und meine Mutter hätte mich dazu gezwungen, einen Knirps und eine Hose mit eingenähter »Geheimtasche« fürs Geld in den Rucksack zu stopfen.

Gott, wie peinlich. Da war es doch viel besser, diese Reise letztendlich für keine besonders tolle Idee zu halten. Damit hätte ich auch eine Ausrede gefunden, um weiter zu schaukeln und mich zu drücken.

Am selben Abend tauchte Elena auf, um alles auf den Kopf zu stellen. Teo und Robi waren Fußballspielen, und Zecke und ich saßen auf dem Mäuerchen an der Strandpromenade. Nach einem letzen, kurzen Anlauf, auf das Thema Inter Rail zurückzukommen, hatte mein Freund sich in beleidigtes Schweigen gehüllt, derweil rauchte ich nervös vor mich hin und machte, um mich abzureagieren, ätzende Bemerkungen zu den vorbeiflanierenden Mädchen, einfältigen Kurtisanen auf der Suche nach flüchtigen Abenteuern.

Wir sahen sie die Promenade herunterkommen: Elena. Ein cremefarbener, kurzer Pullover und ein schlichter, hellblauer Baumwollrock umschmeichelten sie, und sie war allein. Sie trug eine runde Brille, hatte ein vorwitziges Näschen, braunes, kurzes Haar und schlanke Beine. Zweifellos hatte Mario sofort gesehen, ob ihr Busen klein oder groß war, und Robi hätte sofort eingehende Betrachtungen über ihren Hintern angestellt. Bei mir waren Brille, Näschen, kurze Haare und die schlanken Fesseln über den strahlend weißen Supergas angekommen. Ich wußte, daß, wenn eine Frau über diese Erkennungsmerkmale verfügte, sie auch alle anderen Voraussetzungen mitbrachte, die ich von ihr erwartete: Sie würde gebildet, intelligent und schlagfertig sein, Volleyball spielen oder Gymnastik machen, sexuell verantwortungsvoll oder sogar Jungfrau sein und gerade eine Geschichte mit einem Idioten hinter sich haben, der sie enttäuscht hatte (aber seien wir mal ehrlich, wer hat die nicht?).

Dieser Frauentyp ist für mich immer genauso verhängnisvoll gewesen, wie Artemis für den Jäger Aktäon. Er weiß, daß er sie nicht ansehen darf und auf ewig in irgendein ekliges Tier verwandelt wird, in eine Spinne oder eine Schabe, wenn er sie an der Quelle beim Benetzen ihrer weißen Gliedmaßen beobachtet. Aber er kann der Versuchung nicht widerstehen, sich ihr zu zeigen und ihr seine Liebe zu gestehen.

Auch Elena war eine vom Olymp herabgestiegene Göttin. Ich sah, wie sie immer näher kam und schließlich nur noch fünf Meter von uns entfernt war, und blieb wie angewurzelt auf dem Mäuerchen sitzen, ohne den Mut aufzubringen, auf sie zuzugehen und ihr zu sagen: Tschuldige, wenn ich dich einfach so anquatsche, aber du bist die Frau, die meinem Leben soeben einen Sinn gegeben hat. Ich wollte nur wissen, wie du heißt und dich ein paar Jahrzehnte lang heimlich vergöttern und auf ein Zeichen von dir warten, ohne dir dabei zur Last zu fallen.

Zecke hatte nicht solche Skrupel. Als er Elena näher

kommen sah, stupste er mich mit dem Ellenbogen an, schüttelte sich eine schwarze Locke aus der Stirn, reckte Schultern und Oberkörper, stellte sich ihr in den Weg und sagte: »Ciao, weißt du eigentlich, daß du bald einen ganzen Rattenschwanz von Nervensägen hinter dir herschleifst, wenn du so alleine und gelangweilt herumläufst?«

Elena musterte ihn von oben bis unten und tat so, als hätte die Frechheit dieses jungen Sterblichen sie beleidigt. Dann wandte sie sich zu mir und nahm mich ins Visier.

Reglos saß ich da und wartete auf das Fallbeil. Nach dem Anblick der Riesennase, der eingefallenen Schultern und des verkniffenen Lächelns, hinter dem sich schiefe Zähne verbargen, würdigte mich normalerweise keine eines zweiten Blickes. In diesen furchtbaren Augenblicken, in denen die Mädchen mich abcheckten und sich dann ungerührt weiter mit Mario oder dem sagenhaften Robi unterhielten, hätte ich sofort zwanzig Punkte meines IQs für einen Zentimeter Nase weniger hergegeben und für ein makellos schönes Lächeln all meine Texte und Gedichte verbrannt.

Doch Elena war die Frau meines Lebens. Nach dem ersten Blick sah sie nicht weg, sondern setzte sich lächelnd neben mich und fragte: »Macht dein Freund das bei jeder?«

»Ja«, stammelte ich, »er hat eine Schwäche für verlorene Schafe.«

»Na, dann sag ihm mal, daß er sich vorsehen soll. Ich bin ein Schaf mit spitzen Krallen.«

Wir gingen ein Eis essen. Elena erzählte uns ein bißchen von sich, oder besser von ihrem irdischen Dasein. Mailänderin. Achtzehn Jahre alt. Sternzeichen: Steinbock. Sie hatte gerade das Gymnasium hinter sich, und das machte mir sofort gute Laune, da ich abendelang hinter beschränkten Friseusen, nymphomanen Verkäuferinnen oder Fremdsprachensekretärinnen hergelaufen war, bei denen ich mich immer gefragt hatte, was um Himmels willen die bloß studierten, und nie wußte, worüber ich mit ihnen reden sollte. Keine von denen konnte mit meiner profunden humanistischen Bildung mithalten, und nur wenige bestanden den kleinen Einstiegstest, bei dem ich sie nach der Bedeutung von »aufschütteln«, »Metonymie« und »Kokotte« fragte. Unerklärlicherweise suchten auch alle sofort das Weite, wenn ich versuchte, mich mit ihnen über meine Lieblingsthemen zu unterhalten: Erdbestattung oder Einäscherung, der Pessimismus im Werk Foscolos und Leopardis, Basketball, und speziell das Zusammenspiel von Magic Johnson und Kareem Abdul-Jabbar bei den Los Angeles Lakers.

Elena dagegen hörte mir vom ersten Moment an interessiert zu und hatte immer die richtigen Antworten parat. Für Marios unqualifizierte Kommentare hatte sie nur abfällige Blicke übrig. Ich spürte, wie wir uns instinktiv verbündeten, während die arme Zecke sich abmühte, den Anschluß verlor und versuchte, mit gezieltem Lächeln und tiefen Blicken wieder auf einen grünen Zweig zu kommen.

Um Punkt Mitternacht stand Elena auf, um nach Hause zu gehen, denn es war ihr erster Ferientag und sie war müde.

Als Mario ihr anbot, sie auf dem Moped mitzunehmen, sprang bei mir sofort der Vergewaltigungsalarm an, und ich versuchte, ihn zurückzuhalten.

»Du willst doch nicht etwa schon los, Marietto. Wir gehen doch sonst nie vor drei Uhr nach Hause …«

Er warf mir einen vernichtenden Blick zu: »Ich weiß, ich bringe sie ja auch nur heim und komme dann wieder, das dauert gerade mal zehn Minuten.«

Elena sah ihn mißtrauisch an: »Laß mal, ich kann wunderbar zu Fuß gehen, ich hab's nicht weit.«

Großartig. Weiter so.

»Aber das ist wirklich kein Ding. Mein Moped steht gleich da drüben.«

»Na gut. Danke.« Und dann: »Mach dir keine Sorgen, Stefano, er ist sofort wieder da. Sehen wir uns morgen? Um acht?«

Als sie meinen Namen sagte, schmolz ich vollends dahin. Normalerweise mußte ich ihn, wenn ich ein Mädchen kennenlerne, am ersten Abend dreimal und am zweiten noch zweimal wiederholen: Sie schafften es einfach nicht, eine derart unwichtige Information abzuspeichern. Die Vorstellung, daß Elena mit Mario auf das Moped steigen und sich an ihm festhalten würde, machte mich wütend. Aber sie hatte »Stefano« gesagt. Sie hatte »Wir sehen uns« gesagt, »wir«, und damit meinte sie – vielleicht – nur sich und mich. Sie hatte »er ist sofort wieder da« gesagt. Ich dachte, daß mein Freund, sollte er es wagen, sie anzufassen, sein blaues Wunder erleben würde.

Zecke war für Abfuhren nicht besonders empfänglich. Er war felsenfest von seinem Charme überzeugt, und wenn eine Nein sagte (was, um ehrlich zu sein, selten passierte), kamen ihm, im Gegensatz zu mir, nie Zweifel von der Sorte: »Na bitte, ich bin zum Kotzen«, oder: »Wieviel kostet wohl eine Gesichtsoperation?« Nein, jedesmal, wenn eine ihn hatte abblitzen lassen, zuckte er nur mit den Achseln und sagte: »Mein Gott, ist die bescheuert. Und häßlich noch dazu. Warum habe ich das nicht gleich gemerkt?«

Kaum waren sie also vor ihrem Haus angekommen, grapschte Mario mit seinen sterblichen, dreckigen Pfoten nach Elena, und die Göttin verwandelte ihn in eine Eidechse. Ich hätte alles darum gegeben, seine Schlappe mitzuerleben und zu sehen, wie er sich mit schlängelndem Reptilienschwanz ungläubig und verängstigt auf sein Moped rettete. Aber mein Freund konnte Niederlagen wegstecken, und auf dem Rückweg schlüpfte er in eine Gummimaske und stellte seine makellose Erscheinung wieder her. Er parkte das Moped vor der Bar und setzte sich heiter und entspannt neben mich. Er schien wieder ganz der alte.

»Und, wie ist es gelaufen?« fragte ich.

»Wie ist was gelaufen?«

»Na ja, hast du dich an sie rangemacht?«

»An die? Nein, ich habe sie nur zu Hause abgesetzt. Ich fand die sowieso nicht so doll.«

Während er das sagte, schnellte seine gespaltene Zunge hervor, und an seinem rechten Ohr, wo ihn Elenas Krallen erwischt hatten, löste sich die Gummihaut, unter der die smaragdgrünen Visitor-Schuppen hervorblitzten.

Was für eine Show, Freunde! Zecke total plattgemacht. Ein Triumph! Wer behauptet eigentlich, es gäbe auf der Welt keine Gerechtigkeit? Endlich, nach so vielen leichten Opfern und dummen Kühen, hatte mein Freund ein Mädchen getroffen, dem es nicht nur auf die Schönheit eines Mannes oder auf sein blödes Moped ankam.

Man mußte sie nur ansehen, um zu kapieren, daß sie anders war: Meine Elena würde sich niemals in einen athletischen Körper verlieben, In-Diskotheken und Designerklamotten interessierten meine Elena nicht. Nur bei einer geistreichen Bemerkung, einem Sonett oder einem Mondscheinbad im Meer bekam meine Elena weiche Knie. Endlich hatte sich bewahrheitet, woran ich seit Jahren festhielt, um mich nicht umzubringen: Meine gutaussehenden Freunde konnten es mit so vielen Friseusen treiben, wie sie wollten, und im Frauenrennen würden sie mich immer schlagen. Aber bei der Begegnung mit einer echten Frau, die die Stigmata des wahren Genies erkannte, hatten sie nichts zu bieten, und diesmal würde ich den Sieg davontragen.

Im Strandbad »Bagni Ondina«, vor der betörend schönen Ferienkaffkulisse von Pietra Ligure, redeten meine Freunde am nächsten Tag ununterbrochen von ihrer blöden Reise, von einer äußerst beliebten Sportart, die, so glaube ich, Fußball genannt wird, von absoluten Nichtigkeiten. Ich schwebte auf einer Wolke und dachte an mein nächstes Treffen mit Elena, an das, was ich ihr sagen wollte, und daran, wo und wie wir uns zum ersten Mal küssen würden.

September

Es ist nicht leicht, die Brücken hinter sich abzubrechen. Solange du im Spinnennetz hängst, glaubst du, daß du derjenige bist, der die Fäden zieht und Arbeit, Freundin, Eltern und das Fußballspiel mit den Freunden im Griff hat. Doch wenn du dann die Fäden mit einem kräftigen Ruck zerreißt, um abzuspringen, merkst du, wie vollkommen verheddert du darin bist, und daß du nicht die Spinne, sondern nur eine Fliege warst und noch viel mehr wirst kämpfen müssen, um dein Leben zurückzuerobern.

Als ich aus dem Büro gegangen bin, dachte ich, ich hab's geschafft, den größten und gefährlichsten Feind habe ich besiegt, und jetzt werden die anderen Angst bekommen und das Weite suchen. Ich irrte mich. Das Telefon hat geklingelt, und ich bin nicht rangegangen. Der Anrufbeantworter war an, ich habe meine Stimme gehört (meine Stimme: da war sie also geblieben), die künstlich gut gelaunt dazu aufforderte, eine Nachricht zu hinterlassen. Dann der Pfeifton und die sorgenvolle Stimme meines Vaters, die mich wie ein Faustschlag in die Magengrube traf.

»Stefano, bist du da? Bist du zu Hause? Wenn du da bist, geh doch mal ran … Was ist los, bist du krank? Ich habe versucht, dich im Büro zu erreichen, aber da haben sie mir gesagt, daß du dich nicht gut fühlst … Ich nehme mir ein Taxi und komme sofort vorbei, ich bin gleich bei dir.«

Ich hätte gern den Hörer abgenommen und gesagt: »Papa, mir geht's gut, mach dir keine Sorgen, du brauchst nicht zu kommen, mir geht's gut, ehrlich, es ist mir seit Jahren nicht besser gegangen. Ich sitze hier auf meinem Sofa, in meiner Wohnung, und merke, daß ich schon wieder heulen muß, aber nicht, weil es mir schlechtgeht, sondern weil ich einfach nur kotzen und alles herauslassen muß, was sich in mir angestaut hat: die Gleichgültigkeit, die Langeweile, die Sinnlosigkeit und den Zynismus.« Aber ich konnte nicht rangehen, ich habe zugesehen, wie das Band unvermeidlich weiterlief und schließlich stehenblieb, und mir meinen verängstigten Vater vorgestellt, der auf dem schnellsten Weg zu mir kam. Unvermeidlich.

Juli

Soweit ich mich erinnere, hat es noch nie einen so perfekten Abend gegeben, nicht einmal in einem Film mit Audrey Hepburn und Cary Grant. Ich rede nicht von den heutigen Filmen, in denen zwei, die sich ineinander verlieben und zusammenkommen, dabei gezeigt werden, wie sie die Straße entlanggehen und die Lippen bewegen, dann, wie sie in einer Bar sitzen und lachen und wieder die Lippen bewegen, und dann am Flußufer, siehe oben, und im Hintergrund läuft eine herzzerreißende, wunderschöne Musik, die aber alles übertönt, auch die Dialoge, die es nämlich gar nicht gibt. Von der ersten Sekunde an ist klar, daß die Drehbuchschreiber nicht die blasseste Ahnung haben, was ein Mann und eine Frau zueinander sagen, um sich zu verlieben.

Elena kam um zehn nach acht und entschuldigte sich für die Verspätung. Ich lächelte und gab ihr zu verstehen: Ach was, ich bin gerade erst gekommen, obwohl ich schon seit viertel vor acht wartete und das Mäuerchen unter meinem Hintern bereits so abgenutzt war wie der große Zeh vom heiligen Petrus. Als sie bemerkte, daß wir allein waren, schien meine Göttin kein bißchen enttäuscht zu sein. Sie fragte mich nach meinem Freund, von dem sie noch nicht einmal den Namen behalten hatte, und wir beschlossen, als erstes eine Pizza essen zu gehen. Als wir an dem winzigen Zweiertisch mit Papiertischdecke und Plastikblumen saßen, sah ich in ihre grünen Augen, die hinter den runden Brillengläsern funkelten, während sie über ihre Volleyballmannschaft, ihre Familie und die Vorzüge des naturwissenschaftlichen Gymnasiums gegenüber allen anderen Schulen redete. Auch meine grünen Augen funkelten hinter den Brillengläsern, während ich über meine Basketballkumpel, meine Familie und die unbestreitbaren Vorzüge des klassischen Gymnasiums redete.

Ich aß meine Pizza, ohne etwas davon mitzukriegen. Dann hielt ich Elena die Tür meines kleinen Cinquecento mit kaputtem Faltdach auf, und wir fuhren auf einen Cognac in die Hügel zu einer Bar mit Terrasse, mit einem hinreißenden Blick und Wind, der nach Sommer roch. Und während wir die Lichter der Dörfer, der Schiffe und die Sterne betrachteten, redeten und redeten und redeten wir.

Endlich hatte ich die Frau meines Lebens gefunden. Schon sah ich mich mit ihr in einem staubigen Archiv bei der Abschrift von Inkunabeln aus dem sechzehnten Jahrhundert, oder in den Kellern der Vatikanischen Bibliothek bei der Wiederentdeckung seit Jahrhunderten verschollener Schriftstücke. Jesus ist mit achtzig Jahren friedlich in seinem Bett gestorben. Bonifatius VIII. war Buddhist. Karl V. war eine Frau. Ich stellte mir vor, was für ein Aufsehen unsere ersten Publikationen erregen würden. Die Interviews. Stefano und Elena, das Paar, das die Geschichte Europas neu geschrieben hat. Die Académie Française. Die Ehrenlegion. Der Baronetstitel. Und die skandalöse Verweigerung, das Empfehlungsschreiben des Staatspräsidenten entgegenzunehmen, nein, Italien hatte uns verkannt, wir mußten nach Paris gehen, und die ersten Jahre sind schwer gewesen, wißt ihr, eine eiskalte Mansarde in Montmartre. Aber wir hatten unsere Liebe und die Liebe für die Wahrheit, nur das zählte.

Aber würde Elena mich immer lieben? Oder würde sie meiner überdrüssig werden? Ich mußte es wissen, und zwar sofort.

STEFANO: Glaubst du, daß Träume wahr werden können? Oder halt, anders, was ich eigentlich sagen will, ist: Können sie wahr werden und so vollkommen bleiben, wie du sie geträumt hast, oder macht schon allein die Tatsache, daß sie wahr werden, sie unvollkommen und läßt sie zerplatzen?

ELENA: Warte mal. Laß mich nachdenken. Meiner Meinung nach sind sie unvollkommen, wenn sie nicht wahr werden und nur Träume bleiben. Wenn sie aber wahr werden, sind sie vielleicht nicht genau so, wie du sie dir vorgestellt hast, aber sie machen dich trotzdem glücklich und bereichern dich.

Elena dachte praktisch. Sie wollte Ergebnisse sehen. Oder vielleicht war sie eine noch größere Träumerin als ich, weil sie glaubte, daß Träume wahr werden konnten.

STEFANO: Aber es stimmt doch, auch wenn das jetzt sicher banal klingt, daß das Glück vor allem in der Erwartung liegt, im Wunsch, etwas zu besitzen, und wenn du es dann bekommst, interessiert es dich nicht mehr. Wie in *Der große Frust*, hast du den gesehen?

ELENA: Das ist mein Lieblingsfilm.

SEFANO: Ich tue alles, was du willst. Ich bin bereit, dich zu heiraten.

ELENA: Was?

STEFANO: Das sagt Harold zu Sara, im Film. Und sie antwortet: »Das hast du Gott sei Dank schon.«

ELENA: Ach ja, genau, stimmt. Die Szene ist ganz toll. Aber wie kommst du jetzt darauf?

Sie tat so, als hätte sie meinen Heiratsantrag nicht verstanden. Das anbetungswürdige Wesen. Natürlich hatte sie die Doppeldeutigkeit durchschaut und begriffen, daß das Zitat meine wahren Gefühle nur spärlich verbarg.

STEFANO: Ich habe den Film sechsmal gesehen. Und jedesmal macht mich die Szene fertig, in der Tom Berenger, also Sam, endlich mit Karen, der gräßlichen Dunklen, ins Bett gehen kann, aber als es soweit ist, sagt er zu ihr: »Ich habe dich so viele Jahre begehrt, und jetzt will ich nicht alles kaputtmachen, ich will nicht, daß unsere Beziehung irgendwann in Eintönigkeit und Langeweile erstickt.« Er hat Angst, daß der Traum wahr wird und ihn enttäuscht.

ELENA: Das ist typisch für euch Kerle. Sie sagt ihm dann auch knallhart: »Erzähl mir nicht so 'ne Scheiße. Fünfzehn Jahre lang hast du so getan, als wär ich die einzige, die du wolltest, und jetzt, wo ich hierhergekommen bin, willst du mich nicht mehr.« Da kapiert er, was sie meint, und sie verbringen die Nacht zusammen.

STEFANO: Das schon, aber am nächsten Morgen sind sie wie zwei Fremde. Ist das nicht eine schreckliche Szene?

ELENA: Stimmt, weil sie zu dem Zeitpunkt schon ihre eigenen Leben, ihre Familien und Kinder haben. Sie können nicht alles aufgeben. Den Fehler haben sie fünfzehn Jahre früher gemacht: Wären sie da zusammengekommen, wären sie glücklich geworden.

STEFANO: Vielleicht aber auch nicht. Vielleicht hätten sie geendet wie alle Ehepaare, und fünfzehn Jahre später hätten sie genau dasselbe zu einem anderen ehemaligen Kommilitonen gesagt.

ELENA: Ach komm, so darf man das nicht sehen. Sonst kannst du ja gar nicht leben. Und überhaupt haben Sam und Karen versucht, einen alten, toten Traum wahr werden zu lassen, der ihrer Vergangenheit angehörte. Es war kein Traum, sondern Wehmut.

Noch nie hatte ich so eine Frau getroffen. Ich war vollkommen entspannt, natürlich, redete ganz zwanglos über alles mögliche und nahm es sogar hin, daß sie das letzte Wort haben wollte. Auch wenn mir den ganzen Abend lang ein kleines Männchen im Kopf saß, das sagte: »Mach dich an sie ran, mach dich an sie ran, wann machst du dich endlich an sie ran, sei nicht wieder so blöd, dieses Mal mußt du dich an sie ranmachen!«, und ein anderes Männchen, das sagte: »Das ist sie, o Gott, sie ist es, die Frau deines Lebens, jetzt, wo du sie gefunden hast, tu bloß nichts Unüberlegtes, laß sie ja nicht denken, daß die ganze schöne Unterhaltung nur dazu da war, um zur Sache zu kommen, um ihren Körper hinterrücks über ihre Seele zu erobern. Bring sie nach Hause und laß die Finger von ihr, ihr habt Zeit, das ganze Leben liegt vor euch.«

Dann brachte uns mein kleiner alter Cinquecento, betrunken und bewegt, wie wir waren, die Serpentinen hinunter und lud uns am Strand ab. Wir setzten uns in den feuchten Sand und redeten über unsere früheren Liebesgeschichten und darüber, daß es zwischen Mann und Frau keine wahre und platonische Freundschaft geben kann und daß es die noch nicht einmal zwischen Frau und Frau geben kann. Elena erzählte mir von ihren falschen Freundinnen, die sie ein Jahr lang hatte und von denen sie dann wegen einer Liebe oder aus Neid hintergangen wurde, und ich erzählte ihr von meinen ehrlichen, engen Freunden, die ich seit einer Ewigkeit kannte und die mir das Wichtigste auf der Welt waren. Ich sagte ihr nicht, daß ich sie in diesem Moment alle miteinander und ohne Skrupel hätte ertrinken lassen, nur um ihre Lippen berühren zu dürfen.

Elena zog sich die Sandalen aus, stand auf und lief auf Zehenspitzen über den nassen Sand. Ich sah sie an, diese vom Olymp herabgestiegene Göttin, und sie war zum Weinen schön. Das Männchen schrie wie ein Geisteskranker: »Mach dich ran, mach dich ran, mach dich ran, du Arschloch!« Doch kaum versuchte ich aufzustehen, fingen meine Beine an zu zittern, erst ganz schwach und dann immer stärker. Die Panik, alles kaputtzumachen, eine Abfuhr zu kriegen, lähmte mich, und mich lähmte auch das andere verfluchte Männchen, das mir einen Roman von Thomas Mann vorgaukelte, mit mir, der sie linkisch zu küssen versuchte, und ihr, die plötzlich höhnisch auflachte: »Mit dir zusammensein? Hast du echt gedacht, daß *ich* mit *dir* zusammensein will?« Dann wäre sie kichernd weggerannt, und ich hätte mit dem Gesicht im Wasser gelegen, bis alles um mich herum kalt und dunkel geworden wäre.

Statt die Arme um sie zu legen und sie zu küssen blieb ich mit zitternden Beinen sitzen, die kalten Füße im feuchten Sand, und dachte, daß ich am liebsten ihre Füße zwischen meine Hände nehmen und aufwärmen würde, sonst nichts.

Um drei Uhr verabschiedeten wir uns vor ihrem Haus. Ich wußte, daß dies die allerletzte Gelegenheit war, sie zu erobern, und ich haßte mich dafür, daß ich nicht den Mut dazu aufbrachte. Ich entschied mich für einen unverfänglichen Kuß auf die Wange. Wir verabredeten uns für den nächsten Abend, an dem ich ihr Robi und Teo vorstellen wollte. Sie würde auch zwei Freundinnen mitbringen, sagte sie.

Bevor ich nach Hause ging, lief ich zwei Stunden lang glücklich und verzweifelt durch die verlassenen Straßen. Elenas Worte und Sätze drehten sich in meinem Kopf, und ich gab halblaute Antworten, feilte das Gesagte zurecht, machte die Witze besser, als sie gewesen waren, und lachte in mich hinein. Vor mich hin redend, irrte ich durch die Straßen, und alle Handicaps und Unsicherheiten waren wie weggeblasen. Ich ließ den ganzen Abend langsam Revue passieren und war stolz auf mich, wie souverän ich gewesen war: attraktiv, selbstsicher, genau so sarkastisch und zynisch wie nötig. Elena hatte mir total fasziniert und, angesichts meines *sense of humour*, fast sprachlos zugehört, und mein tadelloses Benehmen hatte sie beinahe zu Tränen gerührt. Ja, alles in allem war es gut, daß ich mich nicht an sie rangeschmissen hatte, ich hatte ihr gezeigt, daß ich wirklich etwas Besonderes war.

Oh, wie mußte ihr die Spucke weggeblieben sein bei diesem bezaubernden jungen Mann, der sie den ganzen Abend lang nicht einmal berührt und sich ganz wie ein Gentleman der alten Schule benommen hatte. Tag um Tag würde sie in der bangen Erwartung verbringen, mein Herz nach und nach zu erobern und mir rückhaltlos das ihre zu schenken. Es würde ein langes, zähes Werben werden, und ich verbrächte den Rest des Sommers in dieser süßen Ungewißheit. Und dann würden wir eines schönen Abends beim Sonnenuntergang am Meer ein Gedicht von Verlaine lesen, unsere Blicke träfen sich, und unter Tränen gestünden wir uns unsere Liebe.

Bevor ich einschlief, dankte ich meinem Gott und dachte, daß ich nicht ein Prozent meines Intelligenzquotienten für eine Model-Nase hergeben und kein einziges meiner Gedichte für schönere Zähne verbrennen würde.

September

Ich hatte meinen Vater noch nie so blaß gesehen. Sogar sein Haar kam mir weißer vor als sonst. Kaum hatte ich die Tür aufgemacht, hat er mich lange angesehen und ich merkte, wie er zwischen der Erleichterung, mich lebend anzutreffen, und der Bestürzung über das, was er in meinem Gesicht las, hin und her gerissen war. Er hat mich fest umarmt, mir die Hände auf die Schultern gelegt und dann, als wäre ich noch ein Kind, meine Stirn befühlt, um zu sehen, ob ich Fieber hätte.

»Mein Gott, du hast mir vielleicht einen Schreck eingejagt … Was ist denn los? Du machst ein Gesicht … Aber Fieber hast wohl du nicht. Warum bist du eben denn nicht ans Telefon gegangen? Du warst doch zu Hause, oder?«

Ich habe ein entschuldigendes Lächeln angedeutet und ihn wortlos angesehen. Er ist hereingekommen, hat sich die Jacke ausgezogen und gesagt: »Soll ich dir einen Tee machen? Oder einen Kaffee? Oder vielleicht etwas Stärkeres. Ein Schlückchen Cognac wird dir sicher guttun.«

Ich habe verneinend den Kopf geschüttelt und ein Lächeln angedeutet, das ausdrücken sollte »Es ist alles in Ordnung«. Ich habe gar nicht erst versucht, zu sprechen oder Geräusche von mir zu geben, ich wollte mein Schweigen nicht brechen, das mir Sicherheit und Frieden gab, ich wollte mich von allen absondern, auch von ihm.

»Jetzt sag doch was, Herrgottnochmal! Du verläßt Hals über Kopf dein Büro, ich rase zu dir und bete, daß ich dich noch lebend antreffe, und du machst noch nicht einmal den Mund auf und lächelst nur blöd!«

Da, noch ein Lächeln.

»Was ist denn bloß los, Stefano? Ist irgend etwas passiert? Ist jemand gestorben?«

Stefano ist gestorben, Papa, dachte ich. Ich habe den Kopf geschüttelt, nein, niemand ist gestorben.

Mein Vater hat sich einen Cognac eingegossen. Inzwischen hatte er ihn nötiger als ich. »Warum sagst du denn nichts? Kannst du nicht? Oder willst du nicht?«

Gute Frage. Wollen wollte ich nicht. Vielleicht hätte ich gekonnt, aber ich war mir nicht sicher. Vielleicht wären noch immer Blasen in Buchstabenform herausgekommen.

Ich habe die Handflächen nach oben gedreht und mit den Achseln gezuckt, um zu sagen, ich weiß es nicht, ich überlasse es dir, es macht eh keinen Unterschied.

Er hat mir in die Augen gesehen, aber nur ganz flüchtig. Ich mußte daran denken, wie ich vor vielen Jahren seinem Blick das erste Mal standgehalten hatte.

Eine Zeit lang ist auch er still gewesen, dann hat er gesagt: »Okay, okay, dann sag halt nichts, wenn dir nicht nach reden ist. Du mußt dich ausruhen, du bist schon seit Monaten total erschöpft. Jetzt kommst du erst mal mit nach Hause, da hast du deine Ruhe, und wir päppeln dich wieder hoch.«

Ich habe entschieden den Kopf geschüttelt. Kommt nicht in die Tüte. Auf keinen Fall.

»So laß ich dich aber nicht hier. Auch wenn es dir gutgeht, kannst du nicht mutterseelenallein hierbleiben, ein Junge in deinem Alter! Kein Wunder, daß du da frustriert bist. Deine Mutter und ich haben schon seit einer ganzen Weile bemerkt, daß es dir nicht gutgeht. Immer bist du abwesend und schweigsam ... Nicht nur, daß du beim Essen oft kaum was sagst, du hörst uns auch gar nicht zu.«

Seine Stimme fing an mir Kopfschmerzen zu bereiten, jede Silbe war wie eine kleine Explosion in meinem Hirn, und es fiel mir immer schwerer, den Sinn seiner Worte zu verstehen.

Mein Vater hat noch immer nicht lockergelassen, er hat mich nach dem Büro gefragt, nach meiner Arbeit, für die ich mich ohne Überzeugung entschieden hatte. Er hat versucht, mich damit wachzurütteln, daß auch er damals bei der Arbeit sinnlose Gemeinheiten über sich hatte ergehen lassen müssen, daß er auch darunter gelitten habe, und daß die Kunst darin bestünde, sich all das nicht zu sehr zu Herzen zu nehmen, sonst riskiere man tatsächlich, davon krank zu werden.

Ich habe mich aufs Sofa gelegt, ich war von den Tränen so ausgelaugt und kraftlos, daß es mich größte Mühe kostete, ihm zuzuhören. Ich habe die Augen geschlossen, mich auf meinen Atem konzentriert, und das Geräusch seiner Stimme ist nach und nach schwächer geworden, bis davon nur ein graues, monotones Summen übrigblieb.

Am nächsten Abend verlasse ich das Haus in meinem besten Aufzug, in weißen Hosen und einem weiten, gelben Hemd, das die Bräune unterstreicht und meinen mageren Brustkorb kaschiert. Es ist Samstag. Morgen, gleich nach dem Abendessen, werden meine Freunde zu ihrer Inter-Rail-Tour aufbrechen. Ich möchte, daß auch Teo und Robi Elena sehen, damit sie verstehen, warum ich nicht mitfahre. Ich möchte, daß Mario in Elenas Augen seine Niederlage erkennt, und meinen Triumph. Ich möchte, daß die anderen wissen, daß sie in ganz Europa – und in ihrem ganzen dummen, oberflächlichen Leben – niemals so eine Frau finden werden.

Ich sehe sie die Promenade entlangkommen, links und rechts zwei falsche Blondinen in Minirock, Lederjacke und Pfennigabsätzen. Alle Jungen auf dem Mäuerchen drehen sich nach ihnen um, ein paar pfeifen und rufen ihnen schlüpfrige Komplimente hinterher. Als die Mädchen vor uns stehenbleiben, fühle ich mich stolz und unwohl. Elena hat die Brille gegen Kontaktlinsen eingetauscht und trägt ein kurzes, enganliegendes rotes Kleid. Statt mich auf die Wangen zu küssen, gibt sie mir die Hand, und ich denke, daß sie unsere Beziehung womöglich vor ihren Freundinnen geheimhalten will.

Ein wenig verlegen stelle ich alle einander vor: »Roberto, Matteo … Mario kennst du ja schon.«

»Das ist Marina, und das ist Rosanna.«

Die Mädchen wollen in die Disko gehen, ich rümpfe die Nase, weil ich Diskos hasse, vor allem Samstagabends. Ich suche Elenas Blick, aber sie sieht ihre Freundinnen an und sagt: »Ja, kommt, heute abend will ich tanzen!«, mit einer Stimme, die ich nicht an ihr kenne.

Auf dem Weg frage ich sie leise, wie sie geschlafen hat, und sie sagt total gelassen: »Bestens, warum?«

In der Disko ist die Hölle los. Marina und Rosanna stürzen sich sofort ins Gewühl, gefolgt von Mario, Robi und Teo. Ich sage zu Elena: »Da willst du doch nicht etwa mitmachen?« Sie schnaubt lächelnd: »Na, komm schon, sei kein Langweiler, laß uns tanzen gehen«, und verschwindet mit den anderen auf der Tanzfläche.

Ich bestelle einen »Oriente Rosso« und lasse mich aufs Sofa fallen. »Langweiler«. Sie macht Witze.

Ich bleibe sitzen und sehe ihnen zu, verschwitzte, verrenkte Leiber in der dantischen Hölle. Elenas Freundinnen zappeln herum, reißen die Arme hoch, zeigen ihre rasierten Achseln und wiegen sich vulgär in den Hüften. Meine Göttin hingegen ist wunderschön, sexy, aber süß, sie bewegt sich grazil und geschmeidig. Sie erinnert an einen Morgen voller Zärtlichkeiten und Küsse, oder an ein Foto von Helmut Newton.

Nicht weit davon entfernt tanzt auch der sagenhafte Robi, er bewegt sich elegant und vollkommen natürlich. Jeder seiner Schritte ist mühlos, er dreht sich um sich selbst, lacht, improvisiert. Obwohl die Tanzfläche knallvoll ist, berührt er keinen, und keiner berührt ihn. Er hat sich die Jacke ausgezogen und um die Hüften gebunden, er sieht aus wie ein Armani-Model. Ich weiß genau, daß ich dabei total lächerlich aussehen würde. Der kleine Teo dagegen ist völlig aus dem Takt, aber eifrig bei der Sache, und voll auf seine Füße konzentriert. Wie immer versucht er Robi zu imitieren, und wie immer ist er Lichtjahre davon entfernt. Mario bewegt sich abwesend und mit ernstem Gesicht. Seine Füße bleiben fast auf der Stelle und machen immer dieselbe Bewegung, vor und zurück, vor und zurück, ohne auf den Rhythmus zu achten, während Augen und Hirn die Mädchen auf der Tanzfläche auswerten.

Hin und wieder machen Mario und Robi mir Zeichen,

mich zu ihnen zu gesellen, ich schüttele den Kopf, zeige auf mein halbvolles Glas und rutsche immer tiefer in das Sofa. Macht ruhig weiter, das ist nichts für mich. Ich bleibe lieber hier, und in ein paar Minuten kommt Elena von der Tanzfläche und setzt sich zu mir, ihr werdet schon sehen, es tut mir leid, Freunde, aber hierbei handelt es sich um Wahlverwandschaften, es gibt Leute, die im Leben nicht nur ans Tanzen denken, ihr versteht, was ich meine.

Nach einer Stunde am Tisch sitzen und warten, vier immer hochprozentigeren Cocktails und fünfundzwanzig vollkommen identischen Liedern werde ich unruhig. Ich muß einen Weg finden, um die Atmosphäre des vergangenen Abends wiederherzustellen, ich muß mit Elena alleine sein, weil ich ihr eine Million Sachen sagen muß, und diesmal möchte ich meine Angst überwinden und sie erobern, und zwar richtig.

Ich gehe raus, laufe die Treppen hinunter, überquere die Straße und bin am Strand. Ich gehe ans Wasser und bleibe eine ganze Weile dort stehen, ohne mich umzudrehen. Ich kann an nichts anderes denken, als an Elenas Blick auf meinem Rücken, und ich meine, im nächsten Augenblick ihre zarten Finger auf meiner Schulter zu spüren und ihre besorgte Stimme zu hören: »Was ist los? Bist du traurig?«

Hin und wieder wette ich mit mir selbst, daß sie da ist und von der Terrasse der Diskothek aus zu mir herübersieht, ich zähle bis zehn und drehe mich um: Nichts. Oder ich nehme mir noch mehr Zeit und male mir die ganze Szene bis in alle Einzelheiten aus: Elena, die aufhört zu tanzen, die Tanzfläche verläßt, mich am Tisch sucht, mich nicht findet, eine Runde durch die Disko dreht, zum Tisch zurückkommt, Teo fragt, der sagt: »Ich glaube, ich habe ihn vorhin rausgehen sehen.« Sie macht sich sofort Sorgen, daß es mir schlechtgehen könnte, geht zum Ausgang und kämpft sich durch den Strom der

Wartenden, die herein wollen. Ich zähle Elenas Schritte, die Stufen herunter, über den Bürgersteig. Von der Straße aus kann sie mich sehen, hier, am Meeresufer: eine schlanke und unendlich weise Gestalt, die einsam über die großen Geheimnisse des Lebens nachsinnt. Sie ist gerührt, unentschlossen, ob sie mich in meiner Gedankenversunkenheit stören soll, dann nähert sie sich mit banger Hoffnung, daß in diesem perfekten Bild noch ein kleines Plätzchen für sie sein möge. Jetzt überquert sie die Straße und kommt den Strand herunter. Noch zwanzig Schritte. Zehn, neun, acht ... ich drehe mich um.

Noch immer gähnende Leere.

Nach einer Ewigkeit entschließe ich mich, in die Diskothek zurückzukehren. Mario und Teo sitzen mit Marina und Rosanna am Tisch und trinken. Elena ist nirgendwo zu sehen. Ohne mich anzusehen, sagt Mario: »Keine Ahnung, Robi ist auch verschwunden.« Die beiden Mädchen mustern mich mit einem verschmitzten Lächeln.

Was gibt's denn da zu kichern, ihr dämlichen Kühe? Merkt ihr nicht, daß ihr's gerade komplett verpeilt?

Ich bitte euch!

Ganz sicher nicht mit Robi.

Robi, auch Simple Mind genannt, Robi, der in seinem ganzen Leben noch nie ein Buch gelesen hat. Okay, er ist nett, lustig, und hat's drauf mit Mädchen. Er hat eine Art, sie von oben herab zu behandeln, daß sie ihm sofort zu Füßen liegen. Aber worüber könnten sich denn zwei so unterschiedliche Menschen unterhalten? Glaubt ihr denn, daß eine wie Elena, mit Brille, kurzen braunen Haaren, Stupsnase und solchen Fesseln, etwas an einem wie Robi finden könnte? Daß sie sich über Fitzgerald und die Unsterblichkeit der Seele unterhalten könnten?

Um halb vier, als die Diskothek schon geschlossen hat, sitze ich noch immer auf der Brüstung davor. Mario und Teo haben die beiden Tussen nach Hause begleitet. Ich hasse sie, diese häßlichen Schranzen. Wie kommt Elena zu solchen Freundinnen? Wie kann sie sich so einem Einfluß aussetzen? Denn bestimmt sind sie es, die sie korrumpiert haben. Gestern war sie nicht so, da war sie eine andere.

Wer weiß, ob Elena ihn fertiggemacht hat. Ich habe noch nie erlebt, daß der sagenhafte Robi eine Abfuhr gekriegt hat. Ehrlich: Seit ich ihn kenne, und das sind mindestens sieben Jahre, hat noch keine nein gesagt. Doch Elena ist etwas Besonderes, sie könnte die erste sein.

Aber warum sind sie dann seit drei Stunden verschwunden?

O Gott, ich wette, er hat's mit ihr getrieben.

Ich wette, er hat sie noch nicht einmal bemerkt, ihre Fesseln.

O Gott.

Es ist vier Uhr durch, als ich ihn kommen sehe. Er ist allein, aber sein Grinsen sagt alles. Er springt mir auf seinen grünen All Stars entgegen und legt mir den Arm um die Schulter.

»Hey, ich hab echt gehofft, daß ich noch einen von euch treffe. Und die anderen?«

»Sie sind gegangen, sie haben die beiden Schlampen nach Hause gebracht.«

Robi hakt mich unter und lächelt. Wie immer steht er über allem drüber. Er schert sich nicht im geringsten darum, wie es in mir aussieht.

»Und … Elena?« sage ich mit erstickter Stimme.

»Och, wir sind ein bißchen am Strand gewesen.«

»Und … wie war's?

»Mmm, gut.«

Ich hole tief Luft und sehe woandershin, weil mir der Haß aus den Augen spritzt und mir zum Heulen zumute ist.

»Das heißt?«

»Fünfundzwanzig Punkte. Die ist ein ganz schönes Luder.«

Ich spüre, wie alles Blut aus meinem Herz herausläuft. Das passiert mir oft, wenn ich etwas sehe oder denke, das mir einen Schreck einjagt. Normalerweise dauert es den Bruchteil einer Sekunde, es ist ein bißchen wie auf der Achterbahn, heftig, aber nicht unangenehm. Aber dieses Mal ist das Gefühl fürchterlich, superstark, und ich hänge mindestens drei oder vier Sekunden in der Luft, bis mein Herz langsam wieder zu schlagen anfängt.

Fünfundzwanzig Punkte.

Nein.

Ich könnte einen Kuß verstehen. Einen Kuß könnte ich verzeihen. Aber nicht fünfundzwanzig Punkte.

Unser Schweigen dauert bestimmt mehrere Minuten. Oder vielleicht redet er auch, aber ich höre ihn nicht. Ich höre Elena, das, was sie mir gestern gesagt hat, und das, was ich ihr gesagt habe. Wer weiß, wie köstlich sie sich darüber mit ihren Freundinnen amüsiert hat.

Aber nein, es konnte nicht alles nur Einbildung gewesen sein. Ich konnte mich doch nicht so geirrt haben.

Robi hat mich noch immer untergehakt und setzt sich in Bewegung. Ich folge ihm automatisch, wie ein Blinder. Er hat getan, was ich an seiner Stelle auch getan hätte. Oder vielmehr, ich hätte es nicht getan, weil ich unfähig und blöd bin, weil ich bei Frauen immer alles falsch mache, ständig versuche, die Göttinnen von den Huren zu unterscheiden, und nicht merke, daß erstere nur in meinen Träumen existieren.

Nach einem harten Kampf gelingt es mir, die Tränen zu unterdrücken und etwas zu sagen:

»Und, was machst du jetzt«, sage ich, »bläst du die Reise ab?«

Er sieht mich verständnislos an: »Wieso?«

»Weiß nicht. Wenn du jetzt mit Elena zusammen bist …«

Robi fängt an, aus vollem Hals zu lachen. »Du bist manchmal echt komisch. Würdest du für irgendein Mädel auf Inter Rail verzichten?«

Stimmt. Blöd von mir. Robi ist nicht umsonst der sagenhafte Robi. Die Frau, der ich mein ganzes Dasein opfern würde, ist ihm gerade mal einen Abend wert.

Jetzt, wo ich weiß, daß Robi fährt, ist das erste, was ich denke, daß ich dann bei Elena grünes Licht habe. Ich könnte mit ihr reden. Ich habe ein geradezu physisches Bedürfnis, mit ihr zu reden und zu verstehen, warum sie mich dermaßen gedemütigt hat.

Fünf Punkte: Zungenkuß. Zehn Punkte: Fummeln. Zwanzig Punkte: auf französisch. Fünfundzwanzig Punkte: Oralverkehr. Dreißig Punkte: Richtiger Verkehr.

Fünfundzwanzig Punkte: Oralverkehr.

»Du hast recht«, sage ich, »das ist es nicht wert, für so eine dahergelaufene Nutte.«

»Warum denn auf einmal Nutte?« fragt Robi leicht genervt. »Nur weil sie mit mir mitgegangen ist?«

»Nein, nicht wegen dir, damit hat das nichts zu tun. Aber eine, die sofort am ersten Abend … und dann gleich fünfundzwanzig Punkte.«

»Mann, du bist vielleicht anstrengend. Ich hab sie auch erst heute abend kennengelernt. Da ist doch nichts dabei: Ich hatte Lust drauf, sie hatte Lust drauf. Mädchen wollen genau dasselbe wie wir. Das ist doch normal. Wenn wir's jetzt nicht machen …«

Simple Mind ist einfach großartig. Scheiße, wie macht er das bloß, so entspannt mit Frauen und Sex umzugehen? Ich würd's auch mit ihm treiben, wenn ich eine Frau wäre. Mit mir würde ich's bestimmt nicht treiben.

Ich lege meinen Arm um Robis Schultern und begleite ihn nach Hause. Ich habe das Bedürfnis, noch ein wenig mit ihm zusammenzusein, mit jemandem, der mich echt mag. Und Robi mag mich. Wie oft hat er schon ein Mädchen versetzt, um mich nicht allein zu lassen. Er war mit einer verabredet, aber als er merkte, daß ich allein an der Promenade hocken blieb, sagte er: »Komm, laß uns irgendwo hinfahren, die ist mir eh scheißegal.« Oder wenn es eine war, die ihm wirklich gefiel, sagte er: »Ich bin gleich wieder da. Zwanzig Minuten, 'ne halbe Stunde höchstens.« Er ging zu seiner Verabredung, zerrte sie sofort an den Strand, machte so viele Punkte wie möglich und kam, nachdem er sie dort sitzen gelassen hatte, freudestrahlend zu mir zurück. Er ist ein viel treuerer Freund, als ich es bin. Ich kriege so selten ein Mädchen zu fassen, daß ich auf keines verzichten würde. Um mit Elena fünf Punkte zu machen, würde ich ihn tausendmal verleugnen, bevor der Hahn einmal kräht.

Als ich nach Hause komme, ist mein Vater wach und vollkommen außer sich.

»Weißt du eigentlich, wie spät es ist?«

Ich schaue wie nebenbei auf die Uhr, dann sehe ich ihm direkt ins Gesicht: »Viertel vor sechs. Und in weniger als zwölf Stunden gehe ich mit den anderen auf Inter Rail.«

September

Als ich aufgewacht bin, stand mein Vater am Fenster. Er schaute auf das Meer hinaus, und ich habe ihn mit halb geschlossenen Augen eine Zeitlang angesehen. Er kam mir alt vor, viel älter als ich ihn in Erinnerung hatte, und für einen kurzen Moment habe ich mich in ihm wiedererkannt und gedacht, daß ich auch einmal so aussehen würde. Er mußte mich gehört haben, denn er hat sich umgedreht, sein Gesichtsausdruck war jetzt sehr viel heiterer, und ich habe mich bei dem Gedanken erwischt, daß er eigentlich hierbleiben sollte, um fernab vom Rest der Welt still und friedlich seine Bücher zu lesen und seine Briefmarken zu sortieren.

»Bist du wach?« hat er gefragt und mir wieder die Hand auf die Stirn gelegt.

Ich habe schwach gelächelt und ihn entschuldigend angesehen.

»Nein, mach dir keine Sorgen«, hat er gesagt, »offensichtlich hast du den Schlaf gebraucht, du hast zu viel gearbeitet und bist gestreßt. Ich habe ein bißchen darüber nachgedacht, was zu tun ist, und ich halte es für das beste, wenn ich morgen in deinem Büro anrufe. Ich werde sagen, daß es dir nicht gutgeht und daß du die nächsten Tage nicht kommst, oder besser noch die nächsten Wochen. Aber ich möchte, daß du dich von Onkel Alberto untersuchen läßt.«

O je, der Onkel Doktor. Der konnte ewig auf mich warten.

»Oder nein, ich kenne dich doch, es ist besser, wenn ich ihn zu dir schicke. Dann kann er dich unter die Lupe nehmen, und vielleicht weiß er ja, was mit dir los ist.«

Wir saßen noch eine Weile beieinander, bis er nicht

mehr wußte, wie er das Schweigen brechen sollte. Er hat auf die Uhr gesehen und seinen Cognac ausgetrunken. »Na, dann laß ich dich jetzt wohl besser allein, dann kannst du endlich aufhören, die Tür anzustarren und zu hoffen, daß ich endlich verschwinde. Ich nehme an, es ist sinnlos, dich anzurufen, du würdest ja eh nicht rangehen, oder?«

Ich habe die Augenbrauen hochgezogen, um zu sagen »Genau!«. Und ich habe plötzlich gedacht, ist ja toll, wie viele Signale unser Körper geben kann, nicht nur die Hände, sondern auch das Gesicht, die Augen, die krause Nase, der verzogene Mund. Eine hochgezogene Braue, zack!, »genau«. Anders hochgezogen, zack!, »echt?«. Oder wieder anders hochgezogen, zack!, »willst du mich auf den Arm nehmen?«. Wer weiß, ob mein Vater jemals darüber nachgedacht hat, wie viel eine einfache Augenbraue sagen kann.

Er hat sich die Jacke angezogen, und ich war erstaunt, daß er so leicht aufgab. Ich mußte wieder an den Tag denken, an dem ich auf unsere Inter-Rail-Tour gestartet war und er mir nur »Macht keine Dummheiten!« mit auf den Weg gegeben hatte, ohne mir mit den üblichen Diskussionen und seinen Sorgen zu kommen. Ich hatte gedacht, ich hätte ihn endlich kleingekriegt, und dabei nicht bemerkt, daß er derjenige war, der das Feld räumte. Mein Vater war schwarzseherisch und ängstlich, und er lud mir seine Schuldkomplexe auf, obwohl er sich eigentlich mir gegenüber schuldig fühlte, mich nach seinem Ebenbild geschaffen zu haben. Deshalb war er, wenn ich wirklich verzweifelt war, in der Lage, zur Seite zu treten und die Waffen zu strecken, um mir dadurch Vertrauen zu geben.

Bevor er ging, habe ich ihn fest umarmt. Das tat ich nicht oft.

Diese Geste hat ihn gerührt: »Kann ich Mama sagen,

daß es dir gutgeht? Kann ich sicher sein, daß du keine Dummheiten machst?«

Ich habe wieder gelächelt und kurz durch die Nase geschnaubt. Das sollte heißen: »Was denn für Dummheiten, Papa, ich denke überhaupt nicht daran«, und meine Nase muß einigermaßen überzeugend gewesen sein, denn mein Vater hat endlich die Tür aufgemacht. »Wenn du uns brauchst, dann ruf einfach an, auch ohne etwas zu sagen. Laß es zweimal klingeln und häng wieder ein, dann wissen wir Bescheid. Ich komme aber morgen nachmittag noch mal vorbei, um nach dir zu sehen. Also dann, Ciao.«

Ciao. Rechte Hand heben, Finger biegen, als wolle man nach etwas greifen, und wieder strecken. Das ist einfach, das kann jedes Kind.

August

Die Reise hätte nicht schlimmer losgehen können. In nur zwei Stunden hatten wir uns handfest verkracht. Kaum waren wir in den Zug gestiegen, hatte Mario, der sich für den Motor und Organisator der Reise hielt, beschlossen, uns Punkt für Punkt das Programm darzulegen: »Um einundzwanzig Uhr fünfundvierzig sind wir in Mailand. Um sechs Uhr dreiundvierzig steigen wir in München um. Um dreizehn Uhr sechs ...«

Das erste Ziel auf Marios Route war Stockholm, dort drei Tage Aufenthalt, dann Rückfahrt nach Kopenhagen, und von da aus nach Paris, Spanien, Deutschland und Budapest. Doch der sagenhafte Robi hatte ihn nicht mal ausreden lassen: »Ey, bei Inter Rail braucht man den ganzen Zirkus nicht. Wir können in irgendeinen Zug steigen, die Fahrkarte ausfüllen und hinfahren, wo wir wollen. Was soll denn das bitte für eine Reise werden, wenn du hier alles vorausplanst?«

»Wenn ich eine durchgeplante Reise machen will, fahre ich auf dem Rücksitz bei meinen Eltern mit«, mischte Teo sich ein. »Alle Hotels sind schon vorher gebucht, und das Schlimmste, was passieren kann, ist, daß wir die Autobahnausfahrt verpassen.«

Mario hatte dagegengehalten, daß, wenn man zu viert wegführe, wenigstens ein grober Streckenplan eingehalten werden müsse, wenn nicht jeder machen solle, worauf er gerade Bock habe, womit das ganze eh gestorben wäre.

»Na gut, dann machen wir halt 'ne Reiseroute«, hatte Teo eingelenkt, »aber wir machen sie jetzt, und alle zusammen. Warum sollen wir uns nach deiner richten?«

Mario, der erkannt hatte, daß er in der Minderzahl

war, versuchte mich mit hineinzuziehen: »Weil es die ist, die Stefano und ich schon seit Ostern festgelegt haben. Ihr habt euch hinterher angeschlossen, also müßt ihr euch damit zufriedengeben.«

»Aber Stefano sollte doch gar nicht mitfahren, er ist erst drei Minuten vor Abfahrt gekommen.«

(In Wirklichkeit war ich eine Stunde zu früh am Bahnhof gewesen, aber ich hatte mich auf dem Klo versteckt, um einen spektakulären Auftritt in letzter Sekunde zu inszenieren.)

»Das ist egal, Programm ist Programm.«

Daraufhin wurde Teo persönlich.

»Du bist alt, Mario. Mein lieber Scholli, bist du alt. Wie alt bist du, Mario? Zweiundsechzig? Warum fährst du nicht mit Alpitour oder machst 'ne schöne Butterfahrt für Senioren?«

»Und du bist ein dreijähriges Kleinkind, Teo. Ohne Mumm. Ohne Persönlichkeit. Du kannst doch nur die anderen nachmachen, wie ein Papagei. Letztes Jahr hast du den Intellektuellen gespielt wie Stefano, jetzt willst du einen auf lässig machen, wie Robi. Aber du bist ein Niemand.«

»Na, dich würde ich ganz bestimmt nicht nachmachen. In der Pizzeria zähle ich jedenfalls nicht die zweihundert Lire Restgeld nach.«

»Hört euch den an, jeden Abend läßt er sich auf dem Moped rumchauffieren, aber glaubt ihr, er käme einmal drauf, das Benzin zu zahlen?«

Wie immer in solchen Fällen hielt Robi den Mund: Er war zu sehr Herr, um sich in eine so niveaulose Diskussion einzumischen. Ich hatte die Reise mit dem festen Vorsatz angetreten, sie als Anfang eines neuen Lebens zu betrachten. Das bedeutete, tolerant zu sein, meine Freunde nicht mit »Pflichten« und Schuldkomplexen zu stressen und mir jedesmal, wenn ich in die Versuchung kam, jemanden zu belehren, auf die Zunge zu beißen.

Also sah ich zu, wie die beiden sich gegenseitig beleidigten, dachte besorgt, daß wir Italien noch nicht einmal verlassen hatten, und wußte nicht, wie ich mich verhalten sollte.

Wir hatten gerade die Grenze zu Deutschland passiert, als Teo Mario offiziell zum Duell forderte: Jeder seiner Wege, am Ende würde sich ja herausstellen, wer mehr Länder gesehen, mehr Frauen erobert und mehr Spaß gehabt hatte.

In München stiegen wir aus und informierten uns über die Abfahrtszeiten der Anschlußzüge: Mario unterwegs nach Stockholm, Robi und Teo bereit zum Abstecher nach Amsterdam. Ich folgte ihnen wie in Trance und überlegte verzweifelt, wie ich das Eis brechen könnte. Robi fühlte sich schuldig, weil er, ohne es zu wollen, für die ganze Katastrophe verantwortlich war, und sah mich an, als hätte ich eine Lösung parat. Teo witzelte weiter, aber nur, um Haltung zu bewahren. Mario warf mir beleidigte Blicke zu, weil ich mich nicht offen auf seine Seite gestellt hatte.

Ich hatte Lust, mich Robi und Teo anzuschließen und herauszufinden, ob ich es mit ihnen zusammen endlich schaffen würde, locker zu sein und zügellos und ohne Skrupel in den Tag hinein zu leben. Doch gegen mein Pflichtbewußtsein hatte diese Lust keine Chance. Wenn ich Mario allein ließe, würde das schlechte Gewissen mich durch ganz Europa verfolgen. Also seufzte ich tief und dachte, na komm, dann fährst du halt mit ihm, vielleicht wird die Reise dann ein bißchen langweiliger, aber dafür auch lehrreicher und sicherer. Genau das Richtige für dich. Mit den anderen müßtest du ja doch nur den Babysitter spielen und würdest dir und ihnen die Ferien verderben.

Wie durch Zauberei lösten ein heißer Kaffee und eine Packung Kekse die ganze Anspannung schließlich in Luft auf. Als wir auf den Bahnsteig zurückkehrten, bereuten wir den Streit schon, aber keiner wollte als erster nachgeben. Ich versuchte Teo zu überzeugen, daß wir uns doch ohne weiters für eine Woche trennen und dann zusammen weiterreisen könnten. Robi unterstützte meinen Vorschlag sofort. Wir verabredeten ein Treffen in Paris in sechs Tagen: Zwischen acht und zehn Uhr morgens an der Gare de Lyon.

September

Zwei Jahre habe ich geschwiegen, aber mir kommen sie vor wie zwei Monate oder zwei Tage. Sie sind im Flug vergangen. Ich habe immer sagen hören, daß die Zeit schnell vergeht, wenn du Spaß hast und viel unternimmst, und langsam, wenn du nichts zu tun hast und dich langweilst, aber für mich war es immer andersherum.

Als ich auf Reisen war, zum Beispiel, gab es Tage, die so abwechslungsreich und wunderbar waren, daß sie gar nicht enden wollten, sie hörten einfach nicht auf, mit Geräuschen, Eindrücken und Gelächter auf mich einzustürmen, und ich hatte Mühe, all diese vollen Stunden zu verarbeiten, ich fiel todmüde ins Bett mit dem Gefühl, genug für eine ganze Woche erlebt zu haben. Aber zu Hause gab es Tage, an denen ich nichts besonders machte, ich saß herum, dachte nach, schaltete höchstens mal lustlos den Fernseher ein und langweilte mich, und nach drei Stunden konnte ich es nicht fassen, daß ich noch immer dasaß und nichts gemacht hatte, die Zeit war einfach so über mich hinweggegangen, ohne Spuren zu hinterlassen.

Viel stärker noch empfinde ich das auf der Ebene der Erinnerung, auf der zwei Jahre des Nichtstuns keinen Raum einnehmen, weil sie leer sind. Dagegen dauert eine Stunde, die du wirklich gelebt hast, viel länger. Du kannst jede einzelne ihrer Minuten heraufbeschwören und ausdehnen, bis sie ganz viel Raum einnimmt und für weitere Stunden, Tage und Jahre weiterlebt.

August

Auf der Fahrt nach Stockholm hatten Mario und ich uns neben ein finnisches Mädchen gesetzt: aschblonde Haare, dicklich, uninteressant. Wir tauschen ein paar Höflichkeiten aus, und dann fangen wir beide an, Karten zu spielen, und würdigen sie die ganze Zeit über keines Blickes. Wir reden, lachen und streiten, und erst nach einer ganzen Weile fällt mir auf, daß das Mädchen angefangen hat, hektisch irgendwelche Zettelchen vollzuschreiben. Sie denkt nach, schreibt und zerreißt den Zettel. Sie denkt wieder nach, schreibt, zerreißt, und so geht das eine Stunde lang. Als wir in den Bahnhof einfahren, gibt sie Mario den Zettel mit der endgültigen Version und sagt: »Du darfst ihn erst lesen, wenn ich weg bin.«

Zecke verzieht das Gesicht und bittet mich, ihn zu öffnen. Ich übersetze den englischen Text laut und merke, wie ich rot werde und vor Stolz fast platze: »Ihr seid die hübschesten Jungs, die ich je gesehen habe: Ich mag eure Gesichter und eure Augen, ich mag wie ihr redet und wie ihr euch bewegt. Ich habe euch lachen sehen und glaube, daß ihr ein wunderbarer Mensch seid. Danke, daß ihr mir eine so schöne Zugfahrt beschert habt.

P.S. Euer Freund sieht ein bißchen aus wie Silvester Stallone. Ganz süß. Aber ich hoffe, er hat nicht den gleichen Charakter.«

Ich verstehe nicht ganz: »Welcher Freund?«

Mario sieht mich ganz ruhig und freundlich an: »›Dein‹ Freund. ›You are‹ kann entweder ›ihr seid‹ oder ›du bist‹ heißen.«

In Gedanken übersetze ich das Ganze noch mal in

Singular und werde wieder rot, diesmal vor Wut. Der Zettel war für ihn, für meinen Reisegefährten, der auch in seinem Trainingsanzug, den er immer auf Zugfahrten anhat, zum Kotzen gut aussieht, auch wenn er müde, ungekämmt und hohläugig ist.

»Der schönste Mann der Welt«, grinse ich und würge meinen Neid herunter, »wo lebt die denn bloß?«

»Pff«, macht er, »vielleicht in irgendeinem abgelegenen Kaff, in dem es weder Männer noch ein Kino gibt. Silvester Stallone: na ja, dreißig Kilo leichter vielleicht ...«

Wenn man nach Stockholm kommt, ist das erste, was einem auffällt, das Licht. Die Luft ist anders da oben, sie ist klarer, und die Farben sind kräftiger. Das Meer ist unwahrscheinlich blau, der Himmel ist nur eine winzige Nuance heller und dabei blitzsauber. Die kristallklare, unverpestete Luft macht mindestens eine Dioptrie Unterschied: Es ist unglaublich, aber ich kann ohne meine Blindenbrille rumlaufen, erkenne Gesichter und kann die Ladenschilder lesen.

Stockholm ist wirklich schön. Nicht so, wie italienische Städte, es gibt weniger Kirchen, Sehenswürdigkeiten und alte Gebäude. Es ist eine moderne und nüchterne Schönheit. Dies erscheint mir genau der richtige Ort, um mein neues Leben zu beginnen: Weg mit der fiesen Streberbrille, weg mit der Schüchternheit, den Schuldkomplexen und auch weg mit dem – das habe ich versprochen – intellektuellen Gewäsch. In jener verhängnisvollen Nacht, in der mir die Wahrheit erschienen ist, um einen hohen Preis einzufordern, ist ein neuer Stefano geboren, ein skrupelloser Schweinehund, der das Leben Tag für Tag zu genießen weiß, ohne Abstriche machen zu müssen. Und daß mir ja keiner was von Mädchen erzählt: Die interessieren mich nicht mehr, und ich habe keine Lust, damit meine Zeit zu vergeuden. Ich werde sie höchstens mal benutzen, um ein abendliches Bedürfnis zu befriedigen, und dann ab auf den Müll mit ihnen. Wie der sagenhafte Robi.

Robi ist echt cool. Als er im vorigen Jahr von seiner Reise zurückgekommen war und wir ihn fragten, ob er ordentlich Frauen abgegriffen hätte, hat er abfällig geguckt und gesagt: »Pff, das ist das Letzte, woran du auf der Reise denkst, es gibt tausend interessantere und tollere Sachen.« Und als wir ihm sagten, klar Mann, logisch, aber jetzt sag mal, hast du welche abgegriffen oder nicht, hat er geantwortet: »Nein, ich hab's euch doch gesagt, das ist mir nicht mal im Traum eingefallen. Hey, nicht daß wir uns falsch verstehen, Gelegenheiten gab's mehr als genug, aber das war mir scheißegal, echt ...«

Hätte Mario oder Teo mir so etwas gesagt, hätte ich es für eine billige Ausrede gehalten. Aber bei Robi wußte ich, daß er die Wahrheit sagte, weil er beim Thema Frauen keine Märchen erzählte, sich nicht aufspielte und Entschuldigungen nicht nötig hatte. Er machte einfach, hatte immer Erfolg, und basta.

Auch deshalb habe ich beschlossen mitzufahren. Ich, der nicht einmal eine Sekunde lang nicht an Frauen denken kann, der sie auf der Straße anglotzt, der von ihnen träumt, der sie alle will, der es gar nicht abwarten kann, endlich die entscheidende Erfahrung zu machen. Das Desinteresse. Der Friede. Wenn ich nur desinteressiert genug bin, werde ich mich vor Weibern gar nicht retten können.

Für jemanden, der die Frauen vergessen möchte, ist Stockholm allerdings nicht die geeignete Stadt. Nach ein paar Stunden Schlaf im Stockbett auf irgendeinem Kahn im Hafen sind Mario und ich bereits um sieben Uhr abends in der Fußgängerzone unterwegs und kriechen wie Schnecken mit Stielaugen und sabbernden Mundwinkeln hinter Duzenden von prachtvollen, großen, blonden Schwedinnen her, mit blauen Augen, Modellächeln und langen Beinen, die geschmeidig sind wie Kaschmirschals. Die Durchschnittsschönheit haut einen um. In Italien macht man sich Zeichen, wenn zwischen den ganzen häßlichen, unscheinbaren Mädels mal eine Hübsche auftaucht, aber hier sind einfach alle umwerfend, und du erwischst dich dabei, wie du genau das Gegenteil machst und sagst: »Ey, guck mal, da ist ja 'ne Häßliche.« Eine Art Stendhalsyndrom hat mich befallen, und wie bei einem Tennismatch wende ich den Kopf hektisch hin und her, aus lauter Angst, mir könnte eine durch die Lappen gehen.

Mario versucht cool zu bleiben und sagt: »Na gut, okay, die sind schon hübsch, aber ein bißchen wie vom Fließband ...«

Er kann den Satz nicht zu Ende sprechen. Hingegossen auf einem Felsen, das goldene Haar von der Meeresbrise bewegt, sitzen zwei zauberhafte Nymphen mit rosigen Wangen und scheinen nur auf uns zu warten.

In Italien würde ich es nicht im Traum wagen, solche Mädchen einfach so anzuquatschen. Die Reaktion bei uns ist immer die gleiche: Der Laserblick, der durch dich durch geht, als wärst du unsichtbar, und dir ganz nebenbei drei oder vier lebenswichtige Organe zerfetzt. Aber hier in Stockholm fangen zwei der schönsten Mädchen, die ich je im Leben gesehen habe, ganz selbstverständlich an, sich mit uns zu unterhalten, nachdem Mario sie – peinlicherweise – um eine Auskunft gebeten hat.

Eine halbe Stunde lang reden, lachen und flachsen wir herum, und die beiden Nymphen erzählen uns in fehlerfreiem Englisch von ihrem Leben, und wie sehr sie Italien und die Côte d'Azur lieben. Schließlich sagen sie genauso selbstverständlich Entschuldigt, aber es ist schon spät, wir müssen jetzt wirklich gehen, und verschwinden, ohne sich auch nur ansatzweise auf eine Verabredung für den nächsten Tag einzulassen.

Mario kann es nicht fassen: »Hä?! Warum haben die sich denn 'ne halbe Stunde mit uns rumgeschlagen, wenn wir sie eh nicht interessieren?«

Ich bin inzwischen schon dankbar und fühle mich wie ein Gefährte des Odysseus, der den Sirenen entkommen ist: »Keine Ahnung, vielleicht wollten sie nur ein bißchen quatschen. Die waren doch nett.«

»Ach komm, leck mich am Arsch … quatschen können die mit ihren Freundinnen, wir sind echt nicht zum Spaß hier.«

In solchen Fällen ist Zecke nicht mehr zu halten: Er bindet sich das rote Stirnband um, hängt sich das Maschinengewehr über die Schulter und beschließt, den ganzen Platz systematisch niederzuballern. Er labert ungefähr zwanzig tolle Mädchen an, läßt die, bei denen es nicht so gut vorangeht, nach ein paar Minuten links liegen und bemüht sich um so mehr um die hoffnungsvolleren Kandidatinnen. Ich latsche wie ferngesteuert hinter ihm her, eingekeilt zwischen meinen wenigen Brocken Englisch, die ich in Windeseile aufzustocken versuche.

Nach zwei Stunden müssen wir jedoch feststellen, daß wir für diese schwedischen Zuckerstückchen weder als Jäger noch als Beute in Frage kommen. Vielleicht ist es anders, wenn sie Urlaub in Italien machen, und sich von der Sonne und der Tatsache verführen lassen, in einem fernen Land zu sein, in dem es keine Regeln gibt. Aber hier, bei ihnen zu Hause, in dieser strahlenden, keimfreien Stadt, scheinen sie ihre Gefühle vollkommen unter Kontrolle zu haben. Sie sind freundlich, vielleicht sogar neugierig, aber mehr auch nicht. Doch möglicherweise gibt es noch eine andere Erklärung, die etwas mit den vielen Afrikanern zu tun hat, die hier herumlaufen, viel mehr als in Italien. Sie scheinen gut integriert zu sein, sitzen auf den Bänken und reden, und nicht wenige von ihnen haben ein blondes Model im Arm. Uns kommt der Verdacht, daß wir mit der Mär vom Latin Lover mindestens zehn Jahre zu spät dran sind.

Deshalb entfährt uns fast ein Freudenschrei, als wir in der Ferne drei Mädchen mit Invicta-Rucksäcken und Supergas an den Füßen auftauchen sehen: Italienerinnen!

»Inter Rail, I suppose«, legt Mario mit seinem verführerischsten Lächeln los. Innerhalb von fünf Sekunden ist eine der drei bereits weich wie Butter und schmachtet meinen Freund mit Aschenputtelblick an.

Alle drei sind achtzehn Jahre alt und kommen aus Erba bei Como. Die, die schon ihr Herz an Mario verloren hat, heißt Antonella, eine schnuckelige Brünette mit sanften Kulleraugen, aber »bißchen breitem Hintern«, wie Robi sagen würde. Fabiana ist klein, nicht hübsch, aber dafür um so geiler, redet wie ein Wasserfall und hält nicht eine Sekunde lang still. Die dritte ist einfach nur grottenhäßlich: groß, mager, steif, mit einem Zinken, der noch schlimmer ist als meiner, und dem frustrierten Gesicht der ewig Benachteiligten.

Wir reden ein bißchen und machen die üblichen Scherze übers Zugfahren, die Hamburger bei McDonalds, die Jugendherbergen. Doch ehe ich's mich versehe, passiert auf einmal etwas Merkwürdiges. Ich frage Fabiana so was wie: »Warum seid ihr denn nach Schweden gekommen? Normalerweise manchen das doch nur Jungs.« Sie kichert verschmitzt, wirft Antonella einen fragenden Blick zu, die wird rot und raunt ihr verlegen und aufgeregt zu: »Mußt du das denn allen auf die Nase binden?« Fabiana hört noch nicht einmal hin, sie leckt sich ganz arglos die Lippen und platzt heraus: »Naja ... wir sind hierhergekommen, um unsere Unschuld zu verlieren.«

Mario und ich stehen da wie zwei Ölgötzen, und die kleinen Rädchen in meinem Hirn fangen sofort an, wie wild zu rotieren und sich zu fragen, ob das eine Verarschung, ein Angebot oder weiß der Geier was war.

Die Mädchen lachen und sind stolz darauf, uns verblüfft zu haben. »Was ist, glaubst du mir nicht?« fragt Fabiana herausfordernd.

»Doch, doch, klar ... die Unschuld, logisch ... Und warum, wenn ich fragen darf, ausgerechnet in Schweden? Habt ihr zu Hause keinen gefunden, der sich opfern wollte?«

»Dädädä, von wegen opfern! Hättest du wohl gern ... nee, aber ohne Scheiß, zu Hause kommt gar nicht in die Tüte. Habt ihr widerlichen Kerle überhaupt eine Ahnung davon, was das für eine Frau bedeutet ... also: wenn ich's mit einem aus Erba mache, oder auch aus Como, dann weiß ich jetzt schon, wie das endet. Nach 'ner Weile läßt der mich sitzen, keine Ahnung, warum, aber es ist so, die Männer lassen die Frauen danach immer sitzen.«

Antonella nickt zustimmend, und jetzt kommt Fabiana richtig in Fahrt.

»Nicht nur das: das Arschloch erzählt es sofort seinen Arschlochfreunden, und plötzlich meinen alle, auch bei dir landen zu müssen, nach dem Motto, wenn du den rangelassen hast, kann ich ja wohl auch mal. Und wenn sie dich sehen, stoßen sie sich an und grinsen überheblich. Also, bevor ich es zu Hause mache, bleibe ich lieber für den Rest meines Lebens Jungfrau. Reicht dir das als Erklärung?«

Fabiana holt Luft. Die Hände in den Hüften, hat sie sich vor mir aufgebaut und starrt mich echt sauer an.

Daß die Jungfrau ist, glaube ich keine Sekunde. Mein Faschistengroßvater hat einmal gesagt, daß, um herauszufinden, ob ein Mädchen noch Jungfrau ist, man ihr nur tief in die Augen schauen muß, weil das die Unschuld ist, die eigentlich verlorengeht, die Unschuld des Blicks. Und ich bin überzeugt davon, daß das stimmt, obwohl ich riskiere, massakriert zu werden, wenn ich das einem Mädchen sage. In Fabianas Augen lese ich, daß sie uns gerade verarscht, aber vielleicht spricht sie für Antonella, die tatsächlich noch einen Unschuldsblick hat.

»Okay, okay, ich ergebe mich«, sage ich und hebe die Hände, »ich bin ein dreckiges Chauvinistenschwein, aber guck mich nicht so an.«

Antonella schaltet sich herzensgut ein: »Was das betrifft, solltest du sie bloß nicht reizen, sonst kannst du dein blaues Wunder erleben. Außerdem hat sie recht, es ist immer dasselbe. Deshalb sind wir nach Schweden gekommen. Wir suchen uns einen schönen, großen, muskulösen Wikinger, tun ... was wir tun müssen, und dann Danke und Tschüs, jeder geht seiner Wege, und man muß ihn nie wiedersehen ...«

»Und wenn möglich«, Fabiana hebt den Zeigefinger und sieht sie dabei an, »ohne herzzerreißende Abschiedsszenen und parfümierte Briefe und so weiter. Haben wir uns verstanden?«

Zecke kann es kaum erwarten, die Kurve zu kratzen und macht mir Zeichen, daß wir endlich verschwinden sollten.

Es bringt ihn aus dem Konzept, so knallharte Frauen vor sich zu haben und nicht Herr der Lage zu sein.

Ich dagegen amüsiere mich prächtig. Solange wir auf der verbalen Ebene bleiben, fürchte ich nichts und keine. »Aber was soll dann«, sage ich, »das ganze Gesülze von wegen, es mit dem Richtigen machen? Es aus Liebe machen?«

»Wie soll ich denn auf den Richtigen warten«, schießt Fabiana zurück, »wenn ich vorher gar nicht weiß, ob es der Richtige oder der Falsche ist. Das Schwein in euch kommt doch immer erst hinterher raus. Dann kann ich es auch mit irgendeinem machen, erstens, weil es ganz natürlich ist, zweitens, weil es mit achtzehn auch mal Zeit wird, und drittens, weil dieses Jahr mit Abi und so echt kein Zuckerschlecken war und wir uns einen schönen Wikinger redlich verdient haben.«

Je länger sie auf mich einredet, desto mehr glaube ich, daß Fabiana vor allem ihre Freundin überzeugen will. Doch so, wie Antonella Mario anglotzt, kommt mir der Verdacht, daß die gar nicht so scharf auf einen Wikinger ist, und daß ein Versuch nichts schaden kann.

»Tut mir leid, Mädels«, sage ich, »aber ich glaube, ihr macht euch da was vor. Verläßliche Quellen haben uns gerade bestätigt, daß die Schweden im Bett totale Loser sind, alles, was die wollen, ist, sich abends betrinken und in amerikanischen Schlitten durch die Gegend fahren. Ihr werdet euch verdammt anstrengen müssen, wenn ihr zwei Typen finden wollt ...«

Ich habe »zwei« anstatt »drei« gesagt. Voll ins Fettnäpfchen. Die dritte im Bunde, die Häßliche, sieht aus, als hätte sie gerade in eine Steckdose gefaßt, und starrt mich haßerfüllt an. Trotzdem tue ich so, als wär nichts.

»... warum vergreift ihr euch denn nicht an uns? Wir sind Italiener, also großartige Liebhaber, Mario sieht gut aus und ich bin nett, wir wohnen ganz woanders, und ihr müßtet uns nicht wiedersehen. Was wollt ihr mehr?«

Fabiana lächelt mich skeptisch an, aber ich möchte wetten, daß sie darüber nachdenkt. Antonella verschlingt Mario noch immer mit den Augen. Aber die häßliche Freundin muß nicht länger überlegen. »Nichts zu machen«, krächzt sie, »ihr seid die typischen Arschlochitaliener, mit denen wir nichts zu tun haben wollen. Seid ihr wegen der Schwedinnen gekommen? Na, dann schnappt euch doch die, wenn euch das gelingt. Und außerdem«, schiebt sie hinterher und kneift mich in die Wange, als wäre ich ein Hosenscheißer, »ich bin sicher, du bist auch noch Jungfrau. Es wäre die blanke Katastrophe.«

Die anderen beiden reißen sich zusammen, um nicht loszuprusten, ich merke, wie ich heiße Ohren kriege, und versuche, etwas zu stammeln. Mir fällt nichts ein. Aber Antonella und Fabiana sind schon fast über alle Berge, weggezerrt von der Hexenfreundin.

September

Mein Vater war gerade fortgegangen, da rief Giovanna an. Es war eine Minute nach zwölf, eine Minute später als sonst, weil sie vorher wie immer im Büro angerufen hatte. Meine Kollegin mußte ihr gesagt haben, daß es mir nicht gutginge, weil ich, statt zu reden, nur Tränenblasen herausbrächte und deswegen nach Hause gegangen sei.

Ich habe den Anrufbeantworter drangehen lassen, und wieder überraschte mich meine Stimme auf dem Band.

»Ciao, Schatz, ich habe im Büro angerufen, aber du warst nicht da. Sie haben mir gesagt, daß du zu Hause bist ... geht es dir nicht gut? Ich versuch's jetzt mal bei deinen Eltern, ich mach mir Sorgen. Ruf mich bitte an.«

Mach dir keine Sorgen, Giovanna, habe ich mir gesagt. Mir geht es gut. Und wenn du nicht mehr anrufen würdest, nie mehr, würde es mir noch besser gehen. Warum stirbst du nicht, Giovanna, denn ich ertrage dich nicht mehr und weiß nicht, wie ich dich loswerden soll, deine klebrige Liebe, die Schuldkomplexe, mit denen du mich seit vier Jahren (Jesus, vier Jahre!) an dich bindest. Nein, Giovanna, entschuldige, warum sterbe ich nicht, der ich dir, den anderen, dem Leben, nicht gewachsen bin? Du bist fröhlich, fähig zu lieben und verdienst es, zu leben, aber ich spüre den Tod in mir und will nichts als Ruhe, Ruhe, Ruhe ...

Giovanna hat sich die ersten drei Tage zurückgehalten. Meine Eltern hatten ihr die Situation erklärt und ihr, glaube ich, geraten, sich eine Weile von mir fernzuhalten.

Ihre »Weile« dauerte genau drei Tage: Dienstag, Mittwoch, Donnerstag. Donnerstag abend hat sie zweimal angerufen, der Anrufbeantworter ist angesprungen, und sie hat aufgelegt. Woher ich weiß, daß sie es war? Ich höre es am Klingeln. Freitag morgen um zehn hat sie wieder angerufen, sie war derart besorgt, daß sie sich einen Ruck gab.

»Ciao, Schatz, ich bin's. Ich habe neulich mit deinen Eltern telefoniert, sie haben mir alles erklärt ... Ich wollte sofort zu dir kommen, aber sie haben mir gesagt, daß ich das besser lassen soll ... Ich mache mir Sorgen (sie fing an zu weinen), was ist denn los mit dir? Jag mir doch nicht so eine Angst ein. Und außerdem wollte ich wegen morgen fragen, was machen wir? Na gut, ruf mich an, bitte.«

Du wolltest wegen morgen fragen? Ich sag's dir sofort: Es wird kein morgen geben, es wird für dich keine Zugfahrt von Mailand ans Meer und keine Rückfahrt am Montagmorgen geben. Es wird für mich keine quälenden zwei Tage Eheglück in gemeinsamen vier Wänden geben, in denen du lauter kleine Leckereien kochst, und dann Geschirr spülst, den Boden wischst, das Bad putzt und mir vorkommst, wie die Hausfrau aus der Waschmittelwerbung. Du wirst mir nicht mehr sagen, was ich essen kann und was nicht, wie »genau« ich das Bett machen soll und welche Hosen ich mit welcher Jacke anziehen kann. Wir werden nicht mehr miteinander schlafen, Giovanna, auch wenn das gar nicht mal so übel war, aber inzwischen kenne ich jeden Quadratzentimeter deines Körpers und jede sensible Stelle, und es gibt nichts mehr zu entdecken, weder für mich noch für dich.

All das habe ich gedacht und erleichtert festgestellt, daß es wirklich vorbei war. Ich habe mich davon überzeugt, daß in ihrer Stimme keine Liebe für mich lag, sondern nur noch Angst um sich selbst, darum, was aus ihr werden würde. Inzwischen haßte ich sie so sehr, daß mich selbst ihre Tränen nicht mehr rührten, und ich dachte, daß sie nur um sich selbst und ihre Niederlage weinte.

Am Freitag nachmittag rief Giovanna wieder an: »Ich hatte gehofft, daß du mich zurückrufen würdest, ich verstehe das einfach nicht. Deine Eltern sagen, du würdest nicht mehr sprechen, aber sag mir doch wenigstens, ob wir uns morgen sehen, sag mir einfach nur ja oder nein ...«

Was redest du denn da, dachte ich, wenn ich nicht spreche, kann ich doch auch nicht ja oder nein sagen.

»... Hör mal, wir machen es so: Wenn ich nichts von dir höre, heißt das, daß alles beim alten bleibt und wir uns sehen. Ich nehme den gleichen Zug wie immer. Wenn nicht, ruf mich an ... okay? Wenn ich bis heute abend nichts von dir höre, komme ich, hol mich am Bahnhof ab.«

Diesen billigen Grundschultrick mußte sie vorher geübt haben. Ich sah sie vor mir, wie sie den Hörer danebenlegte, »wenn er dann anruft, ist besetzt, und er kann mir nicht sagen, daß ich nicht kommen soll«, das sah ihr ähnlich, die einfachen Tatsachen nicht wahrhaben zu wollen.

Wie blöd bist du eigentlich, Giovanna, habe ich wütend gedacht. Siehst du denn nicht, daß da hinten eine Kurve kommt, in die du gerade mit zweihundert Sachen reinbretterst? Warum trittst du nicht auf die Bremse oder gehst wenigstens ein bißchen vom Gas, wenigstens für eine Woche, einen Monat, zwanzig Jahre? Aber nein, du knallst mit zweihundert Sachen gegen mich und stirbst, Giovanna, weil ich nämlich eine Gummiwand mit steinernem Herzen bin, und genau daran wirst du dir den Schädel einrennen.

August

Die engelsgleiche Anna Andersson kam uns in Borås am Flußufer entgegen. Wir waren hungrig, und sie gab uns zu essen, wir waren müde, und sie ließ uns in ihrem Bett schlafen, wir waren einsam und traurig, und sie schenkte uns ihre Freundschaft, ohne etwas dafür zu verlangen.

Wie wir in Borås, einem entlegenen Kaff im schwedischen Hinterland, gelandet waren, müßte man Zecke fragen. Nur wenige Stunden vorher waren wir noch am Stockholmer Bahnhof, mit unseren Rucksäcken auf dem Rücken und dem Inter-Rail-Heftchen in der Hand, in das wir schon »Kopenhagen« eingetragen hatten. Doch als wir an der Gepäckaufbewahrung vorbeikamen, erspähte Mario ein blondes Mädchen, das mit einem riesigen Koffer kämpfte, der sich im Schließfach verklemmt hatte. Plötzlich war mein Freund weg und stand eine Zehntelsekunde später mit seinem perfektesten Lächeln und einer kleinen Verbeugung neben ihr. Der Anblick von ihm und dem Riesenkoffer genügte mit, um zu wissen, wohin das führen würde. Zecke hatte sich festgesaugt, und es war mir vollkommen unmöglich, die kleine Grete von ihm zu befreien.

Deshalb geselle ich mich zu ihnen, und in dem Augenblick sehe ich Inge, Gretes Freundin. Sie ist so groß wie ich, doppelt so breit und so aufregend wie ein schwarzweißer Rubiks-Cube. Vorstellungsritual, »Wir fahren nach Kopenhagen«, sage ich knapp. »Wir nach Borås«, säuselt Grete, sieht dabei Mario an und flattert mit den Lidern. »Borås, schöne Stadt«, sagt Mario und nimmt Gretes Koffer, »welches Gleis?«

Er bietet dem Nordlicht den Arm, und ohne mich

nach meiner Meinung zu fragen, setzt er sich gelassen in Bewegung. Inge lächelt mich an und wirft einen vielsagenden Blick auf ihre Tasche. Ich glaube, da waren Ziegelsteine drin. Ich nehme einen der beiden Henkel und warte darauf, daß sie den anderen nimmt. Während wir hinter den beiden Turteltäubchen herkeuchen, fällt mir rein gar nichts ein, worüber ich mit Inge reden sollte, und hin und wieder sehe ich sie verstohlen von der Seite an, was sie errötend bemerkt. O Gott.

Wir erreichen den Zug der Mädchen, und Mario sagt: »Ich stelle ihr nur den Koffer rein.« Egal, was er sagt, Grete kichert beseelt wie Heidi, die hinter den Zicklein herspringt. Ich hasse sie jetzt schon. Ich steige auch in den Zug und helfe Inge mit ihrer elenden Tasche. Mario hat es sich bereits bequem gemacht wie einer, der nicht vorhat, wieder auszusteigen.

Blitzschnell wäge ich alle Möglichkeiten ab: Mit ihm mitfahren und das Wikingerweib ertragen. Alleine nach Kopenhagen aufbrechen und mir in Christiania ein Messer in den Bauch rammen lassen. In Stockholm bei den blonden Statuen und ihren ghanaischen Verlobten bleiben. Ich habe so gut wie keine Wahl, aber ich gebe mich nicht einfach so geschlagen: Wenn schon Borås, dann auf seine Verantwortung. Und daß er mich auf Knien darum bitten möge.

Ich werfe einen Blick auf die Bahnhofsuhr und sage: »Hey, Mario, beweg dich: In fünf Minuten fährt unser Zug!«

Er ist neben Grete in den Sitz gesunken und sieht mich vollkommen abwesend an: »Warum begleiten wir sie nicht nach Hause? Es sind doch nur zwei Stunden.«

»Ach komm, nach Borås, dieses Drecksnest? Wir haben noch so viel anderes vor!«

»Na und, ist doch scheißegal! Es zwingt uns doch keiner, immer alles nach Programm zu machen, wir können auch improvisieren und mitnehmen, was sich gerade so bietet.«

Am liebsten würde ich ein Tonband mitlaufen lassen, um es später Teo und Robi vorzuspielen und es ihm so richtig zu geben, wenn wir wieder alle zusammen sind.

»Und was sich mir gerade so bietet ist also diese Sumoringerin, oder wie?« sage ich und sehe zu Inge hinüber. »Ich fahre nach Kopenhagen.«

Mario hält mich am Arm fest. »Komm schon, tu mir den Gefallen. Nur zwei Stunden. Wenn es da scheiße ist, drehen wir sofort um. Versprochen.«

Grete glotzt uns an, versteht so gut wie gar nichts, und lächelt unverdrossen dämlich vor sich hin. Ich sehe sie mir genauer an, und mich durchzuckt der Gedanke, daß Wile E. Coyote auf der Jagd nach Roadrunner gerade in einem Eisenbahntunnel verschwindet, der sich als Sackgasse erweist. Mir kommt eine gemeine Idee: Wenn es ein tragisches Ende geben sollte, dann will ich mir das nicht entgehen lassen.

Ich mache ein Gesicht wie: »Dafür habe ich bei dir aber echt was gut«, und setze mich neben Inge. Sie muß mitbekommen haben, daß ich eigentlich gehen wollte, und starrt demonstrativ aus dem Fenster. Ich bin unentschlossen, ob ich das Eis brechen soll, aber schon bei der Vorstellung, die üblichen vier Fragen in meinem kläglichen Englisch zu stellen, wird mir schlecht. Warum, verdammt noch mal, muß ich es eigentlich immer allen recht machen? Warum, verdammt noch mal, muß ich eigentlich immer so gut erzogen sein? Ich schließe die Augen, lehne mich zurück und bin zehn Minuten später eingeschlafen.

Das erste, was ich höre, als ich wieder aufwache, ist das unerträgliche Gekicher von Grete. Seit einer Ewigkeit war ich nicht mehr so vollkommen weg. Ich möchte sofort wieder abtauchen, aber inzwischen bin ich an der Oberfläche, und die Stimmen und das Licht treffen mich wie eine Ohrfeige. Ich öffne die Augen und alle drei sehen mich an. Mein Mund steht noch halb offen und ich habe auf den Sitz gesabbert, aber das ist mir scheißegal.

Mario lächelt. »Hey, wir sind fast da. Grete hat gesagt, daß wir bei ihr schlafen können. Wenn wir am Bahnhof sind, ruft sie sofort ihre Eltern an. Dadurch sparen wir zumindest das Geld fürs Hotel.«

Die Lokomotive, die Wile E. Coyote in Stücke reißen soll, kommt zwanzig Minuten später, und ihr gellender Pfiff ist die Stimme von Gretes Mutter, die sich wie eine Kreissäge durch den Hörer, Gretes leeres Köpfchen und die Tür der Telefonzelle fräst: Sie schreit so laut, daß eine Übersetzung nicht nötig ist. Die Schwedenmaus kommt mit hängenden Löckchen zu uns zurück, schlägt die Augen nieder und traut sich nicht, uns anzusehen.

Mario hat sich von dem Schlag schnell wieder erholt. Er geht zu Grete, streichelt ihr die Wange und setzt dabei sein sardonisches Parfümwerbung-Lächeln auf, das eines Mannes, den nichts so leicht umhaut: »Macht nichts, Baby, wir kommen schon durch. Gib mir deine Nummer, und ich rufe dich heute abend an.«

Grete nickt, aber sie scheint mit den Gedanken schon woanders zu sein, das Gekeife ihrer Mutter hat sie wieder in die Wirklichkeit zurückgeholt: Was fällt dir ein, zwei Italiener, die du auf der Straße aufgegabelt hast, mit nach Hause zu bringen? Italiener sind nett, wenn du in Rom oder Rimini Ferien machst, aber sie in Borås anzuschleppen ... du weißt doch, daß die Dreck machen, wir haben keinen Garten, und sie im Haus zu halten, wäre reine Tierquälerei.

Die Mädchen steigen in ein Taxi und Mario winkt ihnen nach. »Also, ich rufe dich an, ja?« Klaro. Ich gehe zum Fahrplan. Der nächste Zug nach Stockholm fährt in zwei Stunden. Mario stellt sich verwundert neben mich. »Was machst du denn da? Laß uns ein Hotel suchen gehen.« Bei dem Wort »Hotel« brennt bei mir die Mordsicherung durch. »HOTEL? Weißt du eigentlich, was ein Hotel hier kostet? Wenn du es zahlst, soll's mir recht sein, aber ich werfe bestimmt nicht dreißig oder vierzig Steine dafür raus, dir in irgendeiner Absteige die Kerze zu halten!«

Zecke weiß, daß ich recht habe. Er denkt kurz nach, hin und her gerissen zwischen seinen beiden großen Lieben, den Frauen und dem Geld. »Na gut, aber wir können uns ja wenigstens die Stadt ansehen und mal nach den Preisen fragen, wenn wir sowieso noch zwei Stunden Zeit haben.«

Wir setzten uns die Rucksäcke auf und machen uns auf den Weg zur Hauptstraße. Borås ist eine ganz normale nordeuropäische Kleinstadt: Gepflasterte Fußgängerzone, Läden mit durchsichtigen lila Polyesterkleidern und grauenhaften Schuhen, der unvermeidbare McDonald's, viele Radfahrer. Außerdem noch ein Teich oder Fluß mit viel Grün drumherum, Enten und Schwänen. Dort setzen wir uns zur Lagebesprechung auf eine Bank. Zecke hat sich im einzigen Hotel erkundigt, das wir auf der Hauptstraße gefunden haben, und jetzt grübelt er darüber nach, ob die Sache mit Grete sechzig Steine wert ist. »Eigentlich«, sagt er, »war mit ihr ja noch gar nichts. Und bei so einer Mutter ... vielleicht darf sie heute abend noch nicht einmal weg.«

In diesem Moment biegt Anna Andersson um die Ecke. Sie trägt einen hellblauen Trainingsanzug, schneeweiße Joggingschuhe und führt drei Hunde an der Leine, die um sie herumhecheln. Ein Stirnband hält ihre langen blonden Haare. Unsere Blicke kreuzen sich, und ein strahlend weißes Lächeln erhellt ihr ganzes Gesicht: perfektes Näschen, rosige Wangen und blaue Augen, die wir bereits von den Schwedinnen kennen. Aber der Blick und die Wangenknochen sind bestechend und brennen sich sofort ins Hirn. Der Ausdruck »Wie vom Blitz getroffen« war bis zu diesem Moment bedeutungslos.

Anna ist siebzehn, studiert Kunst und ist Halbtagskrankenschwester im Krankenhaus von Borås. Doch jetzt geht sie gerade ganz in ihrer Rolle als Dogsitter auf, mit der sie ihr Gehalt aufbessert. Sie findet es aufregend, in Borås zwei Italiener zu treffen, das scheint nicht allzu oft vorzukommen, denn Borås hat keine einzige Sehenswürdigkeit. Wir erzählen ihr von unserem Pech und sagen, daß wir gerade auf dem Weg zum Bahnhof seien, um aus Schweden zu fliehen. »Bei euch ist alles zu teuer: der Spaß, die Hotels, das Fastfood.«

Wir gehen am Fluß entlang, jeder mit einem Hund an der Leine. Meiner, der bei ihr ganz ruhig war, bellt die Schwäne und Enten an, die im grünlichen Wasser herumplanschen. Anna ist fröhlich und spontan und trägt ihre Schönheit so selbstverständlich wie ein bequemes Kleid. Vollkommen natürlich redet sie über alles mögliche, gibt einem sofort das Gefühl von Vertrautheit und hört nicht auf, nach uns, unserer Reise und Italien zu fragen. »Ich habe vor, mal zu kommen, vielleicht nächsten Sommer«, sagt sie, »aber ich würde gerne irgendwas arbeiten, vielleicht in einem Restaurant oder in einer Bar, Geld verdienen ...«

Wir hören ihr fasziniert zu. Sie wirkt kein bißchen jünger als wir, und in puncto Sicherheit und Unabhängigkeit schlägt sie uns um Längen. Wieder muß ich daran denken, daß ein hübsches italienisches Mädchen, siebzehnjährig, Einzelkind, total anders drauf wäre.

Wir reden und lachen, während die Hunde knurren, schnüffeln und fröhlich über die Wiese springen. Dann fragt Anna rundheraus: »Wollt ihr wirklich gleich wieder fahren? Warum kommt ihr nicht mit zu mir, wenigstens für heute nacht?«

Mario und ich sehen uns ungläubig an: Die kennt uns doch erst seit einer halben Stunde ...

»Ja, das wäre ganz nett«, sage ich, »aber was sagen deine Eltern?«

»Ach, die sind kein Problem. Ich wohne allein. Meine Wohnung ist winzig, aber wenn euch das nichts ausmacht ...«

In Zeckes Augen sehe ich ein gieriges Flackern, das mir überhaupt nicht gefällt.

»Das wäre super«, sage ich, »dann kann Mario heute abend seine Grete anrufen.«

Er sieht Anna tief in die Augen und läßt seine Reißzähne blitzen: »Grete? Wer ist das?«

Auf dem Weg zu Anna hole ich eine Zigarette raus. Ich rauche wenig, höchstens zwei oder drei am Tag, meistens, weil ich nervös bin oder mich langweile oder auf Mädchen Eindruck machen will. Ich biete Anna eine an und sehe, wie sich ihr Gesicht vollkommen verändert und jegliche Freundlichkeit daraus verschwindet.

»Warum rauchst du?«

Ach du Scheiße. »Warum ich rauche? Äh ... na ja, weil's mir schmeckt. Rauchst du nicht?«

»Nein. Ich bin zu jung zum Sterben.«

»Ach, na, jetzt übertreib mal nicht ...«

»Ich weiß ja nicht, wie das bei euch in Italien ist, aber wir hier sind eine Non-smoking-Generation. Meine Eltern rauchen noch. Die Vierzig- und Fünfzigjährigen rauchen. Und sterben an Krebs. Aber ich kenne keinen in meinem Alter, der raucht.«

Jetzt bin ich so nervös und sauer auf mich selbst, daß ich die ganze Packung rauchen könnte. Mario, dieser Drecksack, läßt natürlich sofort eine Gesundheitspredigt vom Stapel und sieht mich an, als wäre ich von oben bis unten mit Scheiße bespritzt. Jetzt nachzugeben wäre schlimmer, als es bis zum bitteren Ende durchzuziehen. Übertrieben genüßlich zünde ich mir die Zigarette an und will das Streichholz wegwerfen, als ich Annas schiefen Blick kreuze. Nicht ein Papierfetzchen liegt auf der Erde, nicht ein Zigarettenstummel, nichts, gar nichts, und so stecke ich mir das Streichholz in die Hosentasche. Ich glaube, um die Zigarette auszumachen, werde ich sie herunterschlucken müssen.

Annas Wohnung ist nicht viel mehr als ein Zimmer. Bevor wir herein dürfen, läßt sie uns gut zehn Minuten auf der Straße warten. »Ich möchte nur ein bißchen aufräumen, die Unordnung ist mir peinlich.« Als wir in die Wohnung kommen, entschuldigt sie sich noch einmal: »Ich bin eine katastrophale Hausfrau«, aber in Wirklichkeit ist alles perfekt, ein Puppenhaus: rosa Teppichboden, geblümtes Schlafsofa, winzige rotweiße Küche. Überall helle Holzmöbel, Bilderrahmen, Fotos, Poster, Kissen und Plüschtiere. Sogar ein Käfig mit einem Kanarienvogel ist da, Thor. Alles ist sauber, einfach und klar, genau wie sie.

Dann geht Anna weg, um im Krankenhaus vorbeizuschauen, und überläßt ihre Wohnung uns. Wir duschen ausgiebig, ziehen uns was Frisches an und gehen einkaufen: Tomatensoße, Spaghetti, Wein (todesteuer), Nachtisch und eine rote Rose. Als Anna zurückkommt, ist der Tisch gedeckt, mit Kerzen, roter Rose und zwei bis über beide Ohren verliebten Italienern.

Um genau zu sein, haben Mario und ich bei ihrem Erscheinen total gegensätzlich reagiert. Annas erster Blick hat den Panzer, mit dem ich losgefahren bin, sofort durchbrochen, und jetzt bin ich vollkommen im Delirium und sage ständig, daß ich noch nie ein so reines Wesen getroffen hätte. Nach dem ersten Glas Wein auf leeren Magen fange ich an, Dantes »Ich bin ein Mensch, der immer, wenn Liebe ihn behaucht, es wohl bemerket, und wie sie in mir spricht, so muß ich's sagen« mit »I am one, that when love makes wind I write, and the same thing that he tell in my heart, I ... I ... write« zu übersetzen.

Mario tritt mir unterm Tisch gegen das Schienbein.

»Hör auf, den Affen zu machen, so eine Gelegenheit bekommen wir nie wieder.« Er hat den Plan, Anna abzufüllen, und sagt die haarsträubendsten Dinge über anständige Mädchen, die sich dann als die allerschlimmsten herausstellen, wobei die bravsten als erste bei der Sache wären, und daß es doch klar sei, daß wir nur hier seien, weil Anna es mit einem von uns (damit meint er natürlich sich) oder gleich mit beiden treiben wolle. Die Schweden seien nun mal so, da sei doch nichts dabei: Ein- oder zweimal die Woche hätten die Sex, als wäre es eine Turnübung, das fiele genauso unter das nordische Gesundheitsprinzip wie nicht zu rauchen und kein Papier auf die Erde zu werfen.

Nach so vielen Plastikhamburgern kommen mir die Spaghetti wahnsinnig gut vor, aber Anna muß sie erst in Ketchup ertränken, um sie herunterzukriegen. Ich kann mich gar nicht an ihr satt sehen, alle zwei Sekunden suche ich wieder ihren Blick, um nicht zu verdursten.

Ich wasche ab, Mario trocknet ab. Wir umsorgen unsere Gastgeberin wie eine kleine Schwester. Ich könnte bei ihr auf keinen schmutzigen Gedanken kommen, Anna ist die Frau, von der ich schon immer geträumt habe, hübsch, intelligent, unabhängig, und vor allen Dingen engelsgleich. Ich bin mir sicher, daß sie auf jeden Fall noch Jungfrau ist, und daß sie mit Jungs nur unschuldig rumgeflirtet hat. Höchstens mal ein Kuß. Und ein Kuß ist alles, worum sie zu bitten ich wagen würde.

Wir setzen uns auf das Sofa, Anna macht die Stereoanlage an und holt ihre Poesiealben raus. Sie hat eines nur für ihre Freunde, mit Fotos, Zeitungsschnipseln und Gedichten. Sie bittet uns, auch etwas hineinzuschreiben, und Mario verfaßt zwei Sätze in Englisch, dankt für die Gastfreundschaft und setzt seine Adresse drunter. Dann gibt er mir den Stift. Ich bin im absoluten Teenagerliebesrausch und sage immer wieder: »Kannst du das fassen? Sie ist Beatrice, Dantes Beatrice!«

Ich nehme meine ganze Konzentration zusammen und ergieße mich in vier Versen von Liebe behaucht:

Die Liebe wohnt in meiner Herrin Blick;
dadurch wird alles, was sie anschaut, schön.
Nach ihr muß jeder, wo sie geht, sich drehn,
bei ihrem Gruß bebt ihm das Herz vor Glück.

Mario schüttelt den Kopf: »Du bist vollkommen durchgeknallt. Du phantasierst. Wie soll die Arme denn Dante verstehen?«

»Du hast recht. Ich versuch's zu übersetzen.«

Er reißt mir den Stift aus der Hand. »O bitte, verschone uns. Merkst du eigentlich nicht, daß du alles kaputtmachst?«

»Was heißt denn hier kaputtmachen? Ich verbringe gerade einen herrlichen Abend. Du bist derjenige, der was kaputtmachen will. Wag es ja nicht!«

Als unsere Gastgeberin kurz verschwindet, nutzt Mario die Gelegenheit und sieht mich herausfordernd an. »Ich wette, die ist dabei. Sie hat uns zu sich nach Hause eingeladen. Und sie hat nur ein Bett. Wenn du mich fragst, ist für uns beide was drin, aber wenn du keine Lust hast, dann zieh wenigstens Leine: Geh raus und mach 'nen Spaziergang, rauch 'ne Zigarette. Du rauchst doch sonst immer nach dem Abendessen, warum denn gerade heute nicht?«

Ich starre ihn mit blutunterlaufenen Augen an. Es fehlte nicht viel, und ich würde ihn tatsächlich mit ihr allein lassen, so sicher bin ich mir, daß Anna ihn aus dem Fenster schmeißen würde. Aber dann durchzuckt mich die schmerzhafte Erinnerung an Elena und Robi, mein Herz bleibt kurz stehen, und ich merke, wie meine Sicherheit dahinschwindet. »Ich hab aufgehört zu rauchen«, zische ich, »ich gehöre zu der Non-smoking-Generation.«

Anna hat diskret gewartet, bis wir fertig sind. Sie setzt sich wieder neben uns, redet auf uns ein und erzählt von ihren Abenden im Schwimmbad oder im Fitneßstudio. Ich hänge an ihren Lippen, atme ihren Duft ein und versuche, jede Kleinigkeit festzuhalten. Wenn Mario jetzt noch von einem Blitz getroffen würde, wäre alles perfekt. Dann könnten Anna und ich eine Urne mit seiner Asche auf den Kaminsims stellen, und an den langen Winterabenden voller Zärtlichkeit an den liebenswerten Volltrottel zurückdenken.

Um Punkt elf Uhr unterdrückt Anna Andersson ein kleines Gähnen, und sie verkündet süß: »Jetzt muß ich aber schlafen gehen, morgen habe ich Frühschicht.«

Sofort hat Wile E. Coyote die Serviette um den Hals, Messer und Gabel in der Hand, und die tropfende Scheibenwischerzunge draußen. »Also«, sagt er, »wie arrangieren wir uns? Alle im großen Bett?«

Ich werfe ihm einen tödlichen Blick zu, Anna lacht. »Nein, ich schlafe bei meinen Eltern, hatte ich euch das nicht gesagt?«

Und schon hängt Wile E. Coyote in der Luft. Ohne es zu merken ist er über den Rand des Canyons hinausgerannt, und erst jetzt fällt ihm auf, daß unter seinen Pfoten nichts mehr ist. Er kapiert, daß er geliefert ist, macht mit dem Pfötchen Winkewinke und saust in die Tiefe.

Mit eleganten, natürlichen Bewegungen wirft Anna einen Schlafanzug und das, was sie für die Nacht sonst noch braucht, in einen kleinen Rucksack. Dann verabschiedet sie sich mit je einem artigen Kuß auf die Wange. »Tschüs, Jungs, wenn ihr geht, werft den Schlüssel einfach in den Briefkasten. Wenn nicht, sehen wir uns morgen nachmittag.«

Kaum ist sie raus, wirft Mario sich fluchend aufs Bett. »Scheiße, so ein Mist … warum ist sie nicht geblieben, warum? Weil ich mit einem Arschlochfreund unterwegs bin, darum ... O Gott, hätte ich das gewußt ... Ich hätte gleich Grete anrufen sollen ... Wieviel Uhr ist es? O Mann, jetzt ist es zu spät!«

Ich stehe am Fenster und drehe mich schmerzerfüllt zu ihm um. »Halt deinen dreckigen Mund. Wir hatten einen Engel an unserer Tafel, und du sprichst von sterblichen Frauen! Sie ist gerade verschwunden, und schon fällst du in den Sündenpfuhl zurück! Fühlst du dich denn nicht anders? Fühlst du denn nicht, daß deine Seele auf einmal tugendhafter, edler und reiner ist?«

Ich atme tief den Geruch der Wohnung ein. Heißt es nicht, daß die Heiligen nach dem Paradiese duften? »Ja, Anna ist ein Engel«, sage ich. »Vielleicht gibt es sie gar nicht, und es hat sie nie gegeben. Vielleicht ist all das nur ein Traum, und morgen wachen wir in irgendeiner schäbigen Jugendherberge auf.«

»Von wegen Engel, hör auf, so eine Scheiße zu verzapfen! Engel gießen sich keinen Ketchup über die Spaghetti.«

»Aber begreifst du denn nicht? Sie hat uns ihr Heim und ihr Herz geöffnet. Sie hat uns alles gegeben, ohne etwas dafür zu wollen.«

»Aber das Wichtigste hat sie uns nicht gegeben ...« grinst Mario und macht eine supervulgäre Handbewegung.

»Du verblendetes Wesen, du kläglicher Sterblicher, der weder eine Seele noch Träume hat. Allein Annas Blick hat mich zu einem besseren Menschen gemacht.«

»Sag mal, findest du dich eigentlich lustig? Ich hab echt die Schnauze voll von dir«, sagt er und kriecht in seinen Schlafsack.

»Schweig, du ungehobelter Narr. Ich weigere mich, weiter mit dir zu reden.«

Endlich sehe ich sie aus der Haustür kommen und im Licht der Straßenlaternen davongehen. Sie sieht kurz zum Fenster hinauf, und ich weiß, daß dies das letzte

Bild ist, das mir von Anna Andersson bleiben wird: die klaren blauen Augen, das lange blonde Haar und ein Lächeln, das selbst die wildesten Bestien zähmen könnte. Sie winkt mir zu, mir ganz allein, und geht schnell davon. Ihre nackten Füße berühren kaum den Boden, ein unsichtbarer Wind bewegt ihr weißes Kleid, und ihre kleinen weißen Flügel tragen sie gen Himmel, während Wile E. Coyote den Mond anheult.

September

Ich habe in diesen zwei Jahren oft von Anna Andersson geträumt, aber nie anstößig. Selbst die verdorbensten und perversesten Winkel meines Unterbewußtseins respektieren sie, bewahren sie unschuldig und rein, und weigern sich zu denken, daß auch sie inzwischen von der schmutzigen Realität eingeholt wurde und kapituliert hat.

Und wer weiß, wie real Anna überhaupt war: Manchmal frage ich mich, ob es sie wirklich gegeben hat oder ob sie nicht vielleicht doch ein nächtliches Hirngespinst ist, das ich in meine Erinnerungen projiziert habe. Es fällt mir oft nicht leicht, Wirklichkeit, Traum und Erinnerung klar auseinanderzuhalten. Wenn ich in Annas rosa Wohnung zurückkehre, unterhalten wir uns, manchmal auf Englisch, manchmal auf Italienisch, und im Kontrast zu der Stille, die hier in meiner Wohnung herrscht, läßt meine Stimme die Szene noch lebendiger erscheinen.

Durch das ständige Brüten habe ich meine Erinnerungen zurechtgefeilt, vervollkommnet, verschönert. Ich habe sie schlüssig gemacht. Sie haben mich die ganze letzte Zeit über begleitet, und wenn ich sie mir jetzt ansehe, kann ich die ausgebesserten Stellen nicht mehr entdecken. Ich müßte meine Freunde wiedersehen und mir ihre Erinnerungen anhören, das würde mir helfen, in dem ganzen Durcheinander Klarheit zu schaffen. Vielleicht hätte ich auf meinen Onkel hören und mich sofort von einem Spezialisten behandeln lassen sollen. Er hatte es mir vor zwei Jahren gesagt. Er hatte es mir gesagt.

Ich war im Sessel eingeschlafen, als es an der Tür klingelte. Beinahe hätte ich laut gesagt: »Mama, kannst du mal aufmachen«, so überrascht war ich. Aber dann ist mir wieder eingefallen, daß meine Mutter gar nicht da war, und meine Stimme auch nicht. Draußen war es schon fast dunkel. Ich habe auf die Uhr geschaut: zehn nach neun. Ich habe den Türöffner gedrückt, und Onkel Alberto kam mit seinem schnellen, bestimmten Schritt die Treppe herauf.

»Ich glaube, hier ist soweit alles in Ordnung«, hat er am Ende der Untersuchung gesagt und meinen Hals befühlt. »Aber es kann sein, daß hier (er zeigte auf meinen Kopf) oder hier (er zeigte auf mein Herz) etwas überhaupt nicht in Ordnung ist. Also, Stefanino, was hast du? Willst du es deinem alten Onkel sagen?«

Warum nennst du mich denn noch immer Stefanino, Onkel? In ein paar Tagen werde ich leider achtundzwanzig. Und da ich ja eh nicht rede, werde ich es dir auch nicht sagen.

»Aus dir ist nichts herauszubekommen, was?« hat er augenzwinkernd gesagt, und dann einen ernsteren Ton angeschlagen: »Deine Eltern machen sich große Sorgen, weißt du … tu ihnen das nicht an.«

Da schau her, noch ein Erdnußbutterbrot mit Schuldgefühlen. Muß ein altes Familienrezept sein.

»Ich habe versucht, sie zu beruhigen, und ihnen gesagt, daß es möglicherweise nur Müdigkeit und Erschöpfung ist. Vielleicht stimmt das ja auch. Aber trotzdem …«, die Stimme meines Onkels ist energisch und sachlich geworden, »… trotzdem muß ich dir als Arzt und als dein Onkel sagen, daß du dich lieber behandeln lassen solltest. Das meine ich ernst. Ein nervöser Erschöpfungszustand ist wie ein gebrochenes Bein, nicht mehr und nicht weniger. Wenn du glaubst, du könntest das alleine auskurieren, irrst du dich, dazu braucht es Medikamente und die Hilfe eines Spezialisten.«

Hm, ein gutaussehender Psychiater. Wie in amerikanischen Filmen.

»Mach nicht so ein Gesicht, das ist kein Scherz. Es ist

doch offensichtlich, daß du schon eine ganze Weile an etwas knabberst, das du bereits allzu lange hast schleifen lassen. Bis jetzt hast du es verstecken können und einigermaßen unter Kontrolle gehabt, aber jetzt gewinnt es die Oberhand. Es hat sich schon deine Stimme einverleibt, und wenn du es einfach weitermachen läßt, nimmt es sich nach und nach den ganzen Rest, deinen Willen, deine Nerven und deinen Appetit. Ich meine das wirklich ernst, Stefano, du bist erschöpft und mußt dich behandeln lassen. Ein Medizinerfreund von mir ...«

Ich schüttele den Kopf. Nein, Onkel. Ich gehe nicht zum Psychiater. Nicht weil ich mich schäme, um Gottes willen. Aber ich glaube nicht dran. Und außerdem, entschuldige, besteht deren Behandlung nicht darin, daß sie einem zuhören? Ich rede nicht. Also, was soll ich da? Mich auf die Couch legen und schlafen?

»Überleg es dir noch mal. Ich lasse dir die Adresse da. Geh wenigstens einmal hin und sieh es dir an. Wenn du es schon nicht für dich tun willst, dann tu es wenigstens für deine Mutter.«

Mein Onkel sah wirklich blendend aus. Er hatte sich für seine fünfzig Jahre bestens gehalten: gepflegter, graumelierter Bart, eisblaue Augen, Skibräune. Der klassische erfolgreiche Arzt. Heute abend würde er erst sehr spät nach Hause kommen, und wenn meine Tante ihn nach dem Grund fragte (aber inzwischen fragte sie nicht mehr), wäre ich sein Alibi. Ein stummes Alibi noch dazu: besser geht's nicht. Was kann man mit fünfzig mehr wollen außer viel Geld, eine nette Familie und eine junge Geliebte?

Onkel Alberto schien meine Gedanken gelesen zu haben und schaute ein wenig verlegen auf die Uhr: »Es ist schon spät, ich muß los. Und laß dir das von mir gesagt sein: Wenn du in den nächsten zwei Tagen nicht bei meinem Freund warst, bringe ich dich höchstpersönlich hin. Und egal, was du brauchst ...«

Wie stellst du dir das vor? Soll ich eine Brieftaube losschicken?

Zum Abschied hat mir Onkel Alberto auf die Schulter geklopft. »Na komm, Stefanino, du mußt dich wieder erholen, ohne den Willen, gesund zu werden, nützt die beste Medizin nichts. Denk an all die schönen Dinge in deinem Leben, an deine schöne Wohnung, deine nette Freundin, deine Arbeit, um die dich alle beneiden ... Geh aus, geh ins Kino, amüsier dich!«

Juhuuu!

Ich habe die Tür aufgemacht, einen Blick auf den Arztkoffer und auf den Stift in seiner Westentasche geworfen und die Augenbraue hochgezogen, um zu sagen: Und das Attest? Kriege ich das nicht?

»Ah, das Attest!« hat er gesagt. Meine Augenbrauen werden wirklich immer besser.

»Wie lange? Ich schreibe dir eine Woche auf. Mehr geht nicht. Geh zu diesem Arzt, der kann dir mehr dazu sagen und dich noch einmal krankschreiben. Leider sind solche Dinge langwierig, aber es ist nicht gesagt, daß du nicht trotzdem bald wieder arbeiten kannst ...«

Gerunzelte Braue: Bist du noch ganz dicht?

»... wenn du es willst.«

August

»Hi, are you smokers?«

Eine Art Rutger Hauer steckt mit wohlerzogenem Lächeln seinen Kopf in unser Abteil. Er zeigt schuldbewußt auf die beiden freien Plätze, auf das Nichtraucherschild und hält eine Zigarette hoch. Er muß ungefähr eins fünfundneunzig groß sein, hat riesige Schultern und läuft fröhlich in T-Shirt und kurzen Hosen durch die Gegend, obwohl es draußen so um die zehn Grad hat. Hinter ihm sehe ich seinen Freund auftauchen, der aussieht wie der Doppelgänger von Bobby Ewing, dem Guten aus *Dallas*, nur noch ein bißchen schöner und größer vielleicht.

»Kein Problem, die Plätze sind frei«, antworte ich und verfluche sie innerlich, weil Mario und ich uns jetzt nicht mehr ausstrecken und schlafen können.

Rutger und Bobby stellen sich vor, sie sind Cousins und kommen aus einem verlorenen Kaff in Norwegen, das sogar noch hinter dem nördlichen Polarkreis liegt. Sie sind in Kopenhagen zugestiegen und warten wie wir darauf, daß der Schnellzug nach Paris über Hamburg und Amsterdam endlich losfährt.

Wir reden ein paar Minuten, und ich sehe vor dem Abteilfenster einen mageren, aschblonden Jungen, der offensichtlich nicht von seiner Freundin loskommt. Es ist wie im Film, sie und er in schwarzweiß auf dem Bahnsteig, mit dem Mond im Hintergrund und trüben, flakkernden Bahnhofslaternen. Sie verzehren einander mit den Blicken, lächeln traurig, küssen sich, streichen sich zärtlich übers Haar. Der Lautsprecher plärrt etwas, und die Tränen laufen in Strömen über ihre Wangen, während der Junge versucht, sie zu trösten, aber man ahnt den

Kloß in seinem Hals. Dann das Abfahrtssignal, er steigt ein, gibt ihr von der Schwelle aus einen letzten Kuß und bleibt winkend am Fenster stehen, bis sie nicht mehr zu sehen ist.

Ich sehe ihn neidisch an. Für mich ist so ein Abschied schon die ganze Reise wert, hin und zurück, vielleicht ist er sogar mehr wert, als die ganze Zeit, die sie zusammen verbracht haben. In diesem Abschied liegt das ganze, wahre Glück des ersten Ferientages am Strand, für mich das schönste: Das Glück, das nicht in der Erwartung von etwas liegt, das dich unweigerlich enttäuschen wird, sondern in der Erinnerung an etwas, das vergangen ist und dir mit der Zeit immer schöner erscheint.

Derart heiteren Gedanken hänge ich nach, als der romantische Junge unser Abteil betritt. Er ist ganz ernst und zerknirscht, fragt Mario, ob der Platz neben ihm noch frei ist, setzt sich und schließt die Augen, als wolle er das Bild seiner Freundin noch ein wenig länger bewahren. Rutger und Bobby fragen ihn ebenfalls, ob er Raucher sei, und ich denke voller Bewunderung, schau dir bloß diese gut erzogenen Jungs aus Nordeuropa an, in italienischen Zügen stecken dir die Leute die Füße ins Gesicht und ihre Tupperdosen zwischen die Knie, hier herrscht wirklich ein ganz anderer Umgang, sie befinden sich auf einer anderen Zivilisationsstufe. Der aschblonde, ein Deutscher aus Hamburg, lächelt und zeigt auf ein Marlboropäckchen in seiner Jackentasche: No problem, ich rauche auch.

Wir fangen an, in Englisch miteinander zu kommunizieren, unseres ist etwas dürftig und entspricht unserem Status als »Italiener im Ausland«, die sich mehr mit den Händen als mit der Zunge verständigen, das des Deutschen und der zwei norwegischen Holzfäller, die sofort ein paar Kommentare zu Christiania fallenlassen, ist dagegen perfekt.

»Wart ihr schon da?« frage ich neugierig. »Ist das wirklich so, wie man sagt? Voller Drogen und so?«

Rutger und Bobby zwinkern sich vielsagend zu, dann macht der Blonde seinen Rucksack auf und holt eine Art braunen, fettigen Tennisball heraus: »Ja, wir sind gerade heute dagewesen und haben uns auch ein Andenken gekauft. Bis Amsterdam ist es noch 'ne ganze Weile hin, wißt ihr ...«

Der Deutsche pfeift bewundernd durch die Zähne und seine Leidensmiene verzerrt sich zu einem satanischen Grinsen: »Nicht schlecht, ich hab diesmal auch gutes Zeug aufgetan.« Er macht die Marlboroschachtel auf und zeigt uns ein Dutzend fertige Joints.

Leicht verblüfft sehen Mario und ich uns an. Jetzt ist die Reise also richtig losgegangen.

»Weißt du, es war gar nicht mal so die Pfeife von Bobby oder der Whisky von Rutger. Aber die fucking Joints von dem Teutonen, die haben mich echt fertiggemacht.« In fließendstem englisch-italienischen Kauderwelsch rede ich laut vor mich hin, aber Mario antwortet mir schon gar nicht mehr. Er ist breit wie eine Natter, hat die Lippen vorgeschoben, kichert hysterisch vor sich hin und kriegt den komplizierten Ringelpiez einfach nicht auf die Reihe: Joint von rechts, Pfeifchen von links, ein Schluck Whisky, wieder Joint von rechts ...

Wir rauchen schon seit Stunden. Weil wir nicht wie die Weihnachtsmänner dastehen wollten, sind wir mit von der Partie, und außerdem haben wir schon seit dem Beginn unserer Reise darauf gewartet, endlich auf die Droge zu treffen. Aber mit ihnen mitzuhalten ist einfach unmöglich. Dämlich, wie ich bin, habe ich mich sofort verraten, als ich die Pfeife in die Hand kriegte: Erst wollten sie mir beibringen, wie man die Hände wie einen Trichter darüberhält und den Rauch daraus einatmet, aber als ich noch immer nichts als Luft einsaugte, haben sie mir das Ding direkt in den Mund gesteckt, und Tschüs. Mario hat es besser raus, und obwohl er noch nie im Leben eine Zigarette angefaßt hat, macht er seine Sache ganz lässig, wenn auch ein bißchen stumpf.

Als ich dem deutschen Romantiker lachend sage: »Stell dir mal vor, mein Freund hat noch nie im Leben eine Zigarette geraucht«, sieht der mich ganz ernst und mit drei Joints in der Hand an und meint: »Ich rauch auch keine Zigaretten. Meine Gesundheit ist mir heilig.«

Die Luft im Abteil ist zum schneiden, aber selbst in den Momenten größter Abgedrehtheit verliere ich niemals ganz die Kontrolle, und ständig luge ich in den Gang, um zu sehen, ob ein Grenzpolizist mit einem Drogenhund an der Leine auftaucht. Rutger, Bobby und der Teutone scheren sich einen feuchten Dreck darum und hören nicht auf, in aller Seelenruhe Tabak auf ihre Frisbeescheibe zu bröseln, dicke Haschklumpen abzuschneiden, sie über dem Feuerzeug weichzumachen und mit dem Tabak zu walnußgroßen Kötteln zu verarbeiten. Und ab geht's mit der nächsten Tüte, immer größer und potenter als die letzte.

Der Pure versetzt mir den Gnadenstoß.

»Purer« ist der wissenschaftliche Terminus für einen Joint, der aus einem Teil Haschisch und null Teilen Tabak besteht.

Als würde man einen Löffel Schuhcreme schlucken.

Ein Zug reicht, um mich in den Sitz zurückzuschleudern und darin festzunageln. Ich kann die Augen nicht offenhalten, aber kaum versinke ich im Dunkeln, fängt alles an, sich wild zu drehen: die Sitze, mein Kopf, und vor allem mein Magen. Das Geräusch des Zuges hat sich in ohrenbetäubenden Rock verwandelt, ich höre die Gitarre, das Schlagzeug und den Baß, als stünde ich in der Disko. Rutger und Bobby reden ganz normal, aber mir kommt es vor, als würden sie brüllen und sich wütend anschreien, und der deutsche Romantiker erzählt noch immer davon, wie sie ihn einmal an der Grenze mit einem halben Kilo Hasch erwischt haben, »es war das allererste Mal, versteht ihr? Das erste Mal, daß ich was nach Deutschland mitgebracht habe ...«.

Ich kann gerade noch aufstehen, mir geht's jetzt echt dreckig. Die Norweger lassen mich durch und ich kapiere, daß sie kapiert haben. Rutger, dieser Mistkerl, lächelt mitfühlend, als ich gegen die Gangwand knalle und im Zickzack zum Klo torkele. Ich kreuze den Blick eines Fahrgastes und lese darin Ekel und Angst: Ich muß entsetzlich aussehen, wie ein Drogenabhängiger im letzten Stadium. Leck mich doch am Arsch. Ich will nur aufs Klo, ungefähr tausend Kilometer weiter den Gang runter.

»Besetzt.«

Ich fluche vor mich hin, kriege wie durch ein Wunder einen Griff zu fassen und kann mir gerade noch verkneifen, ohnmächtig zu werden und zu kotzen. »Ich schaff's nicht, ich schaff's nicht, o Gott, geh bitte auf, geh bitte, bitte auf ...«

Das Türschloß dreht sich, in den Augen der Dame wieder nichts als Ekel und Entsetzen.

Gekrümmt vor Schmerz, stürze ich mich gerade noch rechtzeitig hinein. »Lieber Gott, rette mich, mir ging's noch nie so schlecht, o Gott, noch eine Ladung, o Gott, bitte, aufhören, aufhören, Herr, rette mich, und ich will nie wieder rauchen ...«

Wie ein Zombie schleiche ich zurück ins Abteil. Mario und der Teutone sind eingeschlafen, Rutger begrüßt mich mit einem überschwenglichen Schlag auf die Schulter: »Now, you are smokers«, lacht er zufrieden und hält mir die Pfeife hin. Ich sehe sie an, als wäre sie eine tote Ratte und breche in meinem Sitz zusammen. Ich höre Bobby noch fragen, wie es mir geht und dann nichts mehr, nur der Mund voller Sand und ein schwarzes Loch, das mich in Null Komma nichts verschluckt.

September

Im Frauenverlassen bin ich nie besonders gut gewesen. Oft hat sich das Problem auch gar nicht gestellt, weil sie mich zuerst abgesägt haben. Aber wenn das nicht der Fall war und ich derjenige war, der die Zweierbeziehung nicht mehr ertrug, fehlte mir immer der Mut, einen Schlußstrich zu ziehen. Ich zögerte es hinaus. Ich erfand Ausreden. Ich überlegte mir, daß ich im Grunde vielleicht doch verliebt war, auch wenn mir das nicht richtig bewußt war. Lieber wollte ich leiden, als die anderen leiden zu lassen, psychische Schmerzen habe ich immer gut ausgehalten, Versagen, Demütigung, Verlust, Tod, aber keine Schuldgefühle, die nicht.

Giovanna wollte ich bereits einen Tag, nachdem wir zusammengekommen waren, wieder verlassen, stattdessen sind vier Jahre daraus geworden, und selbst die sind wie im Flug vergangen. Wäre mein Leben tatsächlich das eines griechischen Sagenhelden, das von Odysseus zum Beispiel, könnte ich diese Zeit mit den Jahren in der Grotte der Kalypso vergleichen, dumpfe, sinnlose, aber nicht unbedingt schlechte Jahre. Nur ahnungslos. Jahre in denen ich es mal wieder vorgezogen hatte, vor mich hin zu schaukeln und mich zu drücken, anstatt ein Risiko einzugehen.

In Giovannas Klingeln lag ihre ganze Mailänder Arroganz. Zwei lange, durchdringende Klingeltöne, zwei Messerstiche direkt ins Hirn. Ein drittes Klingeln, als ich aufmachte, sie hatte keine Zeit zu verlieren, denn sie mußte ziemlich lange am Bahnhof gewartet haben. Hatte sie wirklich geglaubt, daß ich sie abholen würde?

Sie ist an mir vorbeigegangen, ohne mich anzusehen,

und als sie in der Wohnung stand, hat sie mit gekünstelter Ironie gesagt: »Danke, daß du gekommen bist.«

Ich habe die Tür zugemacht, mich umgedreht und sie angesehen, den Duft ihres Parfums in der Nase, dieses Parfum, daß mich sofort an ihren Hals erinnert hat, wenn wir miteinander schliefen, an ihre weiche Haut. Ich sah, daß sie sich sehr sorgfältig geschminkt und sich die Haare geschnitten hatte, aber nur ein ganz kleines bißchen. Normalerweise bemerke ich das noch nicht einmal, und sie kann sich gar nicht wieder einkriegen darüber, Geld für den Friseur rausgeschmissen zu haben. Sie trug ein sehr elegantes blaues Kostüm mit kurzem Rock und hohe Schuhe. Ihre Beine, ihre perfekten Beine steckten in einer sehr feinen, weißen Strumpfhose. Ich wußte, daß sie Strumpfbänder und Halter trug, denn nach einer Woche Trennung wollten wir es sofort machen, ohne überhaupt bis zum Bett kommen und Zeit mit den Strumpfhosen verlieren zu müssen.

Du hast wohl beschlossen, alles auf eine Karte zu setzen, habe ich gedacht. Nicht schlecht. Gar nicht schlecht. Aber die ganze Mühe kam mir erbärmlich vor, ich sah, wie schön und attraktiv sie war, aber allein die Vorstellung, mit ihr zu schlafen, bereitete mir Übelkeit und schnürte mir vor lauter Tränenblasen die Kehle zu.

Giovanna stand mir gegenüber und sah mich an, als wäre vielmehr ihr übel. Sie mußte mich genauso schnell gemustert haben, und was sah sie? Einen Mann mit Sechstagebart, der sich seit ebenso vielen Tagen nicht gewaschen hatte, in einem ausgebeulten alten Trainingsanzug und mit zerwühlten Haaren, die in Büscheln vom Kopf abstanden. Einen häßlichen Mann mit ausdruckslosen Augen, der ein Gottesgeschenk vor sich hatte und gähnte.

»Mamma mia, Stefano, was ist denn mit dir passiert? Du siehst ja schrecklich aus! Mein Gott, mach mal das Fenster auf, hier ist ein Mief drin ... also ehrlich, du hättest wenigstens einmal durchwischen und duschen können ...«

Ich habe mich wieder im Sessel niedergelassen, mit dem Rücken zum Fenster, um nicht geblendet zu werden. Giovanna hat sich in sicherem Abstand aufs Sofa gesetzt. Sie hat die Beine übereinandergeschlagen, sie hatte die Angewohnheit, sich die Schenkel zu reiben, manchmal bis hinunter zu den Knöcheln.

»Und, hast du mir nichts zu sagen? Ich habe am Bahnhof auf dich gewartet, hast du meine Nachricht nicht gehört?«

Schweigen.

»Wenn du nicht wolltest, daß ich komme, hättest du es mir nur zu sagen brauchen.«

Daß ich käme. Wenn du nicht wolltest, daß ich käme, habe ich genervt gedacht. Sie und ihre elenden Grammatikfehler. Hatte sie denn noch immer nicht verstanden, daß ich nicht redete?

»Dann hätte ich mir wenigstens die Reise sparen können. Nach vier Jahren, die ich hin und her fahre, und das war bestimmt nicht immer das reine Vergnügen.«

Sie hatte sich für diese Taktik entschieden: leise Ironie, Schuldkomplexbrote, verschiedene Vorhaltungen. Gleich würde sie sagen: »Nach all dem, was ich für dich getan habe.« Oder: »Ich habe dir die besten Jahre meines Lebens geschenkt.«

Schweigen. Giovanna versuchte, mich herausfordernd anzusehen, aber es gelang ihr nicht, weil ich sie ohne Liebe und ohne Haß musterte, als säße ich einer vollkommen Fremden gegenüber, einer, die mir einen Englischkurs aufschwatzen will, und die ich in den nächsten zehn Minuten höflich zur Tür brächte.

Als sie wieder zu sprechen anfing, war ihre Stimme gebrochen.

»Ist es eine andere Frau? Hast du eine andere?«

Hochgezogene Brauen. Aufgerissene Augen. Sollte

heißen: Aber siehst du mich denn nicht? Welche wollte denn so einen wie mich haben?

»Wenn es eine andere gibt, sag es mir bitte, damit kann ich irgendwie umgehen, Freunde wie vorher, und Tschüs. Du bist ja schließlich nicht der einzige Mann auf der Welt ... Ich könnte schließlich auch ...«

Sie hat angefangen zu weinen. Erst leise, dann immer heftiger, ohne sich zurückhalten zu können. Plötzlich hatte sie die Kurve gesehen, in die sie gerade hineinraste, sie hatte begriffen, daß sie nicht mehr bremsen konnte, es hätte nichts mehr genutzt. Sie konnte nur ihren Tod beweinen, unseren Tod, der unausweichlich vor uns stand.

Ich habe gewartet, daß sie sich ausheulte, während sie von immer heftigeren Schluchzern geschüttelt wurde. Ich wäre gern aufgestanden und hätte sie in die Arme genommen, aber ich wußte, hätte ich mich ihr genähert, hätte ich vielleicht alles vermasselt und die Chance, dem ein Ende zu machen, verpaßt. Ich ahnte, daß sich meine Tränen mit ihren gemischt hätten und nichts uns mehr hätte trennen können.

Ich nahm meine ganze Kraft zusammen, um mich nicht zu rühren, nicht zu rühren, nicht zu rühren.

»Verdammte Scheiße, tu doch was, siehst du denn nicht, wie ich heule? Merkst du nicht, wie es mir schlecht geht? Ist dir das denn komplett egal?«

Daß es mir. Daß es mir schlecht geht. Die Konjunktion daß wäre korrekter, auch wenn in einer derartigen Sprechsituation die Modalkonjunktion ausnahmsweise durchgehen kann.

Na also, ich hatte meine Unnahbarkeit wiedererlangt, ich war wieder eine Gummimauer mit einem Herz aus Stein. Und in dem Moment ist Giovanna mit einem Ausdruck voller Schmerz, Trauer, Bestürzung und Erniedrigung dagegengeknallt. Zweihundert Sachen, ihr Gesicht war entstellt, es gab kein Blut, sondern nur schwarze Wimperntusche, die ihr über die Wangen lief.

Lange saßen wir schweigend da, bis alle ihre Tränen und Schluchzer versiegt waren.

»Es ist aus, oder?«

Bestätigende Augenbraue, Kopfnicken.

»Und eine Erklärung gibst du mir nicht? Wenigstens das ... nach vier Jahren kann ich das doch wohl verlangen.«

Ja, sie hatte ein Recht darauf. Ich habe die Schreibtischschublade aufgemacht und ihr einen Briefumschlag hingehalten. Darin waren alle Erklärungen, die sie wollte. Sie würden ihr sehr weh tun, oder vielleicht auch genau das Gegenteil, keine Ahnung.

»Ah, du redest zwar nicht, aber zum Schreiben hast du dich herabgelassen. Ich bin geschmeichelt. Der erste Brief in vier Jahren, ein Abschiedsbrief.«

Laß mich doch mit den vier Jahren in Ruhe. Es waren auch meine vier Jahre, was glaubte sie eigentlich?

Sie wollte ihn sofort öffnen, und ich habe ihr gezeigt, was auf dem Umschlag stand. »Erst in Mailand aufmachen.« Da ist ihr der Kragen geplatzt.

»Du tust mir nur noch leid. Und du ekelst mich an. Du bist ein Feigling. Du sagst nichts, du gehst nicht ans Telefon, du schreibst einen Brief und hast noch nicht einmal den Mumm, ihn mich in deiner Gegenwart lesen zu lassen. Weißt du, was ich glaube? Ich glaube, daß das alles nur ein erbärmliches Theater war, um mit mir Schluß zu machen, ja, du wolltest mit mir Schluß machen, hattest nicht den Mut dazu und hast so getan, als wärst du vor Erschöpfung zusammengebrochen.«

Ironische Augenbraue. Das hätte sie wohl gern.

Giovanna ist aufgestanden und ins Bad gegangen, um sich das Gesicht zu waschen. Als sie wieder herauskam, hatte sie ihren Stolz wiedergefunden: »Also gut, ich gehe jetzt, damit du wieder zu deinem normalen Leben zurückkehren kannst. Den Brief kannst du mir schicken, oder verbrenne ihn am besten gleich, er ist mir sowieso scheißegal. Aber ehe ich's vergesse, ich wollte dir auch noch was geben.« Ich sah den Schlag kommen, aber ich tat nichts, um ihm auszuweichen. Die Ohrfeige traf mich mitten ins Gesicht und fegte mir die Brille von der Nase.

Dann hat Giovanna auf dem Absatz kehrtgemacht und ist zur Tür gegangen, und wie sie in ihrem blauen Kostüm elegant ihre Reisetasche schulterte, kam sie mir auf einmal wunderschön vor. Ich habe noch einmal ihre weißbestrumpften Waden angesehen, und die perfekten Schenkel, die ich nie wieder streicheln würde.

Wenn du nur immer so gewesen wärst, Giovanna, dachte ich, wenn du mich nur öfter geohrfeigt hättest. Jemand hat einmal geschrieben, daß es schwierig ist, auf einen Menschen zu treffen, der einen wirklich liebt, und der Versuchung zu widerstehen, ihm weh zu tun.

Die Tür ist zugegangen. Ich bin sitzengeblieben, mit brennender Wange und rasendem Herzschlag, ich konnte sehen, wie sich meine Trainingsjacke hob und senkte. Ich habe versucht, einen Gedanken zu fassen, an den ich mich klammern konnte, und wie immer fiel mir eine Szene aus *Der große Frust* ein, als Alex' Freunde nach seinem Selbstmord seine Freundin Chloe nach einer Erklärung fragen: »War er denn glücklich?«, und sie antwortet: »Ich weiß nicht, ich habe noch nicht sehr viele glückliche Menschen kennengelernt, wie verhalten die sich?« Und ich habe an Chloe gedacht, die bei ihrer Gymnastik allein vor sich hin weint, und an Meg, die heimlich unter der Dusche weint, und Harold, der bei der Beerdigung weint. Ich dachte daran, wie viele schöne Dinge Alex verloren hatte, und endlich konnte ich auch ein bißchen weinen.

August

Es ist früh am Morgen, als Mario mich schüttelt und mich aus einem tiefen schwarzen Loch auftauchen läßt. Unser Zug ist in die Gare de Lyon eingefahren, und ich habe keine blassen Schimmer, wie er dahingekommen ist. Unser Abteil ist leer, Bobby, Rutger und der Teutone müssen vorher ausgestiegen sein, aber ich kann mich nicht daran erinnern, mich von ihnen verabschiedet zu haben. Ich fühle mich superschwach, meine Arme sind schlaff, meine Augen verquollen, mein Kopf ist wie Watte. Das einzige, was noch funktioniert, ist der Geschmackssinn, ich habe ein widerliches Gemisch aus Rauch, Kotze und Zugfahrt im Mund. Ich schleppe mich auf den Bahnsteig und lege mich auf eine Bank, während Mario in Richtung Bahnhofsgebäude verschwindet. Nach einiger Zeit zieht er mich wieder aus dem schwarzen Loch, und neben ihm stehen Robi und Teo. Sie haben mir einen heißen Kaffee und eine Tafel Schokolade mitgebracht. In diesen Momenten liebe ich meine Freunde.

Gierig schlinge ich Kaffee und Schokolade herunter, ich hatte gar nicht gemerkt, wie hungrig ich war. Ganz allmählich fangen Ohren, Augen und der ganze Rest wieder zu funktionieren an. Ich schaffe es, aufzustehen und die anderen zu begrüßen. Sie können sich gar nicht darüber einkriegen, wie fertig ich aussehe, und Robi lacht und sagt: »Jesusmaria, was hast du denn gemacht? Spielst immer den Intellektuellen, und dann ... Mario hat mir erzählt, daß du wie ein Schlot geraucht hast, heute nacht.«

Ich bin stolz, Robis Bewunderung zu ernten, schon allein dafür hat sich die Qual gelohnt. Teo dagegen versucht sofort, mich runterzumachen und erzählt, daß sie in Amsterdam zwischen all den Drogen und Coffeeshops im Rotlichtviertel richtig ins Schwitzen gekommen sind. Ein teuflisches Funkeln liegt in seinen Augen, das ich noch nie gesehen habe, aber der sagenhafte Robi ist wie Dorian Gray: Sein Gesicht ist noch immer glatt, unschuldig und von allen Sünden rein. Irgendwo auf dem Dachboden muß er ein Poster hängen haben, das für ihn altert.

Um acht Uhr abends kommen wir nach Montmartre. Paris hat uns einen endlos langen und aufregenden Tag geschenkt: Nachdem wir die Rucksäcke in der Gepäckaufbewahrung gelassen hatten, sind wir zu einem riesigen Spaziergang aufgebrochen, auf dem wir keinmal Halt gemacht haben und uns einfach nicht satt sehen konnten. Notre-Dame. La Tour Eiffel. Les Halles. Ein Riesensandwich im Quartier Latin mit Hammelfleisch, Tomate, Salat, Pommes und viel Zwiebel. Dann Beaubourg, Champs Élysées, und endlich Sacré Coeur. Nur in Paris kann man zwölf Stunden am Stück herumlaufen, ohne müde zu werden, denn kaum ist man bei einer Kirche, einem Aussichtspunkt oder einer Sehenswürdigkeit angekommen, sieht man in der Ferne schon etwas Neues und weiß, daß man ganz gemächlich entlang einer schönen, breiten Straße mit vielen Schaufenstern darauf zulaufen kann. Und während man läuft, ist immer ganz viel Himmel um einen herum.

Jetzt, wo wir die Treppe von Sacré Coeur sehen, brechen wir auf einmal vor Erschöpfung zusammen und fallen auf der ersten Stufe buchstäblich auf die Knie. Robi ist der einzige, der noch Kraft in seinen mageren Muskeln hat, er zieht die Nase kraus und nimmt die Situation in die Hand: »Freunde, ich weiß, wie wir wieder auf die Beine kommen. Jeder von euch gibt mir fünfzig Francs. Mario, keine Widerrede. Fünfzig. Super. Und jetzt mir nach.«

Wir schleppen uns hinter ihm her, sehen, wie er blitzschnell in einem Sexshop verschwindet und mit einem Fläschchen voll einer farblosen Flüssigkeit strahlend wieder herauskommt. »Meine Damen und Herren«, sagt er feierlich, »exklusiv für Sie der sagenhafte Popper, auch Superpopper genannt. In Italien verboten, aber legal, total legal in Frankreich, Holland und allen zivilisierten Ländern dieser Welt.«

»Was is'n das für'n Zeug? Zum trinken?« frage ich naiv.

»Ja, und dann fällst du sofort tot um. Quatsch, das schnüffelt man, es schießt dir direkt in die Birne.«

Mario und ich sehen ihn verständnislos an. »Schnüffeln? Kann ich nicht, find ich fies.«

Aber so einfach läßt Robi sich nicht aus dem Konzept bringen. Er verdreht die Augen und lächelt geduldig. »Wenn ihr euch eure empfindlichen Näschen nicht ruinieren wollt, gibt's auch noch 'ne andere Möglichkeit, die für Kinder. Wir machen eine Zigarette an, so, dann halten wir sie (Ey, nicht mit der brennenden Seite, klar?) in den Superpopper ... und dann nehmen wir einen schönen, tiefen Zug.«

Robi inhaliert, reißt die Augen auf, und nach nicht einmal zwei Sekunden kann er gar nicht mehr aufhören zu lachen, er lacht und lacht. »Jesusmaria, was für eine Dröhnung, Freunde! Zieht auch mal dran.«

Teo nimmt die Zigarette, taucht sie vorsichtig ein, nimmt einen Zug und kriegt sofort einen Lachkrampf.

Mein Magen ist noch immer lädiert von der Zugfahrt, aber ich kann mich nicht drücken und vor Robi und Teo wie ein Armleuchter dastehen. Ich gebe mir einen Ruck, und los! Zigarette, Superpopper, ein Zug ... Ein helles Licht blitzt auf und schmort mir das Hirn aus dem Schädel. Schon spüre ich von irgendwoher dieses Gekichere in mir hochkommen, ich breche fast zusammen vor Lachen, mein Kopf dreht sich und ich halte mich an den anderen fest, die mich angucken und noch mehr lachen, und alle drei sehen wir Mario an, und Mario ist der einzige, der noch bei Trost ist, und natürlich fangen wir an, ihn zu ärgern und ihm die Ohren vollzulallen.

Ein Zug hält nicht länger als fünf bis zehn ewig lange Sekunden vor, dann wird das Hirn auf einmal wieder grau und schwer und man verspürt ein Stechen in den Schläfen, als würde der Verstand abgesaugt, oder vielmehr das, was noch davon übrig ist.

Mario will sich nicht breitschlagen lassen, einerseits, weil er keine Zigarette rauchen will, und andererseits, weil er den Verdacht hat, gerade schwer verscheißert zu werden. »Kommt schon, ihr tut doch nur so, das lächerliche Zeug hat doch nie im Leben so 'ne Wirkung. Ich hab sowieso kapiert, daß ihr mich vergackeiert, ihr habt euch vorher abgesprochen. Und, Robi, ist ja wohl klar, daß ich meine fünfzig Francs wiederhaben will.«

Wir lassen ihn reden, rauchen weiter, machen uns über ihn lustig, schneiden Fratzen und lachen uns über den größten Blödsinn kaputt. Dann versuchen wir, ihn mit seiner Geldgier zu kriegen: »Na gut, Marietto«, sagt Robi, »wir machen es so: du nimmst einen Zug, nur einen. Wenn du nicht lachst, geben wir dir deine fünfzig Francs zurück, plus nochmal fünfzig. Wenn du lachst, gibst du uns ein Sandwich aus, und damit hat sich die Sache.«

Die Aussicht, sein Geld wiederzukriegen und noch mal soviel abzugreifen, ist zu verlockend, als daß Mario nein sagen könnte. Robi zündet eine neue Zigarette an, zieht ein paarmal daran, hält sie in den Superpopper, bis sie sich ordentlich vollgesogen hat, und gibt sie Mario. Zecke nimmt einen Zug und bläst den Rauch sofort wieder aus, in der Hoffnung, sich damit aus der Affäre zu ziehen, aber das, was zählt, ist die Flüssigkeit in seinem Mund. Er schafft es noch nicht einmal »Seht ihr?« zu sagen, da sehen wir schon, wie er sich zu beherrschen versucht und dann rücklings gegen die Hauswand taumelt. Und schon ist es da, das Gekicher, das aus der Tiefe der Eingeweide aufsteigt, ein juchzendes, durchgeknalltes Pferdewiehern, das, im Gegensatz zum Superpopper, der sich in unseren weggeschmorten Hirnen bereits verflüchtigt hat, einfach nicht aufhören will.

Wir gehen in Richtung Platz, und kurz bevor wir da sind, sehen wir einen kleinen Menschenauflauf. Gebannt starren alle auf einen Typen mit schwarzen Locken, geflochtenem Zöpfchen und Prophetenbart, der auf einem Hocker sitzt. Es ist einer von diesen Straßenmalern, die Kohlezeichnungen von Touristen machen, aber dieser hier ist, ungelogen, ein echtes Genie. Voller Bewunderung bleiben wir stehen und sehen ihm zu: der Kohlestift huscht hin und her, folgt unsichtbaren Spuren und zaubert mit mal lockeren, mal dichten Strichen tiefschwarze und hellgraue Schatten. In weniger als zehn Minuten ist das Motiv auf Papier gebannt: ob richtiges Portrait oder Karikatur, alles ist möglich.

Nach einer Weile wollen Robi und die anderen weitergehen, aber ich kann mich einfach nicht losreißen. Irgend etwas an diesem Maler, der ein wenig abseits in einer Nebenstraße sitzt und dabei hochzufrieden aussieht, schlägt mich in den Bann. Ich bin so fasziniert von seinem Können, daß ich mich entschließe, hundert meiner wertvollen Francs zu opfern und mich in die Schlange zu stellen. Ich weiß, daß die Reise gerade erst angefangen hat und daß es vollkommener Schwachsinn ist, eine sperrige Papierrolle durch halb Europa zu schleifen, aber ich kann einfach nicht widerstehen.

Und da sitze ich nun auf dem Malerhocker. Die anderen wollten mich zu einer Karikatur überreden, aber ich möchte lieber ein richtiges Portrait haben, das ich eines Tages meinen Nachkommen zeigen kann: »Seht ihr?

Heute ist der Opa ein armer, verkalkter Tattergreis, aber als er zwanzig war und durch die Welt gereist ist, da war er ein richtig hübsches Kerlchen.«

Daß der Maler Italiener ist, kriege ich mit, als er mich ansieht und sagt: »Wenn du mich fragst, wäre die Karikatur besser gewesen. Total einfach, bei der Nase. Es ist schwer, die im Portrait zu kaschieren.«

Er hat das so selbstverständlich und nett gesagt, daß ich noch nicht einmal beleidigt bin: »Du sollst sie gar nicht kaschieren«, sage ich, »wenn ich ein unähnliches Portrait hätte haben wollen, wäre ich zu einem der anderen gegangen, die malen eh alle gleich.«

Das scheint ihm zu gefallen. Er lächelt in seinen Bart. Wir fangen an zu reden, und mir wird klar, warum ich mich sofort zu ihm hingezogen gefühlt habe: Peppo, so heißt er, ist aus meiner Stadt, und wir wohnen nur fünf Kilometer voneinander entfernt. Manchmal ist die Welt echt klein.

Aus Sympathie oder aus Langeweile unterhalten wir uns weiter, und Peppo verschwendet fast eine Stunde seiner wertvollen Zeit an mich. Die ersten beiden Skizzen schmeißt er fast sofort weg, weil sie ihm nicht gefallen, er entschuldigt sich bei den Wartenden, erklärt, daß dies das letzte Portrait des Abends sei, und fängt an, mir ein bißchen von sich zu erzählen. Er hat Italien vor anderthalb Monaten verlassen, mit hundertzwanzigtausend Lire in der Tasche. Am Tag seines dreißigsten Geburtstags ist er abends um neun mit seinem Rucksack losgezogen, und ein Freund hat ihn auf dem Motorrad bis zur Mautstation an der Autobahn mitgenommen. Da hat er den Daumen rausgehalten, und der erste Lastwagenfahrer, der angehalten hat, fuhr in die Schweiz. Also ist er mitgefahren. Auf diese Weise hat er halb Deutschland, einen Teil von Holland, Belgien und fast ganz Nordfrankreich gesehen. Er hat nicht die geringste Lust, nach Hause zurückzufahren und zweihundertfünfzigtausend

Lire in der Tasche, fast doppelt soviel wie zu Beginn der Reise.

Voller Bewunderung sehe ich ihn an. Oder eher: voller Begeisterung. Das ist der Beweis dafür, daß man im Leben keine Sicherheiten braucht und im wahrsten Sinne des Wortes in den Tag hinein leben kann. Es ist eine Sache, bei Kerouac von Bohème und Abenteuer zu lesen, und eine andere, jemanden vor sich zu haben, der genau das lebt.

»Wenn ich Karikaturen machen und zeichnen könnte wie du«, seufze ich, »würde ich auch einfach irgendwohin fahren. Es ist verdammt wichtig, daß man etwas kann, eben malen oder ein Instrument spielen oder Pizza bakken, oder weiß der Geier was.«

»Genau«, sagt Mario hinter mir. »Wir dagegen ziehen mit wenig Geld los, müssen jede Lira umdrehen, und wenn es dann alle ist, bleibt uns nichts anderes übrig, als wieder nach Hause zu fahren.«

Peppo sieht uns mitfühlend an und zeichnet weiter. »Glaubt bloß nicht, ich hätte mich die ganze Zeit mit Karikaturen über Wasser gehalten. Das mache ich jetzt, aber das ist reiner Zufall: Mir gefiel die Stimmung hier, ich brauchte Geld, und so habe ich damit angefangen. Aber das ist das erste Mal in anderthalb Monaten.«

Ich sehe ihn erstaunt an. »Entschuldige, aber wie überlebst du denn sonst?«

»Och, kommt drauf an. Was sich so ergibt. Mal kleinere Jobs, mal krieche ich irgendwo unter. Ich lebe so in den Tag hinein.«

»Was heißt denn ‚kleinere Jobs'?« fragt Mario verständnislos.

»Alles mögliche. Auch Schwachsinn. Fenster reparieren. Anstreichen. Auto waschen. Äpfel ernten. Manchmal hat man auch Glück und es macht sogar Spaß: An der französisch-belgischen Grenze bin ich für fünf Tage in einem Kloster untergekommen, und dafür habe ich ihnen ein Fresko gemalt.«

Das erzählt er einfach so, ganz selbstverständlich, als wäre Überleben ein Kinderspiel.

»Das will ich jetzt aber genauer wissen«, sage ich, »wie machst du das? Du kommst irgendwohin, sagst: Guten Tag, ich repariere Fenster und male Fresken, womit kann ich dienen?«

Peppo sieht mich an. Diesmal ein bißchen weniger mitfühlend.

»So natürlich nicht. Es ist klar, daß du nicht irgendwo reinplatzen darfst, als wärst du gerade vom Himmel gefallen. Du mußt bescheiden und rücksichtsvoll sein. Und geduldig. Du mußt dich hinsetzen und mit den Leuten reden, dich für sie interessieren, dann interessieren sie sich auch für dich. In acht von zehn Fällen muß ich noch nicht einmal um etwas bitten, da wird es mir schon angeboten.«

Er merkt, daß ich nicht ganz überzeugt bin, und fragt: »Ist das deine erste Reise?«

»Hm ... ja.«

»Und ich nehme an, du wohnst noch bei deinen Eltern.«

Ich werde rot und versuche sofort, mich zu rechtfertigen: »Ja ... ich studiere noch.«

Peppo lächelt gutmütig und setzt noch ein paar letzte Striche mit dem Kohlestift. »Na, dann hast du ja noch Zeit dazuzulernen. Du mußt dich nur ein bißchen locker machen, dich ein bißchen gehenlassen.«

Dabei dreht er das Blatt um und überreicht mir ein Meisterwerk, bei dem allen die Spucke wegbleibt. Das bin ja ich, eins zu eins, mit meiner Riesennase, und das ist mein Gesichtsausdruck, halb skeptisch und halb kurzsichtig.

Um Mitternacht sitzen wir vier und Peppo auf den Stufen von Sacré Coeur. Mit dem Geld für die Zeichnung, das er auf keinen Fall haben wollte, und dem, was Zecke uns abtreten mußte, haben wir fünf eiskalte Bier und genauso viele Käsebaguettes gekauft. Unter uns liegt ganz Paris. Glitzernd. Wunderschön. Der Abend ist lau, und neben uns spielen ein paar Leute Gitarre und singen dazu. Unser Zug nach Barcelona ist vor einer halben Stunde abgefahren.

September

Die ersten Tage des Schweigens habe ich ohne etwas zu tun oder zu denken im Sessel verbracht und dabei meine Wünsche, Gedanken und Empfindungen langsam verdampfen lassen. Ich hatte nicht die Kraft, mich zu waschen oder mir etwas zu kochen. Wie eine Pflanze habe ich einfach nur vor dem offenen Fenster gesessen und geatmet, und ich hatte das Gefühl, es tut mir gut. Hin und wieder, ein- oder zweimal am Tag, bin ich aufgestanden, um in der Speisekammer herumzukramen und mir eine Dose Thunfisch oder eine Packung Kräcker aufzumachen oder Leitungswasser zu trinken.

Ich habe viel geschlafen, und geträumt. Ich habe ein bißchen Musik gehört, ganz leise, fast immer Klassik und auf jeden Fall ohne Gesang.

Manchmal habe ich den Fernseher angemacht, aber sofort den Ton abgestellt, weil mir das Geräusch unerträglich war. Beim Durchzappen bin ich ab und zu bei irgendeinem Programm hängengeblieben, und ohne Ton sah man sofort, wie falsch und traurig das Lächeln der Quiz-Assistentinnen oder der Menschen in der Werbung war, und man sah sofort, wie die eitlen, arroganten Gesichter der Nachrichtensprecher und Moderatoren anderen stumpfen, teilnahmslosen Gesichtern, die mehr oder weniger erfundene Dramen erzählten, Mitleid und Anteilnahme vorheuchelten.

Ich habe die politischen Debatten und die Nachrichten und die Diskussionsrunden gesehen und gedacht, wie oft wir uns von dem, was die Leute sagen, einwickeln lassen, obwohl man doch einfach nur den Ton abdrehen und ihnen ins Gesicht sehen müßte, um alles zu verstehen.

Eines Tages vor ungefähr anderthalb Jahren waren dann die Batterien der Fernbedienung alle, und es schien mir die Mühe nicht wert, sie auszuwechseln. Der Fernseher blieb ein paar Monate aus, und dann habe ich einen Zettel mit »Vorsicht: Er funktioniert« draufgeklebt und ihn draußen neben die Mülltonnen gestellt.

August

Die Pension war so versifft und heruntergekommen, daß sie noch nicht einmal einen Namen hatte. Wir haben sie sofort Hiv getauft, nach Human Immunodeficiency Virus. Zu Robi, der sie im vorigen Jahr mit seinen Freunden entdeckt hatte, sagten wir, er habe sich da so viel Blödheit geholt, daß er unbedingt dahin zurück wolle, damit wir uns alle ansteckten. Um bei den ohnehin schon unfaßbar niedrigen Preisen noch zwei- oder dreitausend Lire zu sparen, hatten wir ein Viererzimmer genommen. Es war tierisch heiß, nicht der Hauch eines Lüftchens ging, und in kurzer Zeit hatte sich die sowieso schon suppenartige Luft in Brei verwandelt. Die Bettdecken waren mit Haaren übersät, die Matratzen weich und durchgelegen. Am Ende des Flurs befand sich das einzige Bad mit einem pflasterverklebten Boiler, das man mit den anderen Gästen teilen mußte: marokkanische Dealer, Transvestiten, drogenabhängige Mädchen, die tagsüber schliefen und nachts bei der Rambla auf den Strich gingen. Am Tag unserer Ankunft verbrachte eine zahnlose, durchgeknallte Italienerin im Zimmer nebenan eine gute Stunde damit, am Fenster zu hängen und *Non sono una signora* zu trällern. Als wir sie ganz arglos fragten, was zum Teufel sie in Barcelona mache, antwortete sie, daß sie auf Entziehungskur sei.

Die erste Enttäuschung in Barcelona war für mich die Rambla. Ich hatte gehört, sie sei das Herz der Stadt, und erwartete eine elegante, einladende Straße voller Leben. Statt dessen war da nur eine geschlossene Zementdecke, auf der sich die Touristen die Füße plattlaufen sollten. Eine Schiffsbrücke, die aus einem Meer von Elend und

Verbrechen aufragte. An Bord eine Menge Bars mit Tischen draußen und astronomischen Preisen und ein paar Schritte davon entfernt, auf dem Gehweg, dutzende von Schiffbrüchigen: Prostituierte, Zuhälter, Hütchenspieler und Leute, die dir falsche Rolex-Uhren andrehen wollen. Und Dreck, überall viel Dreck.

Teo und Robi schien das ziemlich kaltzulassen. Innerhalb von drei Minuten hatten sie dem erstbesten finsteren Typen drei Gramm Hasch abgekauft. Wir gingen sofort zurück ins Hotel, lagen den ganzen Nachmittag auf unseren Betten und rollten eine Tüte nach der anderen. Das Zimmer war klein, die Hitze unerträglich, aber wir machten die Fenster trotzdem nicht auf, damit es ordentlich verraucht war und sich ein »Treibhauseffekt« einstellte, der uns noch breiter machen sollte.

Ich hatte nicht vergessen, was ich mir im Zug geschworen hatte, als ich glaubte, an meiner eigenen Kotze zu ersticken. Ich hatte Angst, daß mir vom Rauchen wieder schlecht werden würde, aber der sagenhafte Robi hatte die richtigen Worte gefunden, um mich zu beruhigen: »Geh es ganz langsam an, und wenn dir nicht danach ist, hör auf. Die ersten Male kann es passieren, daß einem übel wird. Wenn du kiffst, kommt alles raus, was du in dir hast. Wenn du in der richtigen Umgebung bist, entspannt, mit Freunden, dann fängst du an zu lachen und dir geht's super. Wenn du mit Leuten zusammen bist, die du nicht kennst, und du bist verkrampft und hast Angst, daß die Polizei dich erwischt, dann kann dir ganz schnell schlecht werden.«

Nach einer Stunde liege ich rücklings auf dem Boden und spiele die Schabe. Ich zapple mit Beinen und Fühlern und versuche vergeblich, mich umzudrehen, und die anderen lachen und reden schwachsinniges Zeug, das uns irre witzig vorkommt.

Gegen elf Uhr abends haben wir all unsere Vorräte verbraucht, die eigentlich ein paar Tage halten sollten.

Also gehen Robi und ich wieder zur Rambla, mit leerem Magen, vollkommen dicht, total verblödet und über alles kichernd, was wir sagen und sehen.

In weniger als zehn Sekunden steht der erste Dealer vor uns. Ein riesiger, häßlicher Schwarzer grinst uns breit an und zeigt seine verfaulten Zähne: »Italiener, dir gefällt rauchen. Was du geraucht? Hasch? Marihuana?«

»Hasch«, antwortet Robi.

»Und wieviel du gezahlt?«

»Fünfhundert Peseten das Gramm.«

Der Schwarze tut so, als denke er nach: »Ich machen gut Preis, siebenhundert für Gramm. Meiner ist beste Stoff von allen.«

Das Feilschen beginnt. Der Schwarze holt ein Piece raus, baut feierlich einen Joint und läßt Robi ziehen. Der inhaliert mit Kennermiene, wie ein Weinverkoster, der eine Auslese probiert. »Das ist gut, echt gut«, urteilt er und schnalzt mit der Zunge, »aber siebenhundert ist zuviel. Sagen wir fünfhundert?«

»Nein, siebenhundert. Ey, das ist geschenkt.«

Ich habe auch zwei- oder dreimal gezogen und fühle mich ganz leicht und beschwingt, obwohl ein Teil von mir sehr wachsam bleibt.

»Wenn du uns einen guten Preis machst, nehmen wir ganz viel davon«, sage ich.

»Wieviel Gramm?«

»Wir können höchstens fünftausend Peseten ausgeben. Und wir wollen zehn Gramm.«

Der Dealer fängt wieder mit seiner Leier an und schwört, daß sein Stoff der beste von Barcelona, von ganz Spanien überhaupt ist. Robi ist jetzt schon total scharf auf das Zeug, will den Deal endlich abschließen und sagt mir immer wieder, daß das ein echt knallharter Typ ist, »guck dir die Verbrechervisage an, wenn der keinen guten Stoff hat ...«

Nach weiteren fünf Minuten Hin und Her sieht der

Dealer ein, daß ich hart bleibe: fünftausend Peseten für zehn Gramm. Er breitet die Arme aus und steht entschlossen auf. »Vamos, gehen wir es holen.«

Robi trottet brav hinter ihm drein, unter großem Schultergeklopfe und verzaubert von den süßen Noten des Joints.

»Hey«, schreie ich hinter ihm her, »sag ihm, daß er's hierherbringen soll.«

»Nein, zu vieles Gramm, gefährlich, hier ist Milicia«, antwortet der Schwarze, der sich bei meinem Freund eingehakt hat, und zeigt bestimmt in Richtung der Seitenstraßen.

Ich renne ihnen hinterher und hole sie ein. »Robi, sei nicht so bescheuert«, flüstere ich ihm zu, »was glaubst du, wo der uns hinbringt?«

»Ach komm«, lacht er, »was soll denn passieren? In Italien war ich schon in viel härteren Gegenden, um was zu besorgen.«

Bevor wir in die Seitenstraßen einbiegen, kommen wir an unserer Pension vorbei, und ich bin drauf und dran, Mario und Teo zu holen, aber dann lasse ich es sein. Ich habe versprochen, nicht mehr so besorgt zu sein und vor allem und jedem Angst zu haben. Außerdem bin ich mit Robi unterwegs, dem sagenhaften Robi, der weiß, wie man sich in bestimmten Situationen verhalten muß.

Wir gehen noch ein Stück, und mit jedem weiteren Meter wird der Schwarze weniger redselig und hat's plötzlich immer eiliger. Jetzt haben wir uns komplett verlaufen, finstere, vermüllte Gassen, mit potthäßlichen Nutten an den Ecken, und immer mehr schwarze Gesichter, die in den Hauseingängen auftauchen. Die Versuchung, abzuhauen und zur Pension zurückzulaufen, ist groß, aber ich fürchte, daß ich noch nicht einmal die Straße wiederfinden würde. In dem Moment bleibt der Dealer vor einer fast vollkommen dunklen Bar mit halb heruntergelassenen Rolläden stehen und winkt uns hinein. Aber jetzt weigert sich sogar Robi: »Nein, geh du rein und bring uns den Stoff.«

»Na gut, aber gib mir erst das Geld«, grinst der Schwarze.

Zwischen meinen Arschbacken geht eine Alarmglocke los, aber es ist schon zu spät, aus der Bar kommen vier oder fünf andere Schwarze, und alle sehen aus wie Schwerverbrecher.

»Nein, erst der Stoff und dann das Geld«, versucht Robi noch zu sagen, aber seine Stimme zittert schon und seine Augen sind angstgeweitet.

Einer der Typen läßt ein Springmesser aufschnappen und hält es ihm an die Kehle. Zwei andere stellen sich hinter mich. Ich merke, wie mir das Herz in die Hose sackt.

»Himmel noch mal, gib ihm das Geld«, sage ich und versuche zu lächeln, »wir wollen uns doch nicht wegen dem bißchen Zeug streiten ... gib ihm das Geld, und sie geben uns den Stoff. Gerne auch morgen, es muß nicht jetzt sein, wir trauen euch, ihr könnt's uns auch morgen geben, das hat echt Zeit.« Ich versuche, immer weiter zu reden, weil ich glaube, daß sie mir beim Sprechen nicht die Kehle durchschneiden können.

Robi holt das Portemonnaie raus, und ich reiße es ihm aus der Hand: es sind nur die fünftausend Peseten drin.

»Und du gibst mir auch dein Geld«, brüllt mich der Boß an.

»Ich habe aber nichts«, stammele ich, »nur ein bißchen Kleingeld. Das Geld für den Stoff hatte er.«

»Ah ja«, lacht der mit den faulen Zähnen höhnisch, »wenn du lügst, mach ich dich kalt.«

Seine Kumpane sind alle besoffen oder breit oder beides. Sie lachen, spielen mit ihren Messern rum, halten sie uns ans Gesicht, schneiden die Gürtelschlaufen an unseren Jeans durch. Einer von ihnen schnappt sich mein

Portemonnaie und macht es auf. Erst jetzt fällt mir siedend heiß ein, daß da in einer Innentasche noch fünftausend Peseten sind.

Einige Sekunden vergehen, die ich nie mehr vergessen werde, dann gibt er mir das Portemonnaie zurück. Er hat nur das Kleingeld genommen und den Rest nicht gesehen. »Nada mas«, sagt er zum Boß.

Jetzt sind sie wieder ganz freundlich geworden. Sie stecken die Messer weg. »Ciao Italiano, grazie«, grinst einer. »Das nächste Mal trau keinem Neger«, sagt der Boß, und alle brechen vor Lachen fast zusammen.

Robi hat wieder ein wenig Farbe im Gesicht und versucht, Standvermögen zu beweisen: »Das Geld habt ihr ja, jetzt gebt uns wenigstens ein paar Gramm.«

Der Boß dreht sich um und sieht ihn ein wenig erstaunt und belustigt an: »Rauch das hier!« brüllt er und verpaßt ihm eine saftige Ohrfeige.

Wir drehen uns um und rennen wie die Irren los, durch das Gassengewirr, und die Schwarzen und Nutten lachen grölend hinter uns her. Wir verlaufen uns hundertmal und nach einer Ewigkeit kommen wir vollkommen fertig auf der Rambla raus. Ich sehe Robertos brandrote Wange, und seine Augen sind vollkommen verstört und voller Tränen. »Wenn wir im Hotel sind«, zische ich, »kriegst du von mir eine Tracht Prügel.«

Mario und Teo tun so, als würden sie uns kein Wort glauben und versuchen, alles herunterzuspielen: »Ihr Drecksäcke. In Wirklichkeit habt ihr alles für ein paar fette Nasen Koks rausgehauen. Aber wir wollen unseren Anteil wiederhaben, daß das klar ist.«

»Die hätten uns umbringen können, verdammt noch mal. Die hätten uns wegen diesem Penner hier umbringen können«, sage ich immer wieder. »Was zum Teufel rennst du dem auch hinterher? Wir hätten uns das Zeug bringen lassen sollen.«

»Halt's Maul, du Hosenscheißer«, schreit Robi mich an, »es ist deine Schuld, daß die uns verarscht haben, weil du unbedingt den Preis drücken wolltest. Der ist sauer geworden und hat uns eins auswischen wollen. Wir hätten nur sechshundert sagen und drauf bestehen müssen, und sie hätten uns den Stoff gegeben und uns noch nicht einmal angefaßt.«

Ich sehe rot vor Wut: »Ja genau, so wie sie's dir gegeben haben, ordentlich eins übergebraten haben sie dir!«

»Ach ja? Ich hab noch ein bißchen was davon übrig, das kannst du gerne haben.«

Mario und Teo sehen uns unsicher an, sie denken, wir ziehen auf dem Bett den üblichen Pseudoringkampf ab, wie zwei Catcher. Aber Robi und ich sind dermaßen angespannt, geladen und sauer, daß wir richtig bösartig übereinander herfallen und aufs Gesicht zielen. Als die anderen beiden sich dazwischenwerfen, um uns auseinanderzubringen, ist es schon zu spät, die ersten Hiebe haben gesessen und vor Schmerzen werden wir noch wütender: »Laß mich, du Drecksau, laß mich los, gemütlich im Hotel sitzen, während ich meine Haut riskiere, das könnte dir so passen!«

Es endet damit, daß wir alle vier wild auf einander einprügeln, und wir können von Glück sagen, daß die Joints, der leere Magen und die Erschöpfung uns sofort schlappmachen lassen. Schließlich liegen wir alle keuchend auf den Betten und auf dem Boden. Robi und ich bluten aus dem Mund, Mario aus der Nase. Im Zimmer herrscht auf einmal eisige Stille, dann seufzt Teo: »'ne Tüte wär jetzt echt geil.« Wir sehen uns an und fangen an zu lachen, und lachen immer mehr, bis der Bauch und unsere Lädierungen höllisch weh tun.

Um ungefähr ein Uhr sind wir auf der Rambla. Wir sehen finster aus. Wir fühlen uns so heldenhaft wie eine Gruppe Marines die nach einer Schlägerei im Hafen wild entschlossen sind, noch durch die Kneipen zu ziehen. Nach ungefähr hundert Metern stoßen wir auf der linken Straßenseite auf eine zwielichtige Spelunke, mit einem Türsteher davor, der um Kundschaft wirbt: »Italiano, komm her, Frauen, Show, echt ficken hier.« Neben dem Eingang hängen zwei große Fotos mit einem Er und einer Sie halbnackt auf der Bühne.

Mario traut dem Braten nicht: »Ach, hör doch auf, das wird eine von den üblichen Abzocken sein, mit 'ner quälenden Stripteaseshow und Animateusen, die dir das Geld aus der Tasche ziehen.«

»Nein, nein, echt ficken«, sagt der Typ beharrlich, »geh einer rein und gucken.«

Schließlich lassen wir uns breitschlagen und gehen alle rein: fünfhundert Peseten pro Kopf für ein Bier und die Show.

Wir suchen uns Plätze links von der Bühne, weit weg von den Tischchen mit den Champagnerkühlern und den Animierdamen. Es ist ziemlich voll, viele junge Touristen und ein paar alte Stammkunden. Schummriges Licht, verrauchte Luft, Spiegel, alles ist ziemlich trübe, wie in einer Dorfdisco. Ich habe einen Riesenhunger, am liebsten würde ich sofort wieder gehen und mir irgendwo ein Sandwich zwischen die Zähne schieben, aber heute abend wird da wohl nichts mehr draus.

In dem Moment geht das Licht aus, Schmachtmusik erklingt, und schon erscheint eine grottenhäßliche Nutte auf der Bühne, mit dunklen Haaren, der üblichen Federboa und einer lächerlichen, fünfzig Zentimeter langen Zigarettenspitze. Sie sitzt auf einem Stuhl und macht einen superquälenden Striptease, Robi sieht, wie ich das Gesicht verziehe, und versucht, mich zu trösten: »Na komm, was soll's, wir trinken unser Bierchen, nehmen's mit Humor und gehen dann wieder.«

Aber in der Sekunde taucht auf der Bühne ein untersetzter schwarzhaariger Kerl auf, der bis auf einen

Schnurrbart und einen Umhang nichts anhat. Trommelwirbel, der Umhang öffnet sich, und dem Publikum entfährt ein allgemeines »Oooh« der Verblüffung. Die Stimmung heizt sich auf, und aus den Zwischenrufen entnehmen wir, daß die ganze Südkurve voller Italiener ist. Die zwei auf der Bühne ergehen sich in einem Potpourri von Stellungen, Penetrationen und gegenseitigen Lutschereien, dann gehen sie unter Applaus ab. Wir sind eher entsetzt als erregt, bisher hatte noch keiner von uns so eine Vorstellung live gesehen. Aber wir haben uns schnell wieder gefangen: Nach ein paar Stripteasenummern gibt ein anders Pärchen sein Können zum besten, und diesmal jubeln wir begeistert mit dem Publikum mit.

Ein paar Minuten später steht eine neue, hübsch häßliche Lady auf der Bühne. Sie ist schon komplett nackt und geht ins Publikum. Sie schnappt sich einen Jungen aus der Südkurve, den wir, weil er aussieht wie der typische Pizzabäcker-Salvatore, »Tore« taufen, und seine Freunde verfallen sofort in lautes Gegröle. Die Lady nimmt ihn mit auf die Bühne, zieht ihn aus und zwingt ihn, ihre schlaffen, schwitzigen Titten zu küssen. Dann läßt sie ihn stehen, nackt wie ein Wurm, und zieht wieder los, um ein anderes Opfer zu suchen, einen unfaßbaren Typen um die fünfzig, mit dicker Brille, fortgeschrittener Glatze und dicker Wampe. Er sieht aus wie Ugo Fantozzis Doppelgänger, und alle Italiener feuern ihn an: »U-go! U-go! U-go!« Der Arme stellt sich unglaublich dämlich an, oder er hat sich mit der Frau abgesprochen und tut alles, um dämlich zu wirken. Jedenfalls ist das Ergebnis umwerfend: Sie zieht ihn aus, und er versucht, sie anzugrapschen, sie zu küssen, und macht uns begeisterte Zeichen, um uns zu zeigen, wie appetitlich und hinreißend sie ist. Er muß sich hinsetzen, wieder aufstehen, sich rücklings auf die Erde legen und mit den Beinen radfahren, und Ugo, der geniale Schmierenkomödiant, macht alles begeistert mit. Als er schließlich nackt dasteht, ein Fettkloß mit Brille, in Schuhen und mit heruntergerutschten gelben Socken, liegen wir alle auf dem Boden vor Lachen.

Inzwischen hat die Frau ihn und Tore beim Schlafittchen gepackt und bringt die beiden ohne viel Aufhebens in Position. Tore scheint ganz brav mitzumachen, Ugo dagegen hält sich sehr im Hintergrund und ist fast unsichtbar. Nach einer Weile gibt die Dame zu verstehen, daß sie noch den Mund frei hat, sieht suchend ins Publikum und springt von der Bühne, um sich Mario zu angeln. Wir helfen ihr, ihn auf die Bühne zu hieven, und er wehrt sich verzweifelt mit Händen und Füßen. Unter ermutigendem Beifall beschließt unser Freund, daß er sich weniger zum Affen macht, wenn er locker bleibt, er läßt sich ausziehen und unterwirft sich lächelnd dem Ritual der Stellungen und Verrenkungen. Ich würde eine Million für einen Fotoapparat geben, bis an sein Lebensende könnte ich Zecke erpressen.

Währenddessen verabschiedet sich die Frau von Ugo und Tore, und als Mario nackt dasteht, kniet sie sich vor ihn und leckt sich mit der Zunge über die Lippen. Plötzlich gehen alle Lichter aus, man hört, wie die Frau wegläuft, und Marios Stimme, die sagt: »O Mann, was ist denn das jetzt für 'ne Scheiße? Das ist nicht mehr witzig ...« Nach drei Sekunden geht das Licht wieder an, und hinter Marios Rücken steht der Mann im Umhang und gibt sein bestes. Mario macht ein Gesicht, als hätte er den Tod höchstpersönlich gesehen, stößt einen Schrei aus und springt fast direkt in unsere Arme, und das Publikum lacht und pfeift und brüllt unverständliches Zeug.

In diesem Moment erscheinen alle »Darsteller« wieder auf der Bühne, um sich den Schlußapplaus abzuholen, und Mario sucht schamrot seine Klamotten zusammen.

September

Die Schokoladenriegel gingen als erste aus. Dann waren die Nudeln dran, danach der Zucker und die Salami. Die H-Milch wurde alle, und der letzte Tropfen Öl war aufgebraucht. Eines Tages waren auch die letzte Thunfischdose und die liebevoll rationierte Parmesankäserinde am Ende. Die Wasserflaschen wurden leer, und nicht einmal ein Kräcker, eine Olive, eine Kaper oder eine Erdnuß blieben übrig. Und so mußte ich mich nach drei Wochen im Sessel aufraffen, mir die Schuhe anziehen und hinuntergehen, um mir etwas zu Essen zu kaufen.

Nach der ganzen Zeit, die ich im Dämmerlicht bei halbgeschlossenen Fensterläden zugebracht hatte, traf mich das Licht wie ein Messerstich. Die Luft roch bereits nach Herbst, und es war sehr windig. Die Leute gingen auf einmal hastiger und zogen die Schultern noch ein wenig höher.

Der Gemüsehändler hat mich mit einem strahlenden Lächeln empfangen: »Einen schönen guten Tag, ich habe sie schon eine ganze Weile nicht mehr gesehen. Krank gewesen?«

Ich habe ebenfalls versucht zu lächeln und wollte instinktiv antworten, aber meine Stimme ist nicht herausgekommen. Ich habe nur die Lippen bewegt, und er hat gesagt: »Wie bitte?«

O Gott, wie blöd von mir, ich hatte ganz vergessen, daß ich ja aufgehört hatte, zu sprechen. Ich habe gedacht, na ja, ich muß es nur wollen, dann geht es auch, aber dann habe ich sofort gedacht, nein, nachdem ich drei Wochen geschwiegen habe, soll ich jetzt damit aufhören, nur um mit dem Gemüsehändler zu reden?

Ich habe wieder den Mund aufgemacht, mit der Hand eine Pistole gemimt, sie an meinen Hals gehalten und den Kopf geschüttelt, um zu sagen: Ich kann nicht sprechen. Er hat sofort verstanden. »Aaaah, Laryngitis. Das kenne ich, ich weiß, wie schrecklich das ist. Das ist der Wetterumschwung: Tagsüber ist es heiß, und abends legt dich das kühle Lüftchen aufs Kreuz ...«

Die Frau des Gemüsehändlers hat mein verdutztes Gesicht gesehen und gesagt: »Nein, ich weiß, was er hat, ich wette, er hatte ein Stimmbandödem, habe ich recht? Und sie werden ihn gerade operiert haben, er sieht derart elend aus, der Ärmste ...«

Meine Augenbraue war überrascht, das schien mir eine optimale Ausrede zu sein, ich habe sofort genickt, und sie hat gesagt: »Na bitte! Siehst du? Ich hab's doch gewußt, mein Neffe hat das auch mal gehabt, der ist auch noch Sänger, und stellen Sie sich vor, die Woche danach sollte er im Fernsehen auftreten ...«

Sie schrie fast. Wer weiß, warum die Leute, wenn sie mit Stummen reden, glauben, die seien auch taub. Jedenfalls waren sie jetzt in Fahrt gekommen und schwerlich wieder zu bremsen. Die Kunden in der Schlange haben angefangen, ihre Kommentare abzugeben, und eine Frau sagte: »Sie dürfen sich bloß nicht überanstrengen, auf gar keinen Fall«. Und eine andere hat gesagt: »Sie sollten sich aber einen Schal umbinden, wissen Sie?« Jedes Wort explodierte in meinem Kopf, ich versuchte mich zu beeilen, meine Augenbraue hat auf ein paar Sachen gezeigt, aber der Gemüsehändler machte alles von allein: »Ich habe ganz knackfrische Zucchini, ist ein Kilo recht?«, und ich habe ergeben mit dem Kopf genickt, obwohl ich Zucchini gar nicht kochen kann, »Dann gibt es heute noch wunderbare Erdbeeren, ich packe ihnen ein Schälchen ein«, und ich habe wieder genickt, obwohl ich eine Erdbeerallergie habe, aber das Wichtigste war, ihm nicht dazwischenzufunken, ich wollte nur, daß er sich beeilte, weil ich mich höllisch schämte, und gerade war eine Nachbarin von mir in den Laden gekommen und hatte mich gegrüßt, und ich hatte ihr nur zugenickt, und gleich würde sie anfangen, mit den anderen über mein Ödem zu reden, und ich hätte diese Pantomime nicht mehr lange durchgehalten.

Schließlich habe ich mit Gottes Hilfe gezahlt und bin gegangen, ich bin naßgeschwitzt zu Hause angekommen, mit all den gellenden Stimmen, die mir im Kopf herumschwirrten. Ich habe mich auf einen Stuhl fallen lassen und mir gesagt, ruhig, ganz ruhig, fürs erste hast du mehr als genug getan, du darfst dich nicht überanstrengen, heute nachmittag kümmerst du dich um das Brot und den Rest, oder weißt du was, ich bringe dich in den Supermarkt, und da kannst du dann kaufen, was du willst, ohne daß jemand dich anquatscht.

In der darauffolgenden Nacht hatte ich einen Traum: Ich bin im Supermarkt, ein wunderschöner, geräuschloser Supermarkt, leer, ohne Schlangen, mit derart sanfter Beleuchtung, daß alles zu schweben scheint. Ich schwirre wie eine hungrige Biene von Regal zu Regal, lade einen riesigen Einkaufswagen voll mit Sachen, Vorräte für mindestens einen Monat. Ich komme an die Kasse, an der eine dicke Kassiererin sitzt und mich anlächelt: »Aaah, wir decken uns ein ...« Ich nicke. »Oooh, sie haben Orangen gekauft, pressen Sie die für ihre Kinder aus?« Ich habe keine Kinder. Die presse ich für mich aus. »Iiiih, die Kekse sind vielleicht lecker, die schmecken mir auch total gut, wissen Sie?« Man sieht's. Du bist fett wie eine Tonne. »Eeeeh, das hat mein Opa auch immer gekauft«, und so geht es weiter, mit lautem Oooh und Uuuh für alles, was ich gekauft habe. Währenddessen hat sich hinter mir eine lange Schlange gebildet, und alle geben lautstarke Kommentare zu meinen Einkäufen ab: »Warum haben Sie denn dieses Öl genommen? Das schmeckt scheußlich!« »Was soll der denn schon wissen, sieh dir mal den Mozzarella an, den er genommen hat, guck!« »Mein Gott, ist das zu fassen, abgepackter Schinken ... seit Jahren habe ich keinen mehr gesehen, der abgepackten Schinken kauft!« Schließlich fragt die dicke Kassiererin: »Wie viele Tüten brauchen Sie?« Ich überschlage, wieviel ich gekauft habe, zeige ihr »drei« mit den Fingern, und sie sagt: »Wie viele? Ich habe Sie nicht verstanden«, und ich halte wieder die Finger hoch, drei, drei, du dämliche Kuh!, und sie sagt: »Ungezogene Kinder bedienen wir nicht, hast du eine Zunge, Freundchen? Na, dann benutze sie auch, sag's der Mama, sag drei, na komm, sag es.« Und hinter mir haben plötzlich alle die Gesichter von Großeltern und Kollegen und Onkeln, und sie flöten: »Sag es, sag es der Oma, drei!, sag es der Tante: drei!«, und alle fangen an, meine Fingerchen und Füßchen anzufassen, Gutschigutschi zu machen und zu sagen: »Na komm, ein Wörtchen, ein Wörtchen, ein Löffelchen, hmmmm, guuut.« Sie stecken mir einen Löffel mit Brei in den Mund, und da schreie ich auf einmal: »AUFHÖREN!«, aber es ist nur der stumme Schrei meines Fernsehers ohne Ton, und die Kassiererin sagt: »Kein Wörtchen, kein Tütchen«, und ich raffe, so gut es geht, meine Sachen, stecke sie mir in die Taschen und zwischen die Zähne, laufe davon und verliere unter dem Gelächter der Passanten Tüten, Flaschen und Eier.

August

Wir haben die Route verlassen, um das Meer zu sehen. Weg von Barcelona, der Dreckigen, weg von der Aids-Pension. Das Ziel heißt Cadaques, ein kleines Dorf am Meer, das nach Robis Erzählungen vom letzten Sommer für uns schon zu einem Mythos geworden ist. Ein kleines natürliches Paradies, in dem die Elite der europäischen Jugend hinter künstlichen Paradiesen herjagt.

Wir kommen nach einer völlig aberwitzigen Reise an, zusammengepfercht auf der offenen Ladefläche eines Lieferwagens, der uns an der Straße aufgesammelt hat. Schnaufend quält er sich die kurvige Hügelstraße hinauf und schnurrt auf der anderen Seite wieder hinunter, auf die Strände, die Farben und das Dorf zu. Schon als ich es von weitem sehe, bin ich ein bißchen enttäuscht, wie immer, wenn man wer weiß was erwartet. Es kommt mir vor, wie ein stinknormales Kaff am Meer, sogar ein wenig schäbig, wenn man genauer hinsieht.

»Freunde, das ist Cada. Das legendäre Cada.« Robi macht eine ausladende Handbewegung, als würde das Dorf ihm ein wenig gehören, er ist stolz und glücklich, den Fremdenführer spielen zu können, wo er sich doch sonst meistens an uns dranhängt und sagt: »Das müßt ihr entscheiden, mir ist alles recht.« Jetzt dagegen zeigt er von weitem auf die Kultstätten, das da unten ist die »legendäre Bar«, wo sie den »legendären Caffè Corretto« getrunken haben, das dahinten der »legendäre Campingplatz«, auf dem sie ihr »legendäres Zelt« stehen hatten. Ich lächele höflich, aber alles kommt mir ziemlich häßlich und unspektakulär vor, und ich bezweifle, daß dieser Ort, selbst unter dem Einfluß von Rauschmitteln, so unvergeßlich sein kann.

Wir lassen uns nicht weit vom Zentrum bei einer Pension auf dem Hügel absetzen. Sie ist ein bißchen teuer, aber Robi hatte uns vorgewarnt: »Cada ist ein Ort für Reiche. Oder vielmehr, es gibt die Stinkreichen, die im Club Med oder auf den Yachten im Hafen abhängen, und es gibt die Drogensüchtigen, die keine Lira haben, auf dem Campingplatz hocken und rauchen wie die Irren. Dazwischen gibt's nichts.«

Ich hatte ihn augenzwinkernd angesehen: »Also deswegen ist es ein Paradies: Es gibt keine Mittelschicht.«

Aber derart feinsinnige politische Anspielungen gingen an Robi grundsätzlich vorbei. Von Teo bestärkt, beharrte er jetzt darauf, daß der Campingplatz ein absolutes Muß sei, weil man nur da die fertigsten Typen kennenlernte und zu den »legendären Festen« auf Meskalinbasis mit im Kessel gekochten Kakteen eingeladen würde, undsoweiter, undsoweiter.

Teo nickte überzeugt: »Wenn ich erstmal Manager bin, werden mir Hotels, Yachten und Club Meds eh zum Hals raushängen.«

Mario und ich dagegen wollten nach so vielen Nächten im Zug und ebenso vielen, die wir durchgemacht hatten, nicht auf ein richtiges Bett verzichten. Und angesichts der Tatsache, daß wir kein Zelt hatten, konnten wir die anderen schließlich überzeugen und zu einem Kompromiß kommen: Hotel, den Schaden aber möglichst gering halten.

Also gehen Zecke und ich, weil wir seriöser aussehen, an die Rezeption und fragen nach einem Doppelzimmer: »Sie können uns auch eins nach hinten raus geben, ist egal, wenn wir das Meer nicht sehen, wir müssen sparen.«

Der Hotelier ist sehr freundlich, versteht unser Problem sofort und gibt uns das billigste Zimmer, Erdgeschoß mit Blick auf den Parkplatz. Für Robi und Teo ist es ein Kinderspiel, durch das Fenster zu steigen. Wir können alle die Dusche benutzen und abends reihum zwei Schlafsäcke auf den Boden legen. Wir müssen nur aufpassen und, statt den Haupteingang zu nehmen, heimlich ein- und aussteigen.

In Cada gibt's keinen tollen Strand, aber dafür ein paar kleine Buchten, die gar nicht mal so übel sind, mit Felsen und eiskaltem, klarem Wasser. Aber natürlich ist Robi der Strand vollkommen wurscht: Kaum sind wir aus dem Hotel raus, zerrt er uns auf den Platz, auf den »legendären Platz«, wo auf einem von einer Metallrohrkonstruktion gehaltenen Sperrholzpodest, Stil Dorffestbühne, ungefähr zwanzig fertige Gestalten fläzen. Robi gesellt sich zu ihnen, als wäre er ein alter Freund, gefolgt vom superaufgeregten Teo. Mario und ich bleiben derweil auf sicherem Abstand und beobachten das Geschehen. Einige Typen scheinen gerade dem Film *Hair* entsprungen zu sein: lange Haare, Kettchen, Jesuslatschen. Aber es gibt auch ein paar modernere Drogenabhängige, eher Richtung Dark: schwarzes T-Shirt, enge schwarze Hosen, schwarze Militarystiefel, genau das richtige für Hitze und Meer. Es sind auch welche mit Bob-Marley-Frisuren da, mit schwarzen Baskenmützen, auf denen die jamaikanische Flagge prangt; Mädchen mit schwarzen Lederbändchen um den Hals, die mich sofort ganz scharf machen; große, stämmige Holländer mit käseweißer Haut, und ein paar Schwarze mit drei oder vier Ringen pro Ohrläppchen, und noch welchen in der Nase und den Augenbrauen.

Robi hat die magische Fähigkeit, sofort mit diesen Menschen ins Gespräch zu kommen. Obwohl er wie ein braver Junge aussieht, identifizieren sie ihn sofort als einen von ihnen. Es muß etwas in seinen Augen sein, oder in seinen Gesten, daß sie sich sofort mit ihm verbrüdern. Es sind gerade mal zwei Minuten vergangen, und schon hat einer der Schwarzen ihm eine Art ausgehöhlte Karotte in die Hand gedrückt, aus der man sich reihum dicken Rauch reinzieht, von dem man sofort breit ist.

Mario und ich haben Badehöschen, Eimerchen und Förmchen dabei und wollen an den Strand, wir gehen zu den anderen, um sie zu holen, aber der Schwarze sieht uns mit einem väterlichen Lächeln an: An den Strand, so ein Irrsinn, es ist viel zu heiß. Zieht erst mal hier dran, das ist gut.

»Na schön«, sage ich »wir rauchen diese elende Tüte, aber dann gehen wir, ich habe keine Lust, hier den ganzen Nachmittag bescheuert abzuhängen ...«

Nach nicht einmal einer Viertelstunde bin ich völlig stoned, schwatze fröhlich mit dieser Horde Drogenabhängiger, die auf mich einen freundlichen, etwas behämmerten, aber durchaus harmlosen Eindruck machen. Nach einer weiteren halben Stunde habe ich das Gefühl, schon immer da gewesen zu sein, auf diesem legendären Platz, auf dem wir vor aller Augen Joints und Pfeifchen herumgehen lassen, und keiner sieht uns schief an, keiner sagt etwas.

Neben mir sitzt ein Mädchen aus Florenz, die härteren Drogen als Hasch verfallen sein muß: Sie hat schwarzgeränderte Augen, kurzgeschorene Haare und ungesund weiße Haut. Auf ihren Armen sehe ich rote Flecken, wie große Mückenstiche.

»In Cada geht's einem echt gut, wißt ihr«, sagt sie und gibt mir den Joint, »aber paßt auf: in den letzen zwei Jahren hier habe ich mir 'nen Tripper geholt.«

Ich habe ihre Tüte im Mund und spüre, wie sich die Spucke von dem feuchten Papier wie ein Tumor auf meinen Lippen ausbreitet. Mario wirft mir einen Blick zu und gibt mir damit zu verstehen: Reich mir das Ding bloß nicht rüber, oder ich muß kotzen. Ich stecke es ihm geradewegs in den Mund: »Hier, Marietto, nimm einen schönen tiefen Zug: entweder alle oder keiner.«

Nach drei Tagen Cada haben wir wirklich keine müde Pesete mehr. Wir hatten uns ein Tageslimit gesetzt, das nicht überschritten werden sollte, aber zwischen Hasch, Diskotheken und Caffè Corretto auf der Terrasse am Meer haben wir es regelmäßig überzogen. Zum Glück geben wir echt wenig für Essen aus: Jeden Morgen und jeden Nachmittag Einkauf im Supermarkt, jedesmal werden zwei von uns ausgelost. Wir gehen rein, schlendern zwischen den Regalen herum und behalten dabei die Spiegel im Auge, die über den Kassen hängen und die Gänge überwachen. Dann tun wir so, als ob nichts wäre, und stecken uns eine Dose Thunfisch in die Tasche, lassen eine Packung Schinken in den Hosenbund rutschen und schieben uns Schmierkäse und Schokoriegel unter die Jacke. Nach einer Weile gehen wir zur Kasse, und in unserem Einkaufswagen liegen nur ein großes Weißbrot und zwei Flaschen Wasser. Wir zahlen und gehen, ganz einfach.

Am dritten Morgen sind Robi und ich an der Reihe. Ich hasse es, mit ihm dranzusein, weil er total verantwortungslos ist, er achtet noch nicht einmal auf die Spiegel und behauptet, »wenn du ängstlich aussiehst, schnappen sie dich sofort, aber wenn du dreist bist, erregst du keinen Verdacht«. Wir laufen durch den Supermarkt, ich sehe zitternd zu, wie er sich alles mögliche in die Taschen stopft, spähe zu den Kassiererinnen hinüber und versuche, ihn zu bremsen, aber er beachtet mich überhaupt nicht. Schließlich flehe ich ihn flüsternd an: »Hör mal, seit drei Tagen kommen wir hierher und kaufen nur Brot und Wasser, wenn du mich fragst, haben die was gerochen. Laß uns diesmal wenigstens auch eine Packung Schinken in den Einkaufswagen tun.«

»Schinken?«, er wird wütend, »bist du verrückt? Der ist sauteuer!«

Ich mache ihm Zeichen, daß er still sein soll, nehme Wasser, Brot und den Schinken, gehe schnurstracks zur

Kasse und lege die drei Sachen aufs Band. Die Kassiererin tippt das Brot ein, dann dreht sie sich um und sagt etwas zu ihrer Kollegin. Blitzschnell schnappt Robi sich die Schinkenpackung und steckt sie sich vor meinen entgeisterten Augen unter das T-Shirt. Die Kassiererin dreht sich zu uns um und sieht uns überrascht an: »Wo ist denn der Schinken?«

Ich merke, wie meine Knie weich wie Pudding werden, Simple Mind lächelt süß und sagt: »Ich habe ihn zurückgebracht.«

Kompletter Irrsinn: Das sind wenigstens zehn Meter hin und noch mal zehn zurück. Ich bin vollkommen kopflos und denke an die totale Blamage und an die Leibesvisitation und daran, was ich meinem Vater nach der Auslieferung nach Italien in Handschellen sagen werde. Die Kassiererin ist einen Moment lang unsicher, dann unterdrückt sie ein Lächeln, tippt das Wasser ein und gibt mir das Restgeld: »Danke und auf Wiedersehen.«

Kaum sind wir raus, fängt Robi an zu lachen und rennt los, er lacht und rennt, und ich laufe hinter ihm her, schwinge das Brot und brülle: »Ich schlag dich tot, bleib stehen, ich schlag dich tot.«

Die letzte Nacht in Spanien verbringen wir am Strand, einerseits, um das Geld fürs Hotel zu sparen, und andererseits, um das Meer noch einmal richtig zu genießen, bevor wir nach Zentraleuropa und in die großen Städte zurückkehren. Wir haben eine abgelegene Bucht gefunden, weit weg von den Lichtern des Dorfes, liegen in unseren Schlafsäcken, rauchen und reden.

Der Sternenhimmel ist phantastisch, ich habe noch nie so einen weiten Himmel gesehen, wie eine 3-D-Leinwand scheint er uns auf allen Seiten zu umgeben. Ich habe auch noch nie so viele Sterne gesehen, riesig groß und hell, und nie bemerkt, daß die Milchstraße echt so weiß ist, ein Milchkomet ist von der Erde in den Himmel geschossen und hat Millionen von Tropfen versprüht. Sie riechen nach Meer und Schnee, nach frischer Luft und Perlen, und nach Unendlichkeit.

»Wißt ihr, daß viele von den Sternen, die wir sehen …«, fängt Teo an.

»Ja, ich weiß, die können schon seit Millionen von Jahren nicht mehr dasein«, unterbricht Mario ihn, »ihr Licht braucht so lange, bis es die Erde erreicht, daß seine Quelle in der Zwischenzeit schon erloschen sein kann. Der ist alt, Teo. Den habe ich mit vierzehn erzählt, um bei den Mädchen Eindruck zu machen.«

Teo redet sich schlagfertig raus: »Das wollte ich doch gar nicht sagen. Ich wollte sagen, daß die Sterne, die wir sehen, die Seelen der Toten sein könnten. Sie sind da oben, sehen auf uns runter und beschützen uns.«

»Schwachsinn. Sterne sind aus Blei, Lava und Gas. Die brennen gemütlich vor sich hin, und wir sind denen völlig wurscht.« Mario ist sauer, weil er im Hotel schlafen wollte, in dem es ein ganz schnuckeliges Zimmermädchen gab. Wir haben demokratisch für den Strand gestimmt, und er hat demokratisch beschlossen, uns den Abend zu vermiesen.

»Hör mal, Marietto«, sage ich, »warum gehst du dich nicht ein bißchen im Meer ersäufen? Wir liegen hier doch ganz friedlich, also entspann dich. Geh uns nicht auf die Eier, in Ordnung?«

Ich höre, wie er sich in seinem Schlafsack umdreht und vor sich hin meckert, dann kriecht er wie ein Regenwurm von dannen und legt sich ein paar Meter weiter schlafen.

Ich starre noch immer wortlos in den Himmel. Wer weiß, wie viele dieser Sterne ein schlechtes Leben gehabt haben, und wie viele es geschafft haben, sie selbst zu bleiben. Hier und heute nacht sehen sie strahlend und glücklich aus, in der Stadt dagegen habe ich sie fast alle als leblos und matt in Erinnerung. Erloschene Seelen.

Ich habe Lust, zu reden, meine Freunde zu fragen, was mit uns in zehn oder zwanzig Jahren sein wird, zu verstehen, ob wir zusammenbleiben oder uns aus den Augen verlieren werden, wie die Charaktere in *Der große Frust*. Aber ich finde einfach keinen Anfang, der Himmel ist dermaßen schön, daß jedes Wort unangemessen oder geschwollen klänge.

Die erste Sternschnuppe überrascht mich wie eine Vorlage von Magic Johnson. Es ist die erste, die ich in meinem Leben sehe, und sie ist perfekt. Genau über mir schießt sie wie ein erlöschendes Feuerwerk über den Himmel, und ich kann das Frrrr förmlich hören.

»Scheiße noch mal!« schreie ich. »Habt ihr die gesehen?«

»Was?«

»Die Sternschnuppe!«

»Ach komm …« macht Teo.

»Ich hab vorhin auch schon ein paar gesehen«, sagt Mario ganz gelassen.

»Jaja, klaro, Alter, und ich fünf.«

»Im Ernst.«

Eine weitere Sternschnuppe läßt uns verstummen. Diesmal haben wir sie alle gesehen.

»Was ist denn hier los?« fragt Teo leicht besorgt.

»Freunde«, sagt Robi, »wißt ihr, was heute für ein Tag ist?«

»Hm … Mittwoch. Oder Donnerstag?«

»Nein, heute muß der elfte sein.«

Keiner von uns hatte daran gedacht, daß Laurentiusnacht war, oder sowas um den Dreh. Kaum sind wir drauf gekommen, geht sofort der Wettstreit los, und die Diskussion, ob die Wünsche geheim oder öffentlich geäußert werden müssen.

Am Ende siegt der Aberglaube, und jeder behält seine Wünsche für sich. Ich sehe neun Sternschnuppen, wunderschöne, und manchmal kommen sie so schnell hintereinander, daß ich gar keine Zeit habe, mir einen richtigen Wunsch zu überlegen. Mich wieder mit Teo vertragen. Bis zum Ende der Reise fünfzig Punkte machen. Anna Andersson heiraten. Bei einer großen Basketballmeisterschaft mitmachen. Nie meine Freunde verlieren.

Es dämmert schon fast, als Mario und Teo einschlafen. Inzwischen sind die Sterne schon verblaßt, Robi und ich kriechen aus den Schlafsäcken, machen uns eine Zigarette an und laufen am Meer entlang.

»Hör mal, Robi, ich wollte dich schon seit einer ganzen Weile was fragen. Um einen Rat. Ich möchte, daß du mir einmal, nur einmal erklärst, wie du das machst, bei den Mädchen immer ins Schwarze zu treffen.«

»Na, komm ...«

»Nein, ich mein's ernst. Tu nicht so bescheiden und laß mich ausreden. Ich habe noch nie erlebt, daß dir eine 'nen Korb gibt, du kriegst immer die, die dir gefallen, und ich weiß, daß du besser aussiehst als ich und sympathischer bist, aber ich glaub, das ist nicht alles, es muß etwas mit deiner Art zu tun haben, mit deiner Ausstrahlung, ich weiß nicht. Ich will ja gar nicht allen gefallen, aber das Problem ist, daß ich noch nicht einmal kapiere, welche mich gut finden, und von welchen ich lieber gleich die Finger lassen sollte.«

Robi macht seinen typischen Schnaufer: »Hm, was soll ich dir sagen. Wenn ein Mädchen mit dir ausgeht und sich ins Kino oder zu einer Pizza einladen läßt oder mit dir an den Strand geht, gibt's nicht viel zu kapieren: Es ist klar, daß sie will. Sonst sagt sie dir sofort nein.«

»Aber das stimmt eben nicht, oder vielleicht stimmt es auch, aber nicht bei mir: Ich schlage mich gut bis zum Kino, bis zur Pizza, und sogar bis zum Strand, aber im entscheidenden Moment mache ich alles falsch. Ich versuch's zu früh oder zu spät oder ich versuch's gar nicht.

Meine Beine fangen zu zittern an, ich kriege Panik und verderbe alles.«

»Dir zittern die Beine?«

»Ja«, sage ich, »das ist Schiß. Pure Panik, und ich krieg es einfach nicht in den Griff.«

»Ich weiß nicht, ob das Panik ist. Teilweise vielleicht, aber es könnte auch ein Zeichen sein. Bei mir zum Beispiel zieht sich das Arschloch zusammen. Echt, ohne Scheiß. Ich nenn's das Arschloch-Feeling. Es gibt da einen Moment, in dem mir das passiert, und das muß nicht unbedingt am Strand sein, es kann auch vorher passieren, manchmal schon, wenn ich nur mit einer rede, und dann weiß ich sofort, daß sie will. Manchmal wird es durch einen Blick ausgelöst, aber manchmal kommt es ganz unerwartet. Ich glaube, das ist so 'ne Art chemische Reaktion, ein Geruch, den wir nur noch auf animalischer Ebene wahrnehmen, wie der Ruf des Weibchens nach dem Männchen. Hey, vielleicht ist das alles völliger Scheiß, aber sobald ich dieses Feeling habe, gehe ich ran, und normalerweise geht es auch gut.«

»Wie, normalerweise? Bei dir geht's doch immer gut!«

»Ach, komm ...«

September

Der alte Giacomo hat dreimal angerufen. Am Tag nachdem ich das Büro verlassen hatte, am Tag nachdem mein Onkel mich untersucht hat und am Tag nachdem ich mit Giovanna Schluß gemacht habe. Jedesmal habe ich den Anrufbeantworter drangehen lassen und seine halb besorgte und halb hilfsbereite Stimme gehört. Wenn Freundschaft bedeutet, da zu sein, wenn der andere einen braucht, dann ist Giacomo der beste Freund, den ich mir wünschen kann.

Es ist nur so, daß Freundschaft manchmal bedeutet, nicht da zu sein, wenn der andere einen nicht braucht.

Giacomo hat ein hartes Leben voller Schicksalsschläge hinter sich: Als er klein war, ist ihm eine jüngere Schwester gestorben, seine Eltern haben sich ein paar Jahre später getrennt, dann ist seine Mutter an einem Tumor gestorben, und so ging es weiter, ein schrecklicher Schlag nach dem anderen, auf die er nur mit Verwünschungen oder Ergebenheit reagieren konnte. Er hat die zweite Möglichkeit gewählt, angefangen, sich selbst für das Wohl der Menschheit zu opfern, und seit Jahren wechselt er jetzt schon zwischen Krankenwagen, Krankenhäusern, Tierheimen und Altenheimen. Er sucht sich einen ausgesetzten kleinen Mischling, einen armen Krüppel oder einen Todkranken aus, und hilft ihm, zu sterben oder sein Leid mit christlicher Demut hinzunehmen.

Giacomo ist der beste Freund, den ich habe, seit ich von Teo, Robi und Mario nichts mehr höre, und vielleicht habe ich ihn mit derselben tödlichen Sorgfalt ausgesucht, wie das Büro und meine Freundin.

Eine ganze Weile nachdem ich dem Lärm entflohen

war, hat es eines Tages um die Abendbrotzeit an der Tür geklingelt. Ich bin noch nicht einmal aufgestanden. Beim zweiten Läuten bin ich noch tiefer in den Sessel gerutscht. Beim dritten Mal habe ich verstanden, daß das Giacomo war, nur er konnte mich so gerne sehen wollen. Er wollte nicht riskieren, erst dann zu kommen, wenn das Schlimmste, also das Beste, bereits vorbei und ich entweder wieder gesund oder schon tot wäre.

Also bin ich aufgestanden, denn früher oder später hätte ich mich ihm doch stellen müssen, habe den Türöffner gedrückt und mit mir selbst gewettet: Kuchen, Blumen oder Wein? Der alte Giacomo wäre nie mit leeren Händen gekommen. Den Wein habe ich ausgeschlossen, sehr katholisch, aber für einen Depressiven nicht das richtige. Die Blumen erschienen mir nicht passend, es sei denn, er hätte sich zielsicher für Chrysanthemen entschieden. Ich war überrascht, als ich gemerkt habe, daß ich mich über Kuchen gefreut hätte, denn schließlich hatte ich seit zwei Tagen nichts gegessen und einen Bärenhunger.

Ich habe die Tür aufgemacht, er stand da und lächelte gezwungen, Modell »Ich bin gekommen, um dich aufzumuntern«, und er hatte ein Päckchen in der Hand. Er hat mich überschwenglich begrüßt und gesagt: »Hast du schon gegessen? Nein? Gut, rat mal, was ich mitgebracht habe.«

Fragende Augenbraue.

Ta-taa! Fischbuletten, Sardellen, und Meeresfrüchtesalat. Hast du Weißwein da?«

Zuversichtliche Augenbraue, hm, vielleicht ist noch eine Flasche übrig.

»Großartig! Laß uns essen, bevor es kalt wird.«

Er hat sich um alles gekümmert, Gläser und Papierservietten geholt, den Wein aufgemacht. Als wir alles verputzt hatten, hat er mich gefragt, ob ich irgend etwas süßes hätte, oder Kaffee. Er hat im Kühlschrank geschaut und gähnende Leere vorgefunden. So gut wie nichts in der Speisekammer. Nichts in den Regalen. Er hat mich vorwurfsvoll angesehen, und ich wußte, daß jetzt die Moralpredigt kommen würde.

»Na,« hat er angefangen, »du bist mir ja in einem schönen Zustand.«

O Gott, ich hab's gewußt. Der alte Giacomo hatte sich vorbereitet. Ich ahnte schon, was er sagen würde, und während er redete, begriff ich, daß er alles über mich wußte. Bevor er gekommen war, hatte er mit meinen Eltern geredet, und mit Giovanna, vielleicht sogar mit jemandem aus meinem Büro. Er hatte sich die Sorgen aller aufgeladen, sich das Weinen, die Ängste und das Gejammere angehört, alle Fäden in die Hand genommen, die ich zerrissen hatte, und war nun gekommen, um sie wieder zusammenzuknoten. Und jetzt kippte er das ganze Repertoire der mehr oder weniger christlichen Allgemeinplätze vor mir aus, »Im Leben hat es niemand leicht«, »Glücklich sein heißt, sich über das zu freuen, was wir haben«, »Auch den anderen gegenüber ist es nicht fair, sich so gehenzulassen«, und weiter im Text mit der Verantwortung, den Eltern, der Freundin und den Schuldkomplexbroten, bis zum unausweichlichen »Du mußt etwas unternehmen«.

Herrje, wie war ich dieses etwas unternehmen Müssen leid. Merkte er denn nicht, daß ich schon längst etwas unternommen hatte? Ich hatte etwas gegen die Scheißarbeit unternommen, gegen die Frau, die ich nicht liebte, und jetzt würde ich etwas gegen seine klebrige Nächstenliebe und seine kalten Fischbuletten unternehmen und ihn vor die Tür setzen. Er konnte nicht von mir verlangen, etwas gegen mich selbst zu unternehmen.

Wie ist das denn möglich, Giacomo, habe ich gedacht, daß du nicht merkst, wie zufrieden ich bin, endlich frei von all den Falschheiten, den Engstirnigkeiten, Ängsten, Gewissensbissen, Zweifeln und dem geheuchelten vernünftigen Glück? Du bist derjenige, dem es schlechtgeht, du Ärmster, immer bis zum Hals in der Scheiße. Es muß anstrengend sein, voranzukommen, wenn man die ganze Schlacke und den Schmerz der anderen hinter sich herziehen muß, wie kannst du denn mit allen so viel Mitleid haben, aber kein bißchen mit dir selbst?

Er redete und redete, und ich habe ihm noch nicht einmal mit der Augenbraue geantwortet, ich saß da, starrte auf seinen Glatzenansatz, auf seinen traurigen Bauch und die schmerzerfüllten Falten, die sich durch sein stetes Zutun an seinen Mundwinkeln eingegraben hatten. Er war so alt wie ich, aber er sah aus wie Hundert und wollte mich glauben lassen, daß das Geheimnis des Glücks sei, zu leben wie er, sich zufriedenzugeben und alles hinzunehmen.

Ich bin aufgestanden und habe ihm auch ein kleines Geheimnis gezeigt: Schau mal! Wenn du an diesem Griff ziehst, geht die Tür auf, und das da ist die Treppe, wenn du die runtergehst, kommst du zur Haustür, und wenn du die triffst und auf die Straße kommst, stehst du vor deinem wie immer auf Hochglanz polierten Auto. Bitte, Giacomo, ja genau, ich schmeiße dich raus, ah, danke für den kalten Fisch, hat ihm meine Augenbraue noch gesagt und auf die Reste auf dem Tisch gezeigt.

»Na, ich komme dann wohl wieder, wenn es dir besser geht«, hat er kopfschüttelnd gesagt. Mit hängenden Schultern und ein wenig beleidigt ist er gegangen und hat seine nutzlosen Fäden hinter sich hergezogen.

August

Bevor wir Cadaques verlassen, machen wir noch die »coole Aktion«, von der wir schon die ganze Zeit träumen: Als wir losgefahren sind, hatten wir uns versprochen, irgendwo eine Flasche Whisky zu vergraben, wie in *Fandango*, einem unserer Lieblingsfilme. Um ehrlich zu sein, haben sie im Film eine Flasche Dom Perignon verbuddelt, aber die können wir uns nicht leisten, und außerdem zählt die Idee: eines Tages wiederzukommen, vielleicht Jahre später, sie auszugraben und auf die vergehende Jugend anzustoßen. Cadaques scheint uns der richtige Ort dafür, weil wir Spaß hatten und wild gelebt haben.

Und so schleppen wir uns am Tag der Abreise die Straße entlang, die von Cada ins Hinterland führt. Es ist fast Mittag, die Sonne brennt erbarmungslos auf uns nieder, der Asphalt scheint unter unseren Leinenschuhen zu schmelzen. Die Rucksackriemen schneiden uns in die Schultern, der Schweiß läuft uns in Bächen über Gesicht und Rücken, aber keiner beklagt sich: Auch das ist Teil unserer Abmachung, es ist eine Art Martyrium, das uns angemessen erscheint, weil es dem Ganzen etwas Heroisches gibt, für das es sich zu kämpfen lohnt.

Nach einer Stunde Kraxelei am Rande des Kollapses beschließen wir, die Straße zu verlassen und uns in die Olivenbäume und Sträucher zu schlagen. Wir verstecken die Rucksäcke und laufen weiter den Hügel hinauf. Jetzt sind wir leicht und beweglich, und in Null Komma nichts haben wir den Gipfel erreicht. Wir kommen auf einer kleinen Lichtung heraus, drehen uns um, und das Herz geht uns auf. Cadaques ist nicht mehr zu sehen, man sieht nur Himmel und Meer und Hügel. Alles ist blau und grün, alles ist klar, hell und leuchtend. Die Straße ist außer Sichtweite, und fast könnte man sich einbilden, weit ab von allem und Herr dieses kleinen Zipfels Erde zu sein.

Auf der von trockenem Gras bewachsenen Lichtung suchen wir uns einen großen Stein und einen uralten, krummen Olivenbaum als Anhaltspunkte aus. Wir graben mit Taschenmessern und Händen, und versenken die Flasche feierlich in einem ungefähr zwanzig Zentimeter tiefen Loch. Für diesen Anlaß hat Robi die letze Riesentüte aufgehoben, wir setzen uns im Kreis und versuchen uns in den spärlichen Schatten des Olivenbaumes zu drängeln. Die Ruhe und der Frieden sind vollkommen.

Der Joint geht von einem zum anderen, und ich hebe mit tiefer Stimme zu einem Schwur an und bitte die anderen, Satz für Satz zu wiederholen:

»Wenn der erste unter uns stirbt ...«

»... stirbt ...«

»müssen die anderen drei innerhalb eines Monats hierher zurückkehren ...«

»... eines Monats ...«

»... um die Flasche auszugraben und auf sein Wohl zu trinken ...«

»... sein Wohl zu trinken ...«

»Bevor sie gehen, vergraben sie eine weitere Flasche ...«

» ... weitere Flasche ...«

»... und wenn einer von ihnen stirbt ...«

»... stirbt ...«

»... kommen die übrigen zwei wieder, um ihn zu ehren ...«

»... ehren ...«

»... und lassen eine weitere Flasche da.«

»Ist jetzt mal Schicht?«

»Halt's Maul, Mario.«

»... eine weitere Flasche ...«

»Bis wie bei den zehn kleinen Negerlein nur noch einer übrigbleibt. Möglicherweise ist er schon achtzig und schleppt sich in der sengenden Sonne mühselig den Hügel rauf. Er kommt oben an, kippt sich die ganze Flasche allein in den Hals und kriegt 'nen Schlaganfall.«

Die anderen kichern. Ich sehe ihnen in die Augen, einem nach dem anderen: »Hey, ich mein's ernst. Das ist kein blöder Witz. Ich mache das wirklich, wenn ihr dran seid. Und daß euch der Blitz treffe, wenn ihr's nicht auch für mich tut.«

Robi verdreht die Augen und schnauft: »Na komm, jetzt werd mal nicht melodramatisch. Ich hoffe doch sehr, daß der erste von uns mit hundert Jahren stirbt, laß uns also einen früheren Zeitpunkt festlegen.«

»Richtig«, sagt Teo, »und dann sollten wir auf die vergängliche Jugend trinken, und nicht auf den Tod. So schaut's aus.«

»Dem stimme ich zu«, sagt Mario.

»Drei gegen einen, was? Okay, okay, ich ergebe mich. Also sagen wir, wenn einer von uns abkratzt, bleibt der Schwur bestehen, ansonsten kommen wir wieder, wenn der letzte von uns, also Teo, siebenundzwanzig geworden ist.«

»Wieso siebenundzwanzig?« fragt er.

»Weil die Jugend mit siebenundzwanzig zu Ende ist. Bis dahin kann man Inter Rail machen, überall gibt's Ermäßigung, und möglicherweise studiert man sogar noch. Danach beginnt der Abstieg.«

Teo drückt den Joint aus und steht auf. »Nein, siebenundzwanzig sind zu wenig. Mit siebenundzwanzig werden wir noch haargenau so sein wie jetzt, wir werden noch immer Ferien zusammen machen, und ich glaube nicht, daß dann schon einer von uns verheiratet oder gesettled ist.«

»Das wird mir auch mit dreißig nicht passieren. Auch nicht mit vierzig«, sagt Robi.

»Na eben. Deswegen meine ich doch, daß wir uns auf einen späteren Zeitpunkt einigen sollten, vielleicht, wenn der erste von uns heiratet.«

Robi schüttelt den Kopf: »Scheiße noch mal, das ist vielleicht trüb. Da geht der Verstand dahin, nicht die Jugend. Und nehmen wir mal an, es heiratet keiner? Dann kommen wir nicht mehr wieder, oder was?«

»Okay«, schalte ich mich ein, »wenn es euch recht ist, schlage ich vor, daß wir es machen, wenn der erste von uns, also ich, dreißig wird. Und dann legen wir das nächste Datum fest.«

Die anderen sehen sich an. Und stimmen zu.

»Egal, was in der Zwischenzeit passiert. Und egal, wo wir sind ...«

»Egal, was passiert. Egal, wo wir sind ...«

» ... Treffen hier am 26. September 1996.«

»... am 26. September 1996.«

»Es sei denn, das betone ich noch mal, es stirbt jemand vorher.«

Alle drei drehen sich zu mir um, und mich trifft eine Salve aus ausgestreckten Zeige- und kleinen Fingern: »Beruf es ja nicht!« »Du elende Krähe!« »Mieser Unglücksbringer!«

»Ey, was regt ihr euch so auf. Es ist doch so. Auch in *Der große Frust* ist das so. Ich hab den Film achtmal gesehen, und alles fängt damit an, mit dem Tod von Alex. Es gibt immer einen Freund, der stirbt, es muß einen Freund geben, der stirbt, sonst kommen die anderen nie wieder zusammen.«

September

Normalerweise gehe ich so um Mitternacht laufen, oder um sechs Uhr morgens, wenn die lange Strandpromenade leer ist und ich nicht womöglich jemanden treffe, den ich kenne. Nur einmal ist es mir passiert, daß ein Typ neben mir hergelaufen ist und angefangen hat, auf mich einzureden. Um klarzumachen, daß ich in Ruhe gelassen werden will, setze ich mir seitdem immer einen Walkman auf, auch wenn er gar nicht an ist, weil mir allein die Vorstellung, das Geräusch der Musik in den Ohren zu haben, völlig absurd vorkommt.

Vorgestern bin ich um Mitternacht rausgegangen, und nachdem ich ein paar Minuten gelaufen war, habe ich einen Jungen und ein Mädchen gesehen, die mitten auf der Promenade standen, in kurzen Hosen, mit riesigen Rucksäcken auf dem Rücken und einem Stadtplan in der Hand. Sie haben mich näher kommen sehen und mich sofort angestarrt wie einen Schutzengel, und im Bruchteil einer Sekunde habe ich das Bild vor Augen gehabt, wie sie am inzwischen menschenleeren, verrammelten Bahnhof aus dem Zug steigen, anfangen, ein Hotel oder eine Jugendherberge zu suchen, und sich schließlich am vollkommen falschen Ende der Stadt verlaufen.

Ich habe gedacht, daß sie mich um eine Auskunft bitten würden und ich ihnen nicht würde antworten können, und ich war versucht, die Straßenseite zu wechseln, aber dann sind mir sofort unsere Tage in Europa eingefallen, und ich habe mich geschämt.

Als sie mich nach einem Hotel fragten, habe ich sie vertrauensvoll angelächelt, den Kopf geschüttelt und Zeigefinger und Daumen aneinandergerieben, um ihnen zu verstehen zu geben, daß es hier in der Gegend sehr teuer sei. Sie sprachen perfekt Englisch, aber auf den Rucksäcken waren zwei kleine norwegische Flaggen aufgenäht. Er war groß und kräftig, mit rötlichen Haaren und einem weichen Zwanzigjährigenbart, sie war dunkel und hübsch, ein bißchen rund, und hat mich ratlos angesehen. Sie hat mich gefragt, warum ich nicht rede, und ich habe die Pantomime mit Skalpell, Nadel und Faden an meinen Stimmbändern vorgeführt, und ich muß sie gut gemacht haben, denn beide haben mich beeindruckt und mitleidig angesehen. Dann habe ich meine gefalteten Hände an die linke Wange gelegt, den Kopf zur Seite geneigt und die Augen geschlossen, und sie aufgefordert, mir zu folgen. Sie haben mich gefragt, ob ich einen Platz zum schlafen wüßte, und ich habe genickt.

Meine Augenbraue hat dem Mädchen erklärt, daß es mir eine Freude wäre, ihren Rucksack zu tragen, erst hat sie sich ein bißchen geziert, aber dann hat sie dankend angenommen.

Wir haben uns auf den Weg zu mir nach Hause gemacht, die Norweger haben miteinander geredet, und an ihrem Tonfall habe ich erkannt, daß das Mädchen noch ein wenig mißtrauisch war, doch er beruhigte sie und wandte sich hin und wieder an mich, um mir ein bißchen von der Reise zu erzählen. Ich nickte, ohne ihm zuzuhören, mit dem Rucksack auf dem Rücken hatte ich ein totales Déjà-vu, und ich mußte an meinen Rucksack denken, der was von Gammas Wunderhose hatte. Ich habe nie verstanden, wie es mir gelungen war, alles unfaßbar eng da hineinzupressen: zwei Paar Jeans, ein paar Hemden, massenhaft T-Shirts. Einen Wollpulli, einen aus Baumwolle und eine Windjacke. Badehose und Handtuch. Dann noch Unterwäsche, Zahnbürste, Zahnpasta, Aftershave. Eine zerknüllte Jacke und einen Schlips, den wir auf jeden Fall mitnehmen wollten. Badelatschen und ein Paar Nicht-Turnschuhe. Am Anfang haben wir uns immer ganz normal was Frisches angezogen, wie zu Hause: Jeden Tag ein sauberes T-Shirt, abends ein neues Hemd. Aber nach einer Woche hatten wir natürlich nichts mehr zum Wechseln und fingen an, den Rucksack umzudrehen, wie unsere Opas es im Krieg mit ihren Mänteln gemacht haben. Wir kramten die Sachen, die ganz unten lagen, wieder nach oben und zogen sie noch mal an. Als sie ein unerträgliches Stadium erreicht hatten, stopften wir sie wieder nach unten, und an die Oberfläche kamen die Hemden der zweiten Generation. Sie stanken nur ein bißchen, also haben wir sie wieder angezogen. Im Verlauf der Reise schaffte ich es, ein gelbes Hemd drei- oder viermal zu benutzen, ohne es zu waschen. Anhand der Erinnerungsfotos könnte ich die Stratigraphie meines Rucksacks problemlos rekonstruieren: Ich habe das Hemd in Stockholm, in München und auf der Rückreise an. Zum Glück haben Fotos keinen Geruch. In einem Monat gelang es uns zweimal, unsere Sachen zu waschen. Das erste Mal in einem Waschsalon in Barcelona, wo wir, blöd wie wir waren, nicht gesehen hatten, daß es außer den Waschmaschinen auch Trockner gab: Als die Wäsche fertig war, haben wir unsere nassen Klamotten genommen und sind ins Hotel zurückgegangen, um sie im Zimmer so gut es ging zum Trocknen aufzuhängen. Das zweite Mal in Budapest, wo wir privat untergekommen waren: Unsere Gastgeberin hat uns die Waschmaschine benutzen lassen, und am nächsten Morgen bekamen wir die Sachen nicht nur trocken, sondern sogar perfekt gebügelt zurück. Sie hatte einen Sohn in unserem Alter, der beim Militär war, und ich glaube, sie hat dabei an ihn gedacht.

Nach ungefähr fünfzehn Minuten sind wir in meiner kleinen Straße angekommen. Die beiden konnten weder ein Hotel noch irgendein Hinweisschild entdecken, und wieder haben sie mißtrauisch angehalten. Das Mädchen hat mich gefragt, wo ich sie hinbrächte, ich habe auf mich gezeigt und wieder gelächelt. Sie dachten, daß ich ihnen eines meiner Zimmer vermieten wollte, und haben mich gefragt, wieviel es kostet. Ich habe empört den Kopf geschüttelt, aber an ihrer Stelle wäre ich nachts und in einer unbekannten Stadt auch nicht einem Verrückten, der sich nur mit Gesten verständigt, in eine abgelegene Wohnung gefolgt.

Ich weiß nicht, warum, aber ich hatte Angst, daß sie weggehen würden, es schien mir auf einmal lebenswichtig, sie bei mir beherbergen zu können. Beinahe hätte ich versucht, zu sprechen, aber dann habe ich gedacht, daß sie dadurch den Eindruck bekommen könnten, ich hätte sie die ganze Zeit auf den Arm genommen. Mir kam eine Idee, ich habe ihnen zu verstehen gegeben, eine Minute zu warten, nur eine Minute. Ich habe den Rucksack abgestellt, bin in meine Wohnung hinaufgelaufen und mit dem Fotoalbum unserer Reise wieder heruntergekommen.

Als sie mich wiedererkannten, mit stoppelkurzen Haaren und dem Rucksack auf den Schultern, haben sie angefangen zu lachen, und aller Argwohn ist sofort verflogen. Sie wußten, daß zwischen Inter-Railern, selbst wenn man es nur einmal gemacht hat, eine Solidarität besteht, die ein Leben lang anhält. Wir sind in meine Wohnung hinaufgegangen, ich habe ihnen das Schlafzimmer, das Bad und die Küche gezeigt und wollte die Laken wechseln, aber sie haben mich davon abgehalten und gesagt, daß sie ihre Schlafsäcke benutzen würden. Jetzt hat mich das Mädchen mitfühlend angesehen. Sie hat mich besorgt gefragt, wo ich schlafen würde, meine Augenbraue hat auf das Sofa gezeigt, und mit Hilfe meiner Arme habe ich ihr zu verstehen gegeben, daß ich erst noch ein bißchen laufen gehen wollte.

Als ich wiedergekommen bin, roch es auf einmal anders. Ich habe den Geruch sofort wiedererkannt und die

Augen geschlossen, um ihn ganz in mich aufzunehmen. Verschwitzt, wie ich war, habe ich mich auf das Sofa gelegt und ihn überall an mir gerochen, den Geruch von Zugfahrt und Reise. Ich habe an meinem T-Shirt geschnüffelt, an den Händen, an den verrauchten Haaren, Fensterplatzdreck und Schweiß von Kunstledersitzen. Ich habe den süßlichen, fast chemischen Geruch unserer Füße in den Leinenschuhen in der Nase gehabt. Wir waren stolz auf unseren Gestank, darauf, von nichts zu leben und möglichst nachts unterwegs zu sein, um Zeit und Geld zu sparen. In Jugendherbergen zu schlafen, Hamburger zu essen und zum Abendbrot Energieriegel zu vertilgen, die wir zu Beginn unserer Reise in der Apotheke gekauft hatten. Wir waren glücklich, in den Tag hinein zu leben, durch die Welt zu ziehen, zu spüren, wie der Kopf allmählich leer und das Herz voll wurde. Zu leben, und zu reisen.

Ich bin die ganze Nacht wach geblieben und habe an unsere langen Zugfahrten gedacht und daran, wie wir uns die Zeit vertrieben. Wenn wir tagsüber unterwegs waren, bestand eine unserer Lieblingsbeschäftigungen darin, den Mädchen, die wir kennengelernt hatten, ein »Gesamtzeugnis« auszustellen: Nicht so sehr denen, die wir auf unserer Inter-Rail-Tour kennengelernt hatten, denn das waren nur wenige, sondern vielmehr den Mädchen der vergangenen Jahre, den »Mythen« unserer Ferien am Meer. Wir stellten eine Namensliste auf, bis wir auf ungefähr fünfzig oder sechzig Konkurrentinnen kamen, ganz egal, ob hübsch oder häßlich.

Dann legten wir die verschiedenen Kategorien fest: Gesicht, Titten, Beine, Hintern, Nettigkeit, Charakter ... normalerweise, und das versteht sich von selbst, waren die »physischen« Posten im Vergleich zu den »geistigen« eindeutig in der Überzahl. Dann ging die Quälerei los: »Nadia, Gesicht sieben.« »Nein, ich geb ihr sechs, die hat schiefe Zähne.« »Francesca, Busen acht.« »Das glaubst du ja wohl selbst nicht: Die sind riesig, aber total schwabbelig, ich hab's selbst überprüft ...« Nach einer Weile endete es immer im Streit, weil natürlich jeder irgendwie dazu neigte, seine Ex-Freundinnen überzubewerten. Wir versuchten eine Regel aufzustellen, die besagte, daß der direkt Betroffene kein Stimmrecht hätte, aber der setzte sich sofort zur Wehr: »Wie, fünfeinhalb? Das sagt ihr jetzt extra, um sie runterzumachen!«

Manchmal variierten wir das Spielchen auch und stellten eine Punktetafel wie beim Tennis auf, mit Rangfolge und Auslosung. Es gab auch die Direktausscheidung, und wenn zwei Ex-»Freundinnen« gegeneinander antreten mußten, flogen die Fetzen. Das ging stundenlang so, und am Ende gewannen immer dieselben: Angelica, genannt Fürstin der Engel, verführt und fallengelassen vom sagenhaften Robi. Uta, genannt Megatitte, die Deutsche, die Mario der Pubertät entrissen hatte. Und Barbara Crippa, Kaktusblüte oder Blüte-die-ich-nicht-pflückte genannt, ein staubiges Mauerblümchen, das eines Abends seinen Haarknoten gelöst und uns auf einmal komplett umgehauen hatte, wie Ingrid Bergmann. Meine ewige Nummer Eins mit Namen Cristina kam nie über das Viertelfinale hinaus.

Andere Male spielten wir auf der Zugfahrt auch alte Kinderspiele, die wir abwandelten und verbesserten. Das, was ich am meisten haßte, war das »Spiel der Schwächen«: Einer geht raus, und die anderen sagen die übelsten Sachen über ihn. Wenn er dann wieder hereinkommt, wird ihm gesagt: Jemand von uns hat behauptet, du stinkst. Wer war's? Und dann muß man raten.

Wir hatten es ein bißchen abgeändert und es in »Spiel der Komplexe« umgetauft. Das ging so: Einer wird ausgelost und muß noch nicht einmal das Abteil verlassen, und die anderen sagen ihm reihum: »Du hast den Große-

Nase-Komplex«, oder: »Du hast den Schuppen-Komplex«, und so weiter. Das arme Opfer muß ehrlich mit »Ja«, »Nein« oder »Den hatte ich mal« antworten. War die Antwort »Nein«, nahm der, der falsch geraten hatte, seinen Platz ein.

Ich haßte dieses Spiel, weil ich eine dankbare Zielscheibe war. Ich hatte so gut wie alle Komplexe, die ein Mann sich vorstellen kann, und wenn ich sie nicht hatte, hatte ich sie gehabt: Pickel, Hühnerbrust, Spaghettihaare, Segelohren, krummer Rücken, schiefe Zähne, natürlich eine Riesennase, große Füße, Haare, die nicht wachsen, Haare, die wachsen. Auf zwei Dinge habe ich jedoch nie etwas kommen lassen: auf meine wunderschönen grünen Augen und auf meine langen, muskulösen Beine.

Wie auch immer, während die anderen die widerlichsten Komplexe hervorpulten, saß ich mit gesenktem Kopf da und nickte: »Ja«, »Ja«, »Den hatte ich«, »Ja«, und nach einer viertelstündigen Litanei sagte jemand endlich: »Du hast den Krumme-Beine-Komplex«. Ich sprang auf: »Nein! Verschont wenigstens meine Beine, verdammt noch mal!« Und die anderen, total fies: »Ach nein? Na, den *solltest* du aber haben: zwischen denen kann ja ein Hund mit 'nem Besenstil im Maul durchlaufen ...«

Nur eine Sache versöhnte mich wieder: Ich litt schrecklich unter meinen tatsächlichen oder vermeintlichen physischen Defekten, aber was Moral und Charakter betraf, war ich unverwundbar. Wenn einer mir sagte, daß ich häßlich sei, ging es mir einen Monat lang dreckig, aber sagte er mir, daß ich eingebildet, zynisch, feige, egoistisch, geizig oder kleinlich sei, antwortete ich ungerührt wie Jeff Goldblum in *Der große Frust:* »Ich bin tief verletzt.«

Matteo ging es in dieser Beziehung ähnlich wie mir. Er hatte eine ziemlich harte Jugend hinter sich. Einige seiner Körperteile, zum Beispiel die Nase, die Füße und die Ohren, waren zu schnell gewachsen, der Rest dagegen war zurückgeblieben. Er war wirklich alles andere als eine Schönheit, und die Frauen nahmen ihn kein Stück ernst. Auch wir, und vor allem Mario, hatten ihm ziemlich zugesetzt. Sogar jetzt, wo er fast ausgewachsen war und der Hauptteil seines Körpers sich entschlossen hatte, sich den äußeren Anhängseln anzupassen, schlug sich Teo noch immer mit dreitausend physischen Komplexen herum: die Stimme, der große Adamsapfel, die dünnen Beine, die Plattfüße.

Wenigstens in diesem Punkt fühlten Teo und ich uns solidarisch, und manchmal schlossen wir uns gegen den schönen Mario zusammen, der nach außen hin unangreifbar schien. Aber wir gingen ans Eingemachte: »Mario, du hast den Hängeschulterkomplex.«

»Den was?«

»Hängeschultern. Sieh dich doch mal an, du siehst aus wie Linus.«

Er meckerte zurück: »Nein, nie gehabt«, doch dann betrachtete er sich verstohlen im Spiegel und streckte heimlich die Brust raus: Treffer.

»Mario, du hast den Knutschlippenkomplex.«

»Hä?! Von wegen Knutschlippen!«

»Klaro: Du siehst aus wie Donald Duck.«

Er tat überlegen: »Das wird vom vielen Küssen kommen. Wenn man so viele Gelegenheiten hat, wißt ihr …« Aber dann verbrachte er eine halbe Stunde damit, sich die Lippen zu kneten: Treffer versenkt.

Robi war ein noch härterer Brocken und gegen jedwede Kritik an seinem Äußeren resistent. Nicht nur, weil er ganz objektiv gut aussah, sondern weil es ihm total egal war. Seinen größten Defekt, seine unfaßbare, besenstieldürre Magerkeit, an der nicht der leiseste Ansatz von Brustmuskulatur zu erkennen war, trug er mit nacktem Oberkörper völlig unbefangen zur Schau. Ich dagegen, der ich auch mager, aber immerhin noch doppelt so breit war wie er, schämte mich dafür und lief jahrelang immer mit T-Shirt am Strand herum.

Wie dem auch sei, wenn man ihm sagte: »Robi, du hast den Hühnerbrustkomplex«, streichelte er sich über die Brust und lächelte leicht: »Hm, ja, ich bin ein bißchen dünn. Aber den Komplex hab ich nie gehabt, das schwöre ich.« Und es war sinnlos, ihm mit anderen Sachen zu kommen, mit Hasenzähnen oder Watschelgang. Die einzige Art, ihn aus der Ruhe zu bringen, war der Angriff auf seine moralischen Defekte, um ihm uns gegenüber ein schlechtes Gewissen zu machen. Sagte man ihm auch nur aus Spaß: Robi, du bist ein Egoist, du bist gar kein richtiger Freund, du schreibst nie und rufst nie an, verteidigte er sich verzweifelt und beteuerte, daß unsere Freundschaft für ihn das allerwichtigste sei. Wenn er dann merkte, daß wir nur einen Witz gemacht hatten, schnaufte er, rollte mit den Augen und sagte: »Ey, kommt, laßt uns was anderes spielen«.

Während die Norweger schliefen, habe ich wach gelegen und gedacht, daß ich es schön gefunden hätte, das Mädchen allein und verloren auf der Strandpromenade zu treffen, sie zu mir nach Hause einzuladen und ohne etwas zu sagen zärtlich oder wild mit ihr zu schlafen. Wenn sie allein gewesen wäre, wäre sie natürlich nie mit mir mitgekommen, aber ich habe mir gedacht, daß sowohl ihm als auch ihr ganz schön viel entging, dadurch daß sie als Pärchen reisten.

Sie sind nur diese eine Nacht geblieben. Früh morgens bin ich ein paar Sachen einkaufen gegangen und habe ein schönes Frühstück gemacht, das sie in Null Komma nichts verdrückt haben. Bevor sie gefahren sind, haben sie sich tausendmal bedankt, mich umarmt, ihre Adresse dagelassen und versprochen, mir aus ganz Italien Postkarten zu schreiben. Sie hat mir einen Kuß auf die Wange gegeben, und es kam mir vor, als wollte ihr Blick mir sagen: Ich würde gerne ein bißchen hierblieben, um zu sehen, ob ein Kuß auf den Mund dich nicht vielleicht zum Reden bringt. Ich bin nämlich eine Frau und weiß, was in den anderen vorgeht, und die Geschichte mit der Operation an den Stimmbändern nehme ich dir nicht ab.

Ich habe sie zur Tür gebracht und stolz und zufrieden gedacht, daß sie mich ihr ganzes Leben als ihre Anna Andersson in Erinnerung behalten würden. Und plötzlich hat mich ein verzweifeltes Fernweh gepackt.

August

Der Zug rattert quer durch Frankreich. Keiner von uns hat Lust zu schlafen, obwohl es schon fast drei Uhr ist und wir einen harten Tag hinter uns haben. Aber die Nacht ist so mild, und die frische Luft, die durch das Abteilfenster hereinweht, riecht so nach Sommer, daß wir uns immer weiter unterhalten und nicht merken, wie die Zeit vergeht. Es ist eine von den Nächten, in denen man nichts anderes will, als wach bleiben, mit seinen Freunden reden, sich ihnen öffnen und ihre Herzen schlagen hören. Einfach glücklich darüber sein, daß man zusammen ist.

»Meine lieben Freunde, laßt uns diese Reise genießen«, seufze ich, »vielleicht ist es uns in diesem Moment gar nicht so bewußt, aber ich bin sicher, daß sie in zehn oder zwanzig oder fünfzig Jahren die schönste Erinnerung unseres Lebens sein wird.«

»Genau, eine Reise auf der wir keine Lira in der Tasche haben, in miesen Jugendherbergen unterkommen und Fastfood fressen«, antwortet Mario und verzieht das Gesicht. »Laß stecken, wir machen bestimmt noch tollere Reisen …«

»Komm schon, hör auf, ist doch schön«, sagt Robi, der tief in seinen Sitz gerutscht ist, »nur eins geht mir echt auf den Sack: Das Zugfahren. Die Jugendherbergen und das Essen sind mir scheißegal, Hauptsache, wir haben Spaß. Aber eigentlich wär ich lieber mit dem Auto unterwegs. Das ist bequemer, du hast keine Abfahrtszeiten, du hältst an, wo du willst.«

»Hört mal«, sagt Matteo, »das einzige, dem ich nachweinen werde, wenn ich's dann gemacht habe, ist die legendäre Coast-to-Coast-Tour durch Amerika, mit dem Motorrad. Das wäre mal 'ne echte Reise.«

Ich glaub's einfach nicht. Ich, der ich am Anfang am wenigsten davon wissen wollte und als letzter am Bahnhof war, scheine jetzt der einzige zu sein, der die Großartigkeit dessen, was wir da gerade machen, erkennt.

»Ach, und das hier ist wohl keine echte Reise? Schnallt ihr's denn gar nicht? Wir sind zwanzig, in vier Wochen sehen wir ganz Europa, wir haben einen Haufen interessanter Leute kennengelernt und tolle Sachen gesehen. Okay, wir haben wenig Geld, die Zugfahrten sind lang und manchmal anödend, aber in zehn Jahren werden wir darüber lachen und uns nur an die schönen Momente erinnern, an die aufregendsten Tage. Der Rest verblaßt und ist weit weg.«

»Na und?« sagt Mario, »die schlechten Tage habe ich doch jetzt. Wenn ich sie vergesse, um so besser, aber bis dahin habe ich sie und mir geht's mies dabei. Mir soll's jetzt gutgehen, und nicht erst dann, wenn ich daran zurückdenke.«

Matteo grinst überheblich: »Aber du weißt doch, wie Stefano ist, oder? Er kann die Gegenwart nicht richtig genießen, er kann sich nicht amüsieren. Er versteckt seine Ängste hinter seiner pseudozynischen Überlegenheit, und dann tröstet er sich damit, daß er sich sagt, naja, wenn ich zurückblicke, habe ich ja gar nicht so schlecht gelebt.«

»Gott, seid ihr abgeklärt«, sage ich. »Es sind doch die Erinnerungen, die uns eines Tages aufbauen werden. Es sind die Erinnerungen, die uns glauben lassen, daß wir ein gutes Leben hatten, ob's nun stimmt oder nicht, und deshalb verschönern sie das Leben wirklich, sowohl das vergangene als auch das gegenwärtige.«

Matteo läßt nicht locker: »Schau mal, Steve, es gibt zwei Arten von Menschen im Leben: Solche, die ganz genüßlich und beherzt in einen Prinzenrollekeks reinbeißen, und solche, die erst vorsichtig den Keks abmachen und dann die Schokolade runteressen, und wehe, der Keks geht nicht richtig ab. Wie hast du das denn als Kind gemacht?«

»Und wehe, der Keks ging nicht richtig ab. Ich hab den Keks sogar ganz vorsichtig mit dem Messer von der Schokolade abgepopelt, damit nichts drauf klebenbleibt.«

»Und fandest du das gut? Wie war das?«

»Super. Ich fand's super.«

»Na gut, heute kommt es dir super vor, aber deine Erinnerung trügt: In Wirklichkeit hast du es nie richtig genießen können, weil dich die Aktion, den Keks von der Schokolade abzukriegen, zu sehr gestreßt hat.«

Matteo lacht zufrieden, weil er einen Nerv getroffen hat.

»Weißt du, Teo, wenn du dich schon die ganze Nacht damit quälst, was zu finden, womit du mich ärgern kannst, dann denk dir wenigstens was Passendes aus. Es ging hier nicht um das Carpe diem, darum, jeden Tag zu leben, als wäre es dein letzter. Ich würd's nie wagen, dir darin das Wasser reichen zu wollen, jetzt, wo du ja so ein großer Lebemann geworden bist. Ich wollte lediglich von der Kraft der Erinnerung reden, nicht, um das wirkliche Leben durch sie zu ersetzen, sondern um es zu bereichern. Wenn du das nicht schnallst, dein Pech.«

»Naja, ich bin auch dafür, jeden Tag so zu leben, als wäre es mein letzter«, schaltet Robi sich ein, »aber das mit den Erinnerungen ist nicht komplett falsch. Wenn ich zum Beispiel an die Zeit zurückdenke, als ich acht oder zehn war, dann war das damals schön, am Strand, mit Murmelspielen und Ballspielen. Heute kommt es mir vor, als hätte ich damals keine Sorgen gehabt, als wäre alles nur Spiel und Spaß gewesen. Aber wenn ich mir Mühe gebe und in der Vergangenheit herumwühle, dann fällt mir auf, daß es früher auch blöde Tage gab, mit Geheul und Krisen. Aber daran kann ich mich nur dunkel erinnern. Man sieht also, daß nur die guten Erinnerungen bleiben, das muß so 'ne Art Selbstschutz sein.«

»Genau das meine ich doch«, sage ich, »man muß doch nur den Alten zuhören, wenn sie von früher erzählen. Die können auch in der größten Scheiße aufgewachsen sein, mit Krieg, Bomben, Flucht. Natürlich sagen sie dir nicht, daß es ihnen gutging, sie sagen dir, daß es ihnen schlechtging, aber immer mit so einem besonderen Lächeln ... oder mit Stolz, als wollten sie sagen, sieh mal, was ich alles durchgemacht habe, was ich alles überstanden habe. Damals fühlten sie sich vielleicht als Opfer, und es ging ihnen dreckig. Jetzt kommen sie sich vor wie Helden, und es geht ihnen besser.«

Mario schüttelt den Kopf: »Na und? Das hat doch nichts mit Erinnerung zu tun, das hat was damit zu tun, daß man der Jugend nachtrauert. Alle Alten würden die Uhr gerne noch mal zurückdrehen, die würden ihr Haus und ihr Geld und alles, was sie haben, dafür geben, noch einmal jung zu sein.«

»Na, ich bestimmt nicht«, sage ich, »Gott behüte mich davor, wieder vierzehn sein zu müssen. Ich würde das nicht überleben. Und du, Teo?«

Das ist eine fiese Frage, weil seine Jugend mindestens genauso unglücklich und verquast war, wie meine. Diesmal muß er mir Recht geben.

»Vierzehn? Na, wenn ich im Kopf soweit wär wie heute, dann ja. Ich würde noch mal von vorne anfangen und richtig auf die Kacke hauen.«

»Nee, so nicht, Alter. Das wäre ja einfach. Ich meine, sie noch mal so zu leben wie damals.«

»Nicht für Geld. Und das beweist, daß ich mich daran bestens und bis in alle beschissenen Einzelheiten erinnere, und es mit der Zeit kein Stück besser geworden ist.«

Robi lacht ein bißchen ungläubig. »Hey, was war denn so schrecklich, als ihr vierzehn wart?«

»Alles«, seufze ich, »einfach alles. Ich weiß nicht, ob

ihr euch noch daran erinnert, wie ich mit vierzehn war: superhäßlich, superschüchtern, unfähig mit Mädchen.«

»Eigentlich so wie heute«, sagt Mario.

»Genau. Ich geb's nur ungern zu, aber mit vierzehn hatte ich noch keine Freundin gehabt, will heißen, ich hatte noch nicht einmal eine geküßt. Die Zeit verging und verging, und bei mir tat sich gar nichts, ich fand einfach keine, während meine Klassenkameraden schon ihre Dinger und Geschichten am Laufen hatten. Das hat mich total belastet, ich war völlig besessen davon und konnte an nichts anderes denken. Ich probierte alle möglichen Taktiken aus, aber es war einfach nichts zu machen. Irgendwann habe ich mir dann geschworen, daß ich, wenn ich keine finde, bevor ich fünfzehn werde, mich umbringe.«

»Und hast du sie rechtzeitig gefunden?«

»Nein. Die letzten Tage waren entsetzlich. Ich kann dir nicht sagen, was ich die Nacht vor meinem fünfzehnten Geburtstag durchgemacht habe ... ich habe kein Auge zugetan, stundenlang geheult und daran gedacht, wie ich mich umbringen würde, an meine Beerdigung, daran, was meine Freunde sagen würden und wie meine Eltern leiden würden. Mir ging's so schlecht, daß ich mich am nächsten Morgen mehr als tot gefühlt habe, und vielleicht habe ich auch deshalb nicht den Mut gefunden, mich wirklich umzubringen. Ich hatte das Gefühl, mich schon genug bestraft zu haben. Na ja, mit all dem will ich nur sagen, daß ich zwar keine guten Erinnerungen daran habe, aber daß ich heute darüber lachen und es euch erzählen kann. Damals habe ich wirklich geglaubt, ich würde mich aus dem Fenster stürzen. Wenn ich jetzt daran zurückdenke, sehe ich diese Zeit vom richtigen Standpunkt aus: als eine Phase meines Lebens. Beschissen, aber eine Phase. Deshalb ist die Erinnerung hinterher eine wirkungsvolle Medizin, sie kann dich aber auch schon vorher retten.«

»Das heißt?«

»Das heißt, wenn zum Beispiel was nicht so läuft, wie es soll, oder wenn ich schlecht drauf bin, dann sage ich mir: Hey, was werde ich wohl in zwanzig Jahren dazu sagen? Möglicherweise lache ich darüber und denke, daß das doch echt lächerlich war. Und wenn ich so etwas wie diese Reise erlebe, dann versuche ich mir klarzumachen, daß das etwas ist, woran ich mich mein ganzes Leben lang erinnern werde, etwas, das mich innerlich bereichert. In zwanzig Jahren werde ich bestimmt nicht mehr wissen, was ekliger war, die Hamburger oder die Hot Dogs, aber so eine wie Anna Andersson werde ich nie vergessen.«

Teo schüttelt den Kopf. »Mann, bist du weise. Und so erwachsen. Schade nur, daß, wenn dir kein Mädchen über den Weg gelaufen wäre, du dich früher oder später doch umgebracht hättest. Irgendwann muß man anfangen, das Leben zu leben und in den Prinzenrollekeks einfach reinzubeißen.«

»Das stimmt«, sagt Robi. »Wann kam's denn dann endlich zum berühmten ersten Kuß?«

»Ungefähr drei Monate nach dieser grauenvollen Nacht. Eine Klassenkameradin. Du warst bestimmt früher dran, oder?«

Der sagenhafte Robi fläzt im Sitz und verzieht das Gesicht.

»Wo denkst du hin, mit vierzehn hab ich noch mit Zinnsoldaten gespielt ...«

»Ey, komm, tu nicht so bescheiden«, sage ich, »ich weiß noch genau, daß du mit zwölf-dreizehn schon mit einer zusammen warst.«

»Aber das war doch Kinderkram ...«

»Ob Kinderkram oder nicht, du steckst uns eh alle in die Tasche. Und du, Teo?«

»Bei mir war's auch mit fünfzehn. Mehr möchte ich dazu nicht sagen. Mir machen Erinnerungen immer schlechte Laune.«

»Und du, Zecke, mit wem war dein erster Kuß?«

Mario sagt eine Weile gar nichts, er scheint sich zu genieren oder sauer zu sein. Er sieht auf den Boden und sagt: »Das kann ich nicht erzählen.«

»Wie, das kannst du nicht erzählen?« Teo wird wütend. »Nee, nee, nee, raus mit der Sprache!«

»Kommt, laßt stecken, Jungs, gebt euch keine Mühe«, sagt Mario knapp.

Aber Teo läßt nicht locker. »Hör mal, Marietto, irgendeine wirst du doch wohl geküßt haben, ich hab's selbst gesehen, wo ist also das Problem? Du solltest es uns lieber sofort sagen, sonst fragen wir dich beim nächsten Wahrheitsspiel danach, vielleicht, wenn ein paar Mädchen dabei sind.«

»Ihr seid wirklich Arschlöcher, ihr kapiert nie, wann's mal gut ist«, zischt er, »wollt ihr's wirklich wissen? Okay, ich sag's euch, aber dem ersten, der lacht, schlage ich den Schädel ein.«

Er greift nach Robis Zigarette, nimmt einen tiefen Zug, und schon daran sehe ich, wie nervös er ist. Es tut mir leid, daß Teo nicht den Mund gehalten hat.

»Das ist eine ziemlich private Angelegenheit«, murmelt Mario, »ich habe noch nie jemandem davon erzählt, weil man es falsch verstehen könnte. Für mich dagegen ist es eine schöne, eine reine Erinnerung. Ich war dreizehn Jahre alt, wollte mit einem Mädchen gehen, das ich süß fand, und war total aufgeschmissen, weil ich noch nie eine geküßt hatte. Ich bin zu meiner Schwester gegangen, die sieben Jahre älter ist als ich, und habe ihr fast heulend von meinem Problem erzählt. Sie hat gelacht und gesagt: ›Das ist alles? Warte, ich zeig's dir.‹ Sie hat mir einen wunderschönen Kuß auf die Lippen gegeben, dann hat sie mir erklärt, daß ich den Mund aufmachen müsse, und mir noch mal gezeigt, wie's geht. Ich weiß noch, daß ich total enttäuscht war. Ich hab gesagt: ›Und das soll toll sein?‹ Aber sie hat wieder gelacht: ›Es wird dir gefallen, du wirst schon sehen.‹«

Jetzt lächelt Mario, und seine Augen sind ganz verklärt. »Da war überhaupt nichts verkehrtes dabei, und noch heute bin ich ihr dankbar. Sie ist einfach wunderbar, nur sie kann dermaßen selbstverständlich so etwas tun.«

Und während unser Freund die Zigarette ausdrückt und sich im Schlafsack verkriecht, sehen wir drei uns verlegen und belustigt an. »Aber«, sage ich nach drei ewig langen Sekunden des Schweigens, »das ist doch eine schöne Geschichte, ich finde nicht, daß man sich dafür schämen muß.«

»Stimmt«, gibt Teo mir recht, »ich an deiner Stelle hätte mir von deiner Schwester noch eine viel ausführlichere Lektion geben lassen ...«

September

Das Porträt, das Peppo von mir gemacht hat, hängt noch immer in meiner Wohnung, genau gegenüber vom Sessel. In den vergangenen Jahren hat es mir sehr geholfen, und manchmal kommt es mir vor, als spräche es mit mir, wie Christus mit Don Camillo. In den ersten Tagen des Schweigens, als ich im Spinnennetz herumzappelte, hat es mich ermutigt, mir gesagt, daß alles gut wird, daß ich den richtigen Weg eingeschlagen habe, um wieder zu seinem Ebenbild zurückzufinden. Dabei ging es weniger um meine äußere Erscheinung, die sich nicht besonders verändert hat, sondern vielmehr um den Ausdruck und das Leuchten in den Augen, das ich seit Jahren nicht mehr gesehen hatte.

Damals in Paris lag eine Neugier und Begeisterung in meinem Blick, den noch nicht einmal der skeptische Gesichtsausdruck ganz verbergen kann. Nach einer Woche Warmlauf und Entgiftung von der Familie hatte Inter Rail mich gepackt: Schon die einfache Tatsache, auf Reisen zu sein, ohne Ziel, und einen Vorwand gefunden zu haben, um Leute kennenzulernen, nachts mit dem Zug unterwegs zu sein, stundenlang mit Mädchen zu quatschen, die man noch nie zuvor getroffen hatte und nie mehr danach treffen würde. Ich habe später noch andere Reisen gemacht und mich dabei immer wohler gefühlt. So wohl, daß ich irgendwann Angst bekommen haben muß. Ich habe mein Studium abgeschlossen, mir eine Freundin gesucht und eine feste Anstellung mit Chef angenommen, und das alles ganz schnell nacheinander. Vielleicht befürchtete ich, daß das sowieso mein Schicksal sein würde, und hatte deshalb beschlossen, ihm, statt zu fliehen, lieber kleinmütig entgegenzugehen.

Ich habe es vorgezogen, den Tod auf den Mund zu küssen, als lange und qualvoll zu leiden.

Dummerweise hat mich die Spinne nicht sofort umgebracht. Sie hat mich mit ihrem Gift gelähmt und angefangen, mich bei vollem Bewußtsein ganz langsam zu verspeisen.

Drei Monate nach meiner Flucht aus dem Büro hat es geklingelt und der Amtsarzt stand vor der Tür.

Das ist aber eine nette Überraschung, habe ich gedacht, der erste Gruß aus der Ferne. Nie ein Anruf, nie eine Karte. Kommen Sie doch herein, Herr Doktor, wie Sie sehen, bin ich nicht Basketball spielen, sondern zu Hause, und wir können ein nettes Schwätzchen halten.

Er war ein Mann um die vierzig, mit Brille und frühzeitig ergrautem Haar. Er wirkte ruhig und bescheiden und schien nicht besonders glücklich darüber zu sein, bei den Leuten einfach so reinschneien und fragen zu müssen: »Sind Sie auch wirklich krank? Na, das wollen wir doch mal sehen!«

Ich habe keine Anstalten gemacht, besonders depressiv oder besonders glücklich zu wirken. Er hat mir gesagt, er müsse lediglich überprüfen, ob ich zu Hause sei, aber wenn ich wolle, könne er mich auch untersuchen. Er hat darauf hingewiesen, daß ich mich weigern oder auf die Anwesenheit meines Hausarztes bestehen könne. Ich kam mir vor, wie in einem amerikanischen Film, in dem die Polizisten einem seine Rechte verlesen, und ich habe ihn angesehen und ihm zu verstehen gegeben, untersuchen Sie mich ruhig, kein Problem. Er hat mir die üblichen Anweisungen gegeben, machen Sie den Mund auf, atmen Sie tief ein, ich habe schweigend alles getan, was er wollte, aber weder »aaaaah« noch »hiiii« sagen können.

Dann hat er sein Stethoskop wieder eingepackt, und

ich habe gedacht: Na bitte, jetzt fragt er mich nach meiner Depression und warum ich niedergeschlagen bin, dann steigen mir wieder Tränenblasen in die Kehle, oder er fragt mich, ob es vor kurzem einen Trauerfall bei mir gegeben hat, und ich weiß nicht, wie ich ihm antworten soll. Und wenn ich einfach nichts sage, wird ihn das wohl überzeugen, oder glaubt er dann, daß ich ihm etwas vormache?

Er dagegen hat das Problem ganz einfach gelöst: Er hat mich einen Zettel unterschreiben lassen, seine Tasche genommen und ist zur Tür gegangen.

Meine Augenbraue hat versucht, ihn zu fragen, was das denn für eine komische Untersuchung war, aber sie muß so verblüfft gewesen sein, daß sie sich nicht verständlich ausgedrückt hat, und der Arzt hat geantwortet: »Nein, sie müssen nichts bezahlen, die Untersuchung ist gratis.«

Er ist gegangen, ohne dem noch etwas hinzuzufügen, und ich ahnte schon, daß ich bald etwas von ihm hören würde.

Nach drei Tagen kam ein Expreßeinschreiben aus dem Büro. Die Sekretärin der Geschäftsleitung setzte mich davon in Kenntnis, daß Seine Exzellenz mit mir zu reden wünsche und daß ich gut daran täte, mich am kommenden Tag um 11 Uhr in seinem Büro einzufinden.

August

Am Stuttgarter Bahnhof haben wir uns wieder getrennt. Nichts Dramatisches diesmal, kein Zank und keine philosophischen Meinungsverschiedenheiten à la, ob man jeden Tag wie den letzten leben oder das Programm einhalten soll. Robi will einfach nur ein paar Tage bleiben und einen Freund aus Mailand besuchen, der dort seit einiger Zeit arbeitete. Er hat es ihm vor seiner Abreise aus Italien versprochen und möchte Wort halten, auch wenn das bedeutet, aufs Hofbräuhaus zu verzichten.

Zecke dagegen kann's kaum erwarten, nach München zu kommen und Kastine anzurufen, ein Mädchen, das er letzten Sommer in Pietra Ligure kennengelernt hat, und das einen Haufen schnell gemachter Punkte verspricht (auch wenn die Verflossenen im Frauenrennen nur halbsoviel zählen). Mit der Entschuldigung, ihm dabei nicht die Kerze halten zu wollen, habe ich Teo gefragt, ob er nicht mitkommen will: Ich dachte, das sei eine gute Gelegenheit, ein bißchen Zeit mit ihm zu verbringen und eine unliebsame Erinnerung aus der Welt zu schaffen. Aber er hat wieder einmal nichts kapiert, mich scheel angesehen und geantwortet: »Komm du doch mit uns mit, wenn du willst«, und das in einem Ton, der genau das Gegenteil ausdrückte.

Kastine erinnert ihn an unsere Nacht am Strand, und dieses Gespenst verfolgt ihn noch immer. Es hat ihm nicht darüber hinweggeholfen, im Winter mit einem Mädchen geschlafen zu haben, und auch meine vorsichtigen Friedensangebote, meine schüchternen Versuche, ihn um Verzeihung zu bitten, haben ihm nicht gereicht. Es hat ihm nicht gereicht, daß ich nie ein Wort darüber verloren habe. Ich weiß wirklich nicht, was ich noch tun soll, ich glaube, daß es inzwischen nur noch sein Problem ist, und ehrlich gesagt, geht es mir inzwischen auch leidlich auf die Nerven, immer zu seiner Verfügung zu stehen und mich von ihm mies behandeln zu lassen, als hätte ich an irgend etwas Schuld.

Deshalb verabschieden wir uns ohne viel Aufhebens voneinander und verabreden uns für den übernächsten Tag am Informationsschalter des Budapester Hauptbahnhofs: zehn Uhr morgens oder zehn Uhr abends, bis wir uns treffen.

Im Jahr vor unserer Inter-Rail-Tour war der Sommer sehr lang und heiß gewesen. Es schien, als warte er auf etwas, das noch geschehen müsse, als wolle er uns nicht gehen lassen, und so behielt er uns in Pietra Ligure, mit leeren Stränden und einem Meer, das endlich kühl und sauber war.

Der halbe September war schon vorbei, und am letzten Abend vor meiner Abreise hatten Teo und ich beschlossen, die Ferien in Würde ausklingen zu lassen: Eine Pizza, ein kurzer Besuch in der Disko, und dann bis zum Morgengrauen Pokern bei Mario, der sturmfreie Bude hatte. Robi war schon eine Woche zuvor nach Mailand zurückgefahren, und weil Zecke sich in irgendwelchen Tennisturnieren verausgabte, hatten Teo und ich viel Zeit miteinander verbracht und uns ganze Abende lang begeistert über Frauen, Kino und Literatur unterhalten.

Dieser letzte Abend, der eigentlich ein reiner Männerabend werden sollte, machte sich einen Spaß daraus, uns ein bißchen dazwischenzufunken. Kaum hatten wir die Disko betreten, wurde uns ein appetitliches Dreierlei deutscher Frauen serviert: jung, hübsch und ganz ohne Begleitung.

Die Anmache ist einfach, zumal wir so gut wie die einzigen männlichen Wesen am Start sind. Auch die Aufteilung ist schnell geklärt, so daß noch nicht einmal Zeit bleibt, miteinander zu reden oder sich näher kennenzulernen: Teo legt sich gewaltig bei einer zierlichen Blondgelockten ins Zeug, ganz niedlich, aber mit einem derart starren Gesichtsausdruck, als hätte sie ein totes Huhn vor der Nase. Sie unterhalten sich höchstens fünf Minuten, dann springt er ihr getreu der Taktik »Jetzt oder nie« an den Hals, und sie läßt ihn gewähren. Mario läßt es gemächlicher angehen, er hat schon kapiert, daß Kastine, braune Haare und steifes Lächeln, unbegrenzte Punktzahl verspricht. Ich hingegen, und das ist überflüssig zu erwähnen, habe mal wieder die totale Niete gezogen, denn die dritte Schnecke ist offensichtlich die einzige Deutsche, die weder ein Wort Englisch noch ein Wort Französisch oder Italienisch beherrscht. Ich versuche, sie mit den einzigen Brocken Deutsch, die ich kenne, zum Lachen zu bringen: »Keine Gegenstaende aus dem Fenster werfen« und »Nicht hinauslehnen«, aber ihr entgeht nicht nur der feine Humor, sondern sie täuscht auch noch schreckliche Kopfschmerzen vor und flüchtet sofort ins Hotel.

Und so bleibe ich, wie immer in der Disko, mutterseelenallein, hänge in einem Sofa ab und gebe mich der Musik und den hochprozentigen Akoholika hin. Und eigentlich finde ich es auch gar nicht so übel, mich in dieser Spätsommerstimmung, diesem Zerfall des Römischen Reiches, ein wenig selbst zu bemitleiden. Ich gaukle mir vor, eine großartige Zeit verlebt zu haben, die jetzt in ihrem unaufhaltsamen, aber schleichenden und sanften Niedergang begriffen ist.

Dabei weiß ich bestens, daß dem nicht so ist, mein Sommer ist komplett öde und langweilig gewesen. Ich denke an Robi, der mit der Erinnerung an seine Reise, an diese phantastische Inter-Rail-Tour nach Hause gefahren ist. Er hat alles gehabt, er ist ganz oben gewesen. Mein

Vater würde natürlich sagen, daß Robi in seinem Leben nie etwas Vernünftiges zustande bringen wird, daß er nicht weiß, wo's langgeht, und daß er das bald »zu spüren bekommen« wird. Mir dagegen kommt der schleichende Verdacht, daß das Leben nicht daraus besteht, zu studieren und seine Jugend für einen sorgenfreien Lebensabend zu opfern, sondern daß man entweder zu leben weiß oder eben nicht. Und ich befürchte außerdem, daß ich mit dem Klotz aus Studium und Skrupeln am Bein nie genug Treibstoff haben werde, um abzuheben, wohingegen Robi sich einfach von der Höhe seiner Erfahrungen, zu denen er genug Mumm hatte, herabstürzt und schwerelos durch die Lüfte segelt.

Ich weiß, daß ich dazu nie den Mut hätte, ich bin kein bißchen Schwindelfrei, schon bei der Vorstellung, auf einem Balkon zu stehen, wird mir übel, und noch übler wird mir, wenn ich jemand anderen auf dem Balkon stehen sehe. Warum muß ich bloß immer so weise und vernünftig sein? Warum muß ich immer derjenige sein, der nüchtern bleibt, während die anderen sich betrinken, und ihnen damit auch noch den Spaß verderben?

Mein ergötzlicher Gedankenfluß wird durch Teo unterbrochen, der händchenhaltend mit der Blonden ankommt. Er sieht vollkommen fertig aus und ist total rot im Gesicht: »Hey, ich glaub, die hat's faustdick hinter den Ohren ... jetzt geh ich mit ihr an den Strand, und dann wollen wir mal sehen ...« Er ist in Null Komma nichts verschwunden, und Mario, der Kastine in der Mangel hat, wirft mir vom Nachbarsofa aus einen fragenden Blick zu. Ich breite die Arme aus und falte betend die Hände, um zu sagen: Hoffen wir das Beste!

Dieser Sommer stand für den kleinen Teo im Zeichen der beklemmenden Zwangsvorstellung vom ersten Mal: Er hatte noch nie mit einem Mädchen geschlafen, und seine beinahe achtzehn Lebensjahre lasteten auf ihm, als wären es hundert. Den ganzen Juli und August über hatte er auf die richtige Gelegenheit gewartet: Nachdem er bereits zwei oder drei Schlappen eingesteckt hatte, fühlte er sich jetzt endlich bereit. Doch wie es in solchen Fällen nun mal ist, wollte die Richtige einfach nicht auftauchen. Bis die Vorsehung an diesem Abend, an diesem letzten, schicksalsträchtigen Ferienabend, schließlich beschlossen zu haben schien, ihm eine Chance zu geben. Die Gelegenheit, binnen einer Stunde die niederschmetternde Bilanz eines ganzen Sommers, einer ganzen linkischen, komplexbeladenen Jugend wieder wettzumachen. Die Gelegenheit, entjungfert, und somit schöner, stärker und größer nach Hause zurückzukehren. Selbstsicherer und dazu bereit, sich in ein neues Leben voll zügellosem Sex zu stürzen.

Nach einer halben Stunde kommt das Blondchen wieder. Sie ist allein und supersauer. Jetzt schwankt ihre unbewegliche Fratze zwischen Mitleid und Verachtung. Sie fängt an, mit Kastine zu reden, und die beiden diskutieren fieberhaft. Dann läßt sie sich den Hotelschlüssel geben, schnappt ihre Tasche und geht zum Ausgang, während ich erfolglos versuche, sie aufzuhalten und eine Erklärung zu bekommen: »Und? Wo ist Matteo? Was ist passiert?« Sie glotzt mich angewidert an und kichert dreist: »Was passiert ist? Nichts. Absolut nichts.«

Ich zische ihr ein »Fick dich, blöde Schlampe« ins Gesicht und renne hinaus. Mit klopfendem Herzen laufe ich über die Straße und den Strand hinunter. Da ist Teo, er sitzt am Wasser beim Strandbad, wo wir normalerweise hingehen, um ein Mädchen abzuschleppen oder den Sonnenaufgang zu sehen. Genau an der Stelle sollte ich ein Jahr später darauf warten, daß Elenas Finger mich streicheln und meine Lippen berühren.

Ich gehe leise zu ihm und umarme ihn von hinten. Er hat mich nicht kommen hören und einen kurzen Augenblick lang leuchten seine Augen auf, als wäre sie zurückgekommen, um ihn zu trösten. Dann erkennt er mich, senkt den Kopf und ringt sich ein bitteres Lächeln ab. Er ist vor Anspannung und Demütigung völlig erledigt, er fragt mich nach einer Zigarette, und als ich sie ihm gebe, zittern seine Hände so sehr, daß er sie fast nicht anbekommt.

Ich muß ihn nichts fragen: Teo und ich sind uns näher als zwei Brüder. Wir sagen uns alles, Hoffnungen, Ängste, Peinlichkeiten. Sowohl für ihn als auch für mich steht unsere Freundschaft über allem.

Ich setze mich, ohne ihn anzusehen, neben ihn. Ich hefte meinen Blick auf das Mondlicht, daß sich in einem langen Streifen auf dem Wasser spiegelt, und warte, daß er anfängt zu reden.

Er erzählt mir alles in einem Schwung, als müsse er es auskotzen. Es war alles gut gelaufen, bis zum langersehnten Moment der Wahrheit. Aber dann hatte er es nicht geschafft. Er hatte es nicht geschafft, ihn reinzustecken, verdammt. Er hatte versucht, nicht die Ruhe zu verlieren und gehofft, daß sie etwas unternehmen würde, aber sie machte keinen Finger krumm, steif wie ein Brett lag sie da und wartete, ohne sich zu rühren, ohne zu begreifen, was los war.

Er hatte es noch einmal probiert, aber da merkte er schon, daß er nachließ, und dann hatte er Panik bekommen, und von einer Sekunde auf die nächste wurde er vollkommen schlaff. Reglos. Tot.

Sie hatte das Schlimmste gemacht, was man tun konnte. Ein wenig Geduld oder ein Kuß, um wieder in Stimmung zu kommen, hätten schon genügt. Es hätte schon gereicht, zehn Minuten zu warten, über etwas anderes zu reden, und die Lust wäre zurückgekehrt. Statt dessen war da dieser Blick, erst ungläubig, dann sauer, und dann total verächtlich. Der Körper des kleinen Teo hatte überall Risse bekommen und war zu einem Häufchen Schutt zusammengefallen.

Ich höre ihm schweigend zu und versuche, seine Scherben wieder zusammenzusetzen, sie mit dem feuchten Sand zu kitten.

»Hey, Teo, denk nicht darüber nach, das war halt einfach 'ne blöde Schlampe.«

»Nein, das war doch nicht ihre Schuld, ich bin derjenige, der unfähig ist und nichts auf die Reihe kriegt ...«

Er weint leise. Ich habe ihn noch nie weinen sehen und weiß nicht, wie ich reagieren soll, ich weiß nicht, ob ich etwas sagen oder ihn einfach nur umarmen soll, damit er sich ausheulen kann.

»Ach komm«, sage ich, »du weißt doch, daß das passieren kann. Mir ist das auch schon passiert, erinnerst du dich? Es scheint mir nur gerecht, daß du jetzt dran bist. So sind wir quitt.«

»Quitt einen Scheißdreck. Außerdem hast du's ja schon gemacht.«

»Na ja, ich bin ja auch älter. Und ich habe es nur ein einziges Mal gemacht. Höchstens zweimal. Aber das will doch nichts heißen, echt. Ich weiß, wie dir zumute ist, aber du mußt nicht glauben, daß du nach dem ersten Mal gleich ein echter Hengst bist. Ich war felsenfest davon überzeugt und habe gedacht, daß es mir auf der Stirn geschrieben stünde und daß die Frauen mich sofort anders ansehen würden. Daß sie sich auf mich stürzen würden. Aber so ist es nicht. Es hat sich absolut nichts geändert, und bei der nächsten Gelegenheit, sollte es eine nächste geben, ist überhaupt nicht gesagt, daß ich es wieder schaffe. Das ist leider nicht so wie Fahrradfahren.«

»Das ist ja ein schöner Trost. Du sagst mir gerade, daß ich mein Leben lang wie ein beschissener Versager dastehen werde.«

Ich rücke näher an ihn heran und lege den Arm um seine Schultern.

»Aber nicht doch, Teo. Ich sage nur, daß man daraus kein Drama machen muß. Für solche wie dich oder mich, die keine triebgesteuerten Tiere sind, sondern sich Gedanken machen, ist so eine wie die eben nicht die Richtige. Ich sage gar nicht, daß du jedesmal die Frau deines Lebens treffen mußt, aber das erste Mal mit einer zu schlafen ist schon so schwierig, so überladen mit Erwartungen ... um das zu bewältigen, mußt du wenigstens eine finden, die in Ordnung ist, und ihr müßt beide ein bißchen bei der Sache sein. Zumindest habe ich es dadurch geschafft, eben deshalb, weil es nicht nur vögeln war. Ich hatte das Glück, eine zu treffen, die das ganz natürlich fand, und ich habe sie vorgewarnt und ihr gesagt, daß sie nicht zuviel erwarten soll.«

»Bei dir ist das gutgegangen. Als ich einmal einer gesagt habe, daß ich Jungfrau bin, hat die sofort die Fliege gemacht ...«

»Tja, dann war sie halt so wie die heute abend. Aber wenn sie nur ein bißchen verliebt in dich gewesen wäre ... Ich weiß, daß das jetzt altklug und blöd klingt, Teo, aber versuch einfach, deiner Natur, deinem Charakter zu folgen. Ich zum Beispiel, würde so gerne Simple Mind sein wie Robi: Zack, Bumm, und weg, jeden Abend eine andere, ohne irgendwelche Gefühlsduseleien. Ich sage dir immer, daß man so leben muß, zitiere die Griechen und D'Annunzio und Dorian Gray, und theoretisch bin ich unschlagbar, aber wenn es darum geht, das alles in die Praxis umzusetzen, krieg ich's einfach nicht hin, das ist eben nicht mein Ding. Und deines, glaube ich, auch nicht.«

Mein kleiner Teo schnaubt kurz durch die Nase, lächelt schwach und sieht mir in die Augen: »Du bist super, Steve. Du verstehst mich besser, als ich selbst es tu.«

Das ist mit das Schönste, das je einer zu mir gesagt hat. Ich merke, wie mein Gesicht plötzlich zu glühen anfängt, und meine Beine zittern leicht. In dem Moment umarmt mich Teo ganz fest, ich spüre seine Lippen an meinem Hals und gleich danach einen Kuß auf der Wange, ganz nah an meinem Mund. Ich bin wie gelähmt, mein Puls rast, und das Herz sackt mir in die Hose.

Für den Bruchteil einer Sekunde sehen wir uns in die Augen, und es ist einer der kurzen Momente, die einem wie eine Ewigkeit vorkommen und das ganze Leben ändern können. In seinem Blick habe ich Liebe und Verzweiflung gelesen, aber er hat in meinem nur Verblüffung und Panik gesehen.

Teo weicht mit einem Ruck zurück und sagt hastig: »Hey, das war doch nur ein freundschaftlicher Kuß, komm ja nicht auf blöde Gedanken.« Er steht auf. Geht ein paar Schritte. Setzt sich wieder hin, wie zufällig und ein wenig weiter weg.

Schon tut es mir leid, daß ich instinktiv anders reagiert habe, als ich wollte, mir ist sofort klar, daß dieser Blick uns für immer auseinanderbringen könnte.

Jetzt wünsche ich mir, daß er mich wieder zu küssen versucht. Mein Gott, kleiner Teo, komm näher, komm wieder her.

Er sucht sofort nach einem Gesprächsthema, um das Schweigen zu brechen.

»Was hat sie denn eigentlich gesagt?«

Seine Stimme klingt merkwürdig, völlig abwesend.

»Wer sie?« Meine Stimme klingt auch komisch.

»Die Teutonin.«

»Ach, die. Vergiß die doch. Die wird wieder im Hotel sein. Ich hab gesehen, wie sie gegangen ist.«

»Aber hat sie was gesagt? Die hat bestimmt mit allen über mich gelästert ...«

»Ach Quatsch, was soll die denn schon lästern? Denk nicht mehr darüber nach, ist doch bloß 'ne Frau. Die kann uns doch nicht kratzen. Jetzt gehen wir zu Marietto, pokern ein bißchen und kippen uns 'nen ordentlichen Whisky rein, und morgen lachst du drüber.«

Wieder versucht er, mich anzusehen, weicht meinem

Blick aber sofort aus: »Erzähl bloß Mario nichts. Du weißt, wie er ist ... es ist immer besser, wenn er nur das nötigste weiß, und manchmal ist das auch schon zuviel. Ich sag ihm, daß sie nicht wollte, und basta.«

Ist bei mir angekommen, Teo: Ich weiß schon, worüber ich nicht reden soll, und ich behalte es so lange für mich, bis du dich entschließt, es anzusprechen. In meinen Augen ist nichts passiert. Oder doch, Teo, ich habe ein irres Bedürfnis, darüber zu reden, weil ich nicht weiß, ob das tatsächlich nur ein freundschaftlicher Kuß war, und ob ich dich wieder zurückstoßen würde, sollte es noch einmal passieren. Ich weiß es wirklich nicht.

Ich beschließe, das Thema fürs erste ruhenzulassen, und morgen noch einmal mit klarem Kopf darüber nachzudenken. Das ist jetzt nicht der richtige Moment, jedes weiter Wort könnte alles nur noch schlimmer machen.

Nachmittags in München folgt Kastine dem Ruf meines Freundes. Zeckes Freude hält jedoch nicht lange an, weil die Teutonin nur ein eisiges Lächeln für uns übrig hat und die Bitte, bei ihr übernachten zu dürfen, sofort im Keim erstickt: »Bei mir geht es nicht, meine Eltern sind da.« Bei irgendeiner Freundin, vielleicht bei dem sympathischen Blondchen? »Die ist nicht da.« Irgendwelche Männer, damit es zu keinen Unannehmlichkeiten kommt? »Keiner.«

Als sie sieht, daß wir drauf und dran sind, sofort wieder zu fahren, läßt Kastine sich schließlich dazu herab, ein bißchen herumzutelefonieren, tut ein kleines Zweimannzelt auf und fährt uns zu einem Zeltplatz außerhalb der Stadt. Da schmeißt sie uns raus und hat es eilig, wieder zu verschwinden. »Heute abend geht's echt nicht«, sagt sie zu Mario, »hättest du mich eher angerufen ...«

Und morgen? »Ja, vielleicht morgen, morgen abend. Ruf mich an.«

Zecke sieht seine kostbaren Punkte dahinschwinden:

»Morgen um Mitternacht fahren wir aber schon nach Budapest.«

Sie läßt das ziemlich kalt: »Tja, da kann ich nichts machen, tut mir leid. Ich hätte gerne Zeit gehabt, aber dann hättest du mich früher anrufen müssen ...«

Mario und ich bleiben zurück, und das kleine Zweimannzelt glotzt uns hämisch an. In unserem ganzen Leben haben wir noch kein Zelt aufgebaut, und als wir über Inter Rail gesprochen hatten, war das meine einzige Bedingung gewesen: Im Zug schlafen, okay, am Strand auch, aber nicht im Zelt, auf gar keinen Fall. Beim Herumhantieren mit den Heringen und Stangen stellen wir uns an wie Pat und Patachon, und die anderen Camper stehen drumherum, genießen die Show, lachen sich ins Fäustchen und hüten sich tunlichst davor, uns zu helfen. Als wir nach einer Stunde erbitterten Kampfes schließlich mit unseren Rucksäcken und allem Drum und Dran in den formlosen, superengen Haufen kriechen, macht sich unser Publikum fast in die Hosen vor Lachen. Aber als wir um Punkt neun Uhr duftend, geschniegelt und unfaßbar lässig in Jackett und Krawatte aus dem Zelt springen, verschlägt es ihnen die Sprache. Wir sehen einfach umwerfend aus. Eine Frau im Nachbarzelt applaudiert uns.

Unser Abend in München ist nicht gerade einer der glorreichsten. Grimmig entschlossen wie Tex Willer und Kit Carson betreten wir das Hofbräuhaus: »Zwei fette, saftige Steaks und einen Berg Fritten.«

Die Kellnerin schwankt, ob sie geduldig bleiben oder uns gleich eine knallen soll: »Wir haben Frikadellen. Oder Hähnchen.«

Sie ist ein Riesenweib, das in jeder Hand, ungelogen, sieben Maßkrüge Bier hält.

»Äh, Hähnchen wär super, oder, Mario?«

»O ja, total super.«

Wir ziehen uns den Gummiadler rein, erste Klasse. Das Bier ist leicht und lustig und geht runter wie nix. Schon bald verliere ich den Überblick und weiß nur noch, daß wir irgendwann, wie fast alle italienischen Touristen im Lokal, auf den Bänken stehen, Tiroler Lieder singen und uns auf die Schenkel klatschen.

Irgendwann nach drei Uhr fahren wir per Anhalter auf den Zeltplatz zurück und kriechen in unsere Schlafsäcke. Um sechs geht der größte Wolkenbruch der Filmgeschichte über uns nieder, und wie Tex und Kit treiben wir auf unserem Floß durch das schäumende Wasser des Colorado. Nur durch ein Wunder kommen wir heil durch die Stromschnellen, und kurz vor dem Punkt, den die Indianer Kah-en-ta, Der-Wasserfall-der-keinen-Spaß-versteht, nennen, gelingt es uns, abzuspringen, uns an einem Ast festzuklammern und ans Ufer zu hangeln, während das Floß auf den Felsen zerschellt. Wir machen ein Feuer, kippen das Wasser aus unseren Stiefeln und hängen die Kleider und Patronengurte zum Trockenen auf. Wir erreichen den Saloon des Zeltplatzes, und der Cappuccino kommt uns fast wie ein doppelter Whisky vor.

Am Tag, an dem ich den Termin mit dem Direktor hatte, funktionierte die Fernbedienung noch, und es lief gerade ein Tennismatch. Das war eine der wenigen Sachen, die ich gerne sah, ich identifizierte mich mit den geräuschlosen, einsamen Spielern, und manchmal ließ ich auch den Ton ganz leise an, weil die beiden Kommentatoren nur gedämpft und sehr respektvoll redeten.

Deswegen bin ich auch, statt um elf, ein bißchen später dagewesen, so gegen drei Uhr nachmittags. Um zum Büro des Direktors zu kommen, würde ich das ganze Großraumbüro mit den Schreibtischen der Kollegen durchqueren müssen, wozu ich nicht die geringste Lust hatte, doch da das nun mal unvermeidlich war, hatte ich mir vorgenommen, ihrem Ansturm und den Fragen mit einem Lächeln zu begegnen, und ihnen mit Gesten zu verstehen zu geben, daß ich nicht sprechen konnte. Statt dessen kam ich mir vor wie der unsichtbare Dritte, es war wie ein Wunder der Venus, die Äneas mitten in der Schlacht in Nebel hüllt, so daß die Feinde ihn nicht mehr sehen können. Trotzdem bin ich eilig an den Schreibtischen vorbeigelaufen, und alle meine Kollegen schienen just in dem Moment wegzugucken, wie in der Schule, wenn der Lehrer in die Runde blickt, um einen dranzunehmen, und alle sich runterbücken, um Stifte aufzuheben, was unter der Schulbank zu suchen oder ein Buch aus dem Ranzen zu holen. Hier hämmerte einer auf die Computertastatur, dort kramte einer in der Schublade, und mein Vorgesetzter Renzi verschwand mit dem ganzen Gesicht im Telefonhörer. Ich hatte ein ungutes Gefühl und bin direkt auf den hintersten Schreibtisch des Büros zugegangen, an dem der Abteilungsleiter

Bartocci saß und nicht so tun konnte, als sähe er mich nicht, schließlich waren wir immer zusammen Kaffeetrinken gegangen, und außerdem mußte er beweisen, daß er vor nichts und niemandem Angst hatte. Also habe ich ihm direkt in die Augen gesehen: Bartocci, an die Tafel!, und er ist mit einem übertriebenen Lächeln aufgestanden und hat mir auf die Schulter geklopft. »Ciao Stefano, gehst du zum Direktor? Ich weiß, daß ihr verabredet wart, allerdings heute morgen. Komm doch vorbei, wenn du fertig bist, und wir gehen einen Kaffee trinken.« Ich spürte, wie sich mir die Blicke meiner Kollegen in den Rücken bohrten. Es herrschte auf einmal vollkommene Stille, wie bei der Menschenmenge auf dem Marktplatz, wenn der Henker das Beil hebt.

Der Direktor schien stinksauer über meine Verspätung zu sein. Er ist nicht aufgestanden, um mich zu begrüßen, er gab mir auch nicht die Hand, sondern benutzte sie nur, um mich zum Platznehmen aufzufordern. Jedesmal, wenn ich ihn sehe, muß ich an Gommaflex denken, an den Comic vom Mann mit der Gummimaske, der sein Aussehen beliebig verändern kann. Niemand hat je sein wahres Gesicht gesehen, weil er keines hat, er ist wie ein Stück Knetgummi. Ich selbst habe ihn schon die unterschiedlichsten Formen annehmen sehen, das gütige Große-Bruder-Gesicht, wenn er Versprechungen machte, das Der-Pate-zweiter-Teil-Gesicht, wenn er seine einfältigen Schergen mit Beförderungen auszeichnete oder jemanden bestrafte, der es gewagt hatte, »Das sehe ich anders« zu sagen.

Diesmal hatte der Direktor sich das Gesicht eines alten, enttäuschten Paters hingeknetet, der viel dafür getan hat, dich armseliges, aus der Gesellschaft ausgestoßenes Individuum aus der Scheiße zu ziehen. Er hat dir einmal verziehen, auch ein zweites Mal, aber du hast dich trotzdem wieder versündigt und sein Vertrauen mißbraucht, und selbst die Güte des Herrn hat ihre Grenzen, und das Gesicht des enttäuschten Paters sagt dir, daß du diese Grenze für immer überschritten hast.

Wer so ein Gesicht machen kann, braucht nicht viele Worte. Ich kann lediglich meine Augenbraue bewegen, und das noch nicht einmal besonders gut, weshalb es auch kein Wunder ist, daß ich nur ein unbedeutender Sklave bin und er der Direktor ist.

»Mein lieber Stefano, laß mich gleich zur Sache kommen. Du kannst nicht sagen, daß wir keine Geduld mit dir gehabt hätten. Wir haben mehr als drei Monate auf dich gewartet ...«

Warum redete er im Plural? Er war doch nur ein alter enttäuschter Pater, und nicht der Papst.

»Wir haben auf dich gewartet, weil wir wußten, daß du Probleme hattest, und wir wollten dir genügend Zeit geben, um damit fertigzuwerden. Aber man hat mir gesagt, daß du nach der ersten Woche keine Atteste mehr geschickt hast. Daß du nicht ans Telefon gehst. Und daß deine Bank vorgestern wie immer dein Gehalt abgebucht hat. Der Amtsarzt, den wir vorbeigeschickt haben, hat gesagt, daß er nichts Ungewöhnliches feststellen konnte. Ich gehe also davon aus, daß du ab sofort wieder anfangen kannst zu arbeiten. Aber um dich an die Idee zu gewöhnen, kannst du dir, wenn dir das lieber ist, den Rest der Woche freinehmen und am Montag wieder anfangen. Dann reichst du in der Personalabteilung bitte auch ein Attest ein, aus dem der Grund deiner langen Abwesenheit hervorgeht.«

Er hat mich angesehen. Ich habe Daumen und Zeigefinger an meine Kehle gelegt, um ihm zu verstehen zu geben: »Glaub nicht, daß hier was rauskommt.«

Gommaflex ist sich mit der Hand übers Gesicht gefahren, und plötzlich war er nicht mehr ein alter, enttäuschter Pater, sondern ein reicher Metzger, der den bettelnden Asylbewerber an der Ampel anstarrt und grinst: »Kleingeld? Klar hab ich das, aber dir geb ich's bestimmt nicht.«

»Mach dir darum keine Sorgen. Daran habe ich schon gedacht. Wenn du deine Stimme nicht wiederfindest, können wir dich ins Archiv versetzen oder in eine andere Abteilung, in der du nicht reden mußt.«

Ich war verblüfft. Aber eigentlich hatte er nicht unrecht: Warum hätte er mich entlassen sollen? Er wäre Gefahr gelaufen, aus mir ein Opfer zu machen und sich in Klagen, Verfahren und Entschädigungsforderungen zu verstricken. Da war es doch viel besser, mich zu behalten, jetzt, wo ich den idealen Angestellten verkörperte: einer, der stumm vorm Computer sitzt, Daten verwurstet, sich nicht beschwert und keine Zeit mit langen Schwätzchen an der Kaffeemaschine verplempert. Auch für die anderen wäre ich ein hervorragendes Beispiel gewesen.

Beim Abschied hat Gommaflex eines seiner Lieblingsgesichter aufgesetzt, das des gütigen Bruders: »Eigentlich hättest du heute mit dem Personalchef reden sollen, und das wäre sehr viel unangenehmer geworden. Ich habe darum gebeten, daß man dir noch eine Chance gibt, auch – und das solltest du wissen – wegen der Freundschaft, die mich mit deinem Vater verbindet. Ich tue das vor allem für ihn. Enttäusch ihn nicht.«

Ich bin komplett rot angelaufen, nicht vor Scham, sondern vor Wut. Das hätte er nicht sagen dürfen. Meinen Vater mit hineinzuziehen und mich daran zu erinnern, daß ich nur dank ihrer Freundschaft genommen worden war. Ich hatte mehr als fünf Jahre hier drin gearbeitet, mehr als zwölf Stunden am Tag, ohne jemals Überstunden aufzuschreiben, sogar die Arbeit der Trottel, der Zwangsbeförderten und der Blaumacher habe ich mir aufgehalst, und ich habe nie ein Lob gehört, oder daß meine Einstellung ein Gewinn für sie sei, wenn schon nicht für mich.

Ich habe gedacht, daß es im Grunde meine Schuld war, weil ich den Weg des geringsten Widerstandes genommen hatte, einen fix und fertigen, gut bezahlten und bequemen Arbeitsplatz, statt zu begreifen, daß ich nach der Uni den Mut und die Geduld hätte aufbringen müssen, meinen eigenen Weg zu suchen, auch wenn es ihn noch nicht gab. Ich hätte mir eine Schneise durch das Gestrüpp schlagen, meine Überheblichkeit überwinden, und mich in den Kampf gegen Schlangen, Affen und Moskitos stürzen müssen. Das war mein Sündenfall, und tief in mir drin hatte ich immer gewußt, daß ich eines Tages dafür würde büßen müssen.

Ich habe das Zimmer des Direktors grußlos verlassen und bin ins Großraumbüro zurückgekehrt, und wie schon zu erwarten, war der Abteilungsleiter Bartocci nicht an seinem Platz, schade um den Kaffee, während die anderen noch immer damit beschäftigt waren, Stifte aufzuheben und in den Schubladen zu wühlen, doch sobald ich an ihnen vorbei war, spürte ich ihre Blicke in meinem Rücken. Ich bin zu meinem Schreibtisch gegangen, an dem eine junge Aushilfe saß, die, ein wenig erschrocken über meinen Gesichtsausdruck, sofort aufstehen wollte, um mir Platz zu machen. Ich habe sie mit einer Handbewegung zurückgehalten, laß mal, nicht im Traum würde ich darauf kommen, mich noch einmal vor diesen Computer zu setzen …

Mein Vorgesetzter saß mir direkt gegenüber und konnte nicht mehr so tun, als wäre nichts. Er hat aufgeblickt und große Überraschung gemimt: »Oh, Stefano, ich hab dich gar nicht gesehen … wie geht's?«

Skeptische Augenbraue. Er ist aufgestanden und hat mir die Hand gegeben. Sie war ganz verschwitzt.

»Und, hast du mit dem Direktor gesprochen? Ich hoffe, ihr habt alles geklärt. Wir erwarten dich also am Montag. Geht's dir besser?«

Ich habe bitter gelächelt. Es war ihm an der Nasenspitze anzusehen, daß das alles auf seinem Mist gewachsen war. Meine Augenbraue war schwer in Form, und hat ihm sein Gerede und seine Gedanken noch einmal Wort für Wort wiederholt und sich dabei sehr klar ausgedrückt: »Der tickt doch nicht mehr sauber, bei dem ist 'ne Schraube locker, der wäre ein ganz schlechtes Vorbild für die Abteilung. Entweder macht er weiter, oder es ist besser, wir schmeißen ihn raus, denn eigentlich ist die junge Ersatzkraft ganz tüchtig, wirklich, sie ist fleißig und beschwert sich nicht, solche Leute brauchen wir in der Abteilung, und das sage ich nicht, weil sie zwei geile Titten hat und ich kurz davor bin, sie ins Bett zu zerren, und deshalb muß ich ihr schon etwas bieten, denn die ist zwar jung, aber überhaupt nicht auf den Kopf gefallen ...«

Ich habe beschlossen, ihm ein schönes Geschenk zu machen, auch wenn er das eigentlich nicht verdient hatte. Ich habe die Aushilfe auf ihrem Stuhl sanft beiseite geschoben und die oberste Schreibtischschublade herausgezogen. Darin war es genauso unordentlich wie immer, aber ein Blick genügte, um festzustellen, daß da nur Zeug von mir drin war, sie hatte sich nicht getraut, irgend etwas hineinzutun, das gute Mädchen. Solche machen dadurch Karriere, daß sie immer Jawohl sagen. Ich habe mir den Kram angesehen: Zettel, Bücher, Kulis, Filzstifte, Bleistifte, Schere, Zeitungsartikel, Terminkalender, habe die Schublade herausgehievt und alles in den Papierkorb gekippt. Dann habe ich die zweite Schublade genommen, die auch vor Büchern und Zeitschriften überquoll, und alles weggeschmissen, ohne noch einmal nachzusehen, ob ich davon noch etwas behalten wollte, und das gleiche habe ich mit der dritten Schublade gemacht, in der ich mein wertvolles kleines Archiv aufbewahrte, alles in die Tonne, weg damit, ohne das geringste Bedauern. Ganz ruhig habe ich die Schubladen wieder eingehängt. Die Aushilfe hat mich angesehen, als hätte ich gerade ihre kleine Schwester vergewaltigt, und alle Kollegen standen wie versteinert da, keiner tat mehr so, als würde er mich nicht sehen, alle starrten mich mit vorwurfsvollen Gesichtern an, denn jetzt mußte man zu meinem Verhalten einfach Position beziehen. Ich kam mir sehr theatralisch vor, aber ich hatte diese Rolle nicht einstudiert, es war mir ganz spontan gekommen. Und plötzlich erhob sich in der eisigen, unwirklichen Stille des Großraumbüros ein langsamer, lauter Applaus, klapp ... klapp ... klapp, ich habe mich umgedreht, und da stand ein sehr junges Mädchen, das ich noch nie gesehen hatte, sah mich wohlwollend an und blickte in die Runde, als wollte sie sagen »Kommt schon, ihr Sklaven, wir wollen doch mal sehen, ob vielleicht noch jemand den Mut hat, diesen Kollegen zu verabschieden, der sich gerade aus dem Staub macht und uns ganz klar zu verstehen gibt, daß wir ihn alle mal kreuzweise können«.

Keiner hat sich ihrem Applaus angeschlossen, ich habe die Aushilfe wieder an ihren Platz geschoben, meine Augenbraue hat ihr gesagt: Supertitten, echt, Hut ab, und viel Glück, du wirst es brauchen angesichts zweier so harter Strafen, die du über dich ergehen lassen mußt: mit dem Chef ins Bett gehen und hier angestellt werden. Gäbe es Gerechtigkeit in dieser Welt, dann sollte eine, die sich auf diese Arbeit einläßt, mindestens Bruce Willis vögeln dürfen, und wer dagegen den Mut hat, es mit dem Chef zu treiben, sollte dafür den Nobelpreis für Naturwissenschaftliche Forschung kriegen.

Ein letztes Mal habe ich den Raum durchquert und dem Mädchen, das geklatscht hatte, die Hand gedrückt, sie war klein und brünett, mit einer riesigen Kurzsichtigenbrille. Ich habe auf ihrem Schreibtisch den Ausweis für Angestellte mit Dreimonatsvertrag liegen sehen und mir ihren Namen gemerkt: Silvia Moratti. Sie hat mich angelächelt und gesagt: »Ich bin keine Heldin, aber gestern habe ich erfahren, daß sie mir den Vertrag nicht verlängern. Ich hatte sowieso schon beschlossen, zu gehen, ich verstehe nicht, wie ein einigermaßen intelligenter Mensch sich wünschen kann, hier zu arbeiten.«

Fast tat es mir leid, keine Stimme mehr zu haben. Ich habe mir gedacht, daß ich sie gerne auf einen Tee eingeladen hätte, und für den Bruchteil einer Sekunde schoß es mir sogar durch den Kopf, daß unter anderen Umständen und in einer Parallelwelt die Dinge mit diesem Applaus einen anderen Verlauf hätten nehmen können. Meine Augenbraue hat sich bei ihr bedankt, und dann bin ich hinausgegangen, um die Sonne wiederzusehen.

August

Bis zur Abfahrt des Zuges, der uns von München nach Budapest bringen soll, sind es noch sechs Stunden. Wir haben die Rucksäcke am Bahnhof gelassen und schlendern durch die Fußgängerzone Richtung Marienplatz.

Wie in vielen anderen Städten sind auch hier die Straßen voll mit Leuten, die Musik machen, singen oder sich irgendwelche Darbietungen ausdenken, um ein bißchen Kleingeld zu verdienen. Das ist neu für mich, in Italien habe ich so etwas noch nicht gesehen, und wenn, dann nur in ganz kläglicher Form. In Nordeuropa gibt es dagegen ganz unfaßbare Typen, die Zirkusnummern auf Einrädern und mit brennenden Fackeln vorführen. Ganze Bands durchgeknallter Musiker, die in einem Bus voller Instrumente herumtouren und auf der Straße Jam-Sessions abhalten. In Stockholm haben wir vier Jungen gesehen, kaum älter als wir, alle ganz korrekt in Frack und mit Geigen und Cellos: Ein Streichquartett auf dem Fußweg, sie haben Mozart gespielt, daß uns die Spucke wegblieb. Ein paar von denen leben noch nicht einmal schlecht davon, in Stockholm haben wir auch mit einem genialen Amerikaner geredet, halb Pantomime, halb Akrobat, der jeden Sommer »zur Saison« nach Europa kam und dabei um die zwölftausend Dollar verdiente, genug, um sich die Reise und die Ferien zu bezahlen und mit einem netten Bündel Scheinchen nach Hause zu kommen.

Aber den unfaßbarsten Straßenkünstler sehen wir hier in München. Ein kleiner, magerer Mann Mitte Vierzig, fast komplett glatzköpfig und mit einer dicken Brille. Er hat einen stumpfen Blick, schiefe Zähne und sieht aus wie eine Vogelscheuche, wie eine Karikatur. Er hat eine bräunliche Hose an, blaue Turnschuhe, ein blaues T-Shirt und eine Kappe mit der jugoslawischen Flagge drauf. Er kann nichts, weder singen noch ein Instrument spielen noch Kunststücke vorführen, aber er hat sich trotzdem etwas ausgedacht, um ein bißchen Geld zu machen: Er steht auf dem Fußweg und schaltet einen riesigen Kassettenrecorder ein, der die ganze Straße mit lauter Diskomusik beschallt. Dann fängt er an, albern und total ungelenk dazu zu tanzen, es ist eher ein unkontrolliertes Zucken als ein Tanzen. Die Passanten sehen ihn ratlos an und wissen nicht, worauf er damit hinaus will, bis einer der Umstehenden, vielleicht ein Freund oder einer, der das Spielchen schon kennt, die erste Münze wirft und ihn am Arm trifft. Der Slawe lächelt, hebt die Münze auf, macht eine kleine Verbeugung, fängt wieder an zu tanzen und macht dabei ausholende Bewegungen mit den Armen, um die Leute aufzufordern, ihn zu bewerfen. Irgend jemand wirft eine Münze auf den Boden, er schüttelt den Kopf und macht uns Zeichen, daß wir ihn bewerfen und auf ihn zielen sollen. Ein Geldstück trifft ihn am Rücken, er tanzt weiter und lacht spöttisch, er fordert die Menge heraus und gibt zu verstehen, daß er nichts gespürt hat. Auf einmal ist es unmöglich, sich zu beherrschen, es ist ein sadistisches Spiel, von dem sich innerhalb einer Minute alle anstecken lassen, eine Gruppe Römer kramt die größten und schwersten Geldstücke heraus, versucht, den Slawen damit zu treffen, und brüllt: »Das is' für dich, ey!«, und: »Jetzt schieß ich dir'n Auge raus, ey!« Das Männchen springt herum und weicht den meisten Geschossen aus, aber manchmal kann man das Geräusch der Treffer auf Rippen und Kopf bis zu uns hören, die Zuschauer sehen, wie er sein Gesicht verzieht, jubeln vor Begeisterung und holen noch mehr Markstücke heraus.

Ich habe mir das Spielchen noch zweimal angeschaut, um die Leute zu beobachten, die ahnungslos stehenbleiben, und zu sehen, wie die Neugier in ihren Gesichtern in Verblüffung und dann in Versuchung umschlägt und wie der Ausdruck darin plötzlich immer aufgeregter, verzerrter und grausamer wird, während sie rufen und schreien und lachen, bis das Ende der Musik sie plötzlich wieder in die Wirklichkeit zurückholt. Auf den Gesichtern zeigt sich kurz Enttäuschung, dann sehen sie wieder normal aus, manchmal auch ein wenig verlegen, und schließlich gehen die Leute hastig davon.

Als wir auf den Marienplatz kommen, ist es auf der Turmuhr fünf vor sieben. Wir beschließen, auf die volle Stunde zu warten, um zu sehen, ob sich die berühmten Figuren bewegen, aber wie wir so mit nach oben gereckten Nasen dastehen, fühle ich mich plötzlich beobachtet. Schnell drehe ich mich um und sehe sie auf dem Brunnenrand sitzen. Es ist ein Mädchen in unserem Alter, blond und dünn, mit sommersprossiger Stupsnase. Auch Mario hat sich umgedreht, aber sie sieht nicht weg, sondern hört nicht auf, uns mit leicht ironischem Gesichtsausdruck zu mustern. Wir gehen zu ihr hinüber, und ich muß mir noch nicht einmal überlegen, was ich sagen soll, da verzieht sie schon künstlich den Mund, verdreht die Augen und fängt an zu reden: »Na bitte, ich hab's gewußt. Ich muß endlich aufhören, hübschen italienischen Jungs hinterherzuglotzen. Aber wie soll man da widerstehen?«

Nicht übel für den Anfang. Das Mädchen ist wirklich hübsch, sie spricht perfekt Englisch, trägt ein beigefarbenes Kostüm und bewegt sich wie eine Schauspielerin aus den Vierziger Jahren. Nach fünf Minuten sind wir ihren apfelgrünen Augen komplett verfallen.

Sie heißt Claudia, ist die Tochter eines steinreichen Amis und einer Deutschen, hat zwei Schwestern, von denen sie schwört, daß die noch hübscher seien als sie, und hat gerade das Gymnasium beendet. In einem Monat geht sie in die Vereinigten Staaten, um ein College in der Nähe von Boston zu besuchen, an dem sie Betriebswirtschaft studieren wird. Ich sehe sie schon als die perfekte Managerin, sie hat das richtige Auftreten, sie redet total selbstsicher, und wenn man etwas sagt, was ihr nicht gefällt, hat sie einen ganz speziellen Blick drauf: nicht vorwurfsvoll, nicht verlegen, sondern sie sieht dich auf eine Art an, die sofort erkennen läßt, daß es wohl besser ist, das Thema zu wechseln. Dann lächelt sie gleich wieder und macht das kleine Fettnäpfchen vergessen.

Ich schlage Claudia vor, uns ins Hofbräuhaus zu begleiten, denn immerhin ist es schon fast Zeit fürs Abendbrot. Sie verzieht wieder ein bißchen das Gesicht, diesmal leicht angewidert, und sagt: »Also, ehrlich gesagt, habe ich in meinem ganzen Leben noch keinen Fuß da reingesetzt.«

»Warum?«

»Weil's 'ne Touristenfalle ist.«

»Na ja«, sage ich, »jetzt, wo du mit Touristen zusammen bist, wär's doch ne gute Gelegenheit, mal hinzugehen.«

Sie schüttelt den Kopf: »Vielen Dank, vielleicht ein anderes Mal.«

Ich bin ein bißchen verlegen, denn sie will uns offensichtlich loswerden, und ich sehe ein, daß es wohl keinen Zweck hat, noch etwas anderes vorzuschlagen.

Aber sie kommt meinem Abschied zuvor: »Wenn ihr wollt, zeige ich euch 'ne nette Kneipe.«

Wir überqueren den Platz, biegen in eine schmale Straße ein und folgen ihr ergeben bis zu einem ziemlich schicken Lokal voller Spiegel und Wandleuchter, mit Kerzen, Blumen auf den Tischen und gedämpfter Musik. Claudia ist elegant und selbstbewußt, sie trägt zwei oder drei Armreifen und Ringe, die so aussehen, als könnte man mit ihnen das ganze Lokal kaufen. Wir sind verdreckt und genieren uns wie zwei Penner.

Ein Kellner begrüßt sie eilfertig, mustert Mario und mich wie ein angewiderter Butler, doch Claudias drohender Frauchen-Blick genügt, und er verschwindet sofort winselnd unter dem Tisch.

»Gibt's hier denn auch was zu essen?« frage ich und lasse den Blick über die Cocktail-Karte wandern.

»Hm, nicht viel«, sagt sie und tut bedauernd, »ich glaube, es gibt ein paar Tramezzini, oder Toasts. Ich esse abends nie etwas, wißt ihr.«

Jeder Cocktail kostet soviel wie ein ganzes Zweiermenü bei McDonalds. Die Toasts sind so teuer wie eine Nacht im Hotel.

»Tja, wir ... eigentlich auch nie. Stimmt's, Mario?«

»Ach! Höchstens mal 'nen Joghurt«, sagt er und tritt mir unterm Tisch gegen das Schienbein.

Die Cocktails haben es in sich und bringen uns in die richtige Stimmung. Wir fangen an, zu lachen und rumzualbern, auch Claudia entspannt sich ein bißchen, zieht sich die Jacke aus, unter der sie eine dünne weiße Bluse trägt, durch die ihr kleiner, aber schöner Busen schimmert. Die Brustwarzen zeichnen sich unter der Seide ab, und ich muß mich zusammenreißen, um nicht die ganze Zeit draufzustarren.

Claudia fängt an, uns Fragen zu stellen, sie möchte alles über die Reise wissen. »Wer weiß, wie viele Mädchen ihr kennengelernt habt ... wart ihr in Spanien? Ich liebe Spanien, meine Cousins haben ein Haus in der Nähe von Valencia, da fahre ich fast jeden Sommer hin.«

Wir erzählen ihr, was wir gesehen haben, und auch von unseren Ticks: die Frauenrennen, das Wahrheitsspiel, das Komplex-Spiel.

Ich rede und rede, und Claudia lacht, hat immer die richtigen Antworten parat und viel Sinn für Humor. Ich bin von ihr total fasziniert, wie von allen intelligenten und selbstsicheren Frauen. Leider verschlingt Mario sie mit den Augen, und wir tauschen vielsagende Blicke aus, wie: »Gefällt sie dir? Ja? Wenn sie dir nämlich nicht gefällt, dann geh ruhig, ich bleibe hier.« Aber keiner von uns beiden denkt daran, lockerzulassen, denn Claudia ist ziemlich clever und verteilt Lächeln und Augenaufschlag ganz gerecht.

Der Negroni auf nüchternen Magen bringt mich dazu, alles auf eine Karte zu setzten, um mir ein genaues Bild der Lage zu verschaffen: Es sind noch drei Stunden bis zur Abfahrt des Zuges, wir sind zu zweit mit einer Frau, wir haben einen Bärenhunger, und wenn wir die Cocktails gezahlt haben, bleiben uns höchstens noch zehn Mark. Ich hätte da eine Idee. Schlimmstenfalls mache ich mich zum Deppen, aber das wäre ja nicht das erste und bestimmt nicht das letzte Mal.

»Du hast echt Pech, daß wir heute abend schon fahren müssen«, sage ich so dahin, »es passiert schließlich nicht oft, daß man mit zwei gutaussehenden Italienern ausgeht ...«

»Ja, das ist wirklich schade«, seufzt sie.

»Außerdem«, bohre ich weiter, »ist es nach einem Abend gar nicht mal so leicht, zu entscheiden, welcher dir besser gefällt.«

»Das stimmt, ihr seid beide so hübsch und nett ...«

Wir bewegen uns auf einem superdünnen Hochseil, das von einem Moment zum nächsten zerreißen könnte. Aber wir sind in der richtigen Stimmung, gut gelaunt und entspannt, das Licht und der Teppich sind weich, und in dem Moment höre ich im Hintergrund die ersten Klänge von *You make me feel like a natural woman*, und das kann nur ein Wink des Schicksals sein: Das Lied gehört zu einer meiner Lieblingsszenen in *Der große Frust*, als Harold mit Meg schläft, weil seine Frau ihn darum gebeten hat, und Meg sagt zu ihm: »Ich habe den Eindruck, einen Gebrauchtwagen unheimlich günstig zu erstehen.« Ich hab den Film vierzehnmal gesehen.

»Weißt du, Claudia«, sage ich lachend, »in solchen

Fällen läßt man am besten den Zufall entscheiden. Wir werfen die klassische Münze, ich nehme Kopf, Mario Zahl. Der Gewinner darf die letzten Stunden mit dir verbringen, und wer verliert, darf das restliche Geld behalten und was essen gehen.«

Das habe ich einfach so dahingesagt, bereit, alles gleich wieder zurückzunehmen, aber nach einem Moment künstlicher Empörung lacht sie begeistert los und nickt: »Ihr Italiener seid wirklich verrückt. Aber heute abend bin ich auch verrückt: Wirf die Münze!«

Ich nehme zehn Pfennig, küsse meine Seite, reibe das Geldstück zwischen den Händen, blase drauf, sage »Macumba Macumba Macumba«, mache verteufelnde Gesten in Marios Richtung, drehe mich dreimal um mich selbst und werfe die Münze.

Als die Kopfseite oben liegt, mache ich aus meiner Freude keinen Hehl.

Mario lächelt leicht verdattert, er versteht nicht ganz, ob das ein Witz war, oder ob er jetzt wirklich gehen muß. Ich drücke ihm das ganze Restgeld in die Hand: »Guten Appetit, Marietto, wir sehen uns dann am Bahnhof.«

Sein Blick wandert noch immer zwischen mir und Claudia hin und her, er kann sich nicht entschließen aufzustehen. Sie lächelt noch immer, ist aber ein bißchen eingeschüchtert.

Ich sage zu ihr: »Weißt du, daß ich 'ne echte Schwäche für deutsche Mädchen mit Brille habe?«

»Aber ich hab doch gar keine Brille.«

»Das macht nichts.«

Ich nehme mir die Brille ab und setze sie ihr auf, und während sie sich zu mir hinüberbeugt, gebe ich ihr einen zärtlichen Kuß.

Als wir wieder aus der Versenkung auftauchen, sehe ich, wie Mario, ohne sich noch einmal umzudrehen, das Lokal verläßt.

Als ich in Claudias Begleitung zum Bahnhof komme, gibt es eine echte Überraschung: Mario ist mit Kastine da. Er hatte sie am Nachmittag erfolglos angerufen, aber schließlich ist sie ihren Freund doch noch losgeworden und zum Bahnhof gelaufen, um ihren italienischen Schatz zu verabschieden.

»Wie viele Punkte, du Schwein?« fragt Zecke.

»Fünf und kein bißchen mehr. Und du?«

»Hey, was soll denn am Bahnhof schon laufen? Ich auch fünf. Eigentlich zweieinhalb, ist ja 'ne Ex.«

Auf dem Bahnsteig fühlen wir uns wie zwei Kriegshelden, die an die Front müssen, jeder mit seiner Frau, die ihn umarmt, ein paar Tränchen zerdrückt und fleht: »Schreib mir!«

Ich bin hin und her gerissen zwischen dem Wunsch, diesen Abschied aus vollen Zügen zu genießen und eine perfekte Erinnerung damit abzuschließen, und der Versuchung, bei Claudia in München zu bleiben. Ohne ihn anzusehen, sage ich so ganz nebenbei zu Mario: »Ey, du willst nicht vielleicht noch bleiben, oder?«, und hoffe, daß er ja sagt.

Er setzt einen coolen Blick auf: »Ich nicht, aber wenn du noch bleiben willst ...«

»Ich? Ach Quatsch ... außerdem sind wir ja mit Teo und Robi in Budapest verabredet.«

»Genau, wenn wir zu spät kommen, verpassen wir sie womöglich.«

Schweren Herzens steigen wir in den Zug, winken mit dem Taschentuch aus dem Fenster, bis die beiden verschwunden sind, die elegante Blonde und die entschlossene Dunkle, und überlegen, was sie sich wohl alles erzählen werden, bevor sie nach Hause gehen.

Zufrieden lachend, lassen wir uns in die Sitze fallen.

»Wenigstens war das Schicksal gerecht«, sage ich, »wenn du mit zwei Frauen hiergewesen wärst, und ich mit keiner, hätte ich dich erwürgt.«

»Tja, sagen wir mal, ich hab in der letzten Spielminute den Ausgleich geschafft.«

»Hör mal, Marietto, hast du noch ein bißchen Geld übrig? Ich sterbe vor Hunger.«

»Du machst Witze. Ich habe alles bis auf den letzten Pfennig ausgegeben, 'ne halbe Stunde lang habe ich alles genau durchgerechnet: exakt vier Cheeseburger und eine große Cola sind dabei rausgekommen.«

»Was?! Willst du damit sagen, daß du dir vier Cheeseburger hintereinander reingestopft hast? Gott, du bist echt widerlich!«

Mario sieht mich voller Stolz an: »Wieso? Das ist doch gar nicht schwer, wenn man die richtige Methode anwendet: Du mußt sie dir wie eine Amöbe einverleiben und nur an die Nahrungsaufnahme denken.«

»Na toll, und wer denkt jetzt an meine Nahrungsaufnahme?«

Mein Freund macht den Rucksack auf, wühlt in der Packung mit Isostar-Riegeln und kichert hämisch: »Da, friß das.«

Ich schließe die Augen, beiße ab und denke an Claudias Lippen, an ihren Erdbeermund. Aber der gräßliche Riegel schmeckt wie immer nur nach feuchten Sägespänen.

September

Als ich noch ein Auto hatte und regelmäßig im Stadtverkehr im Stau stand, habe ich oft beobachten können, wie sich in den Autos neben mir Paare stritten. Die Frauen saßen fast immer neben dem Mann oder Freund auf dem Beifahrersitz, und redeten wild gestikulierend ununterbrochen auf ihn ein. Ich konnte nicht hören, was sie sagten, aber an ihrem Gesichtsausdruck war abzulesen, daß sie wütend waren und den Mann mit Klagen und Vorwürfen in den Ohren lagen. Er sagte gewöhnlich nichts, sah starr geradeaus, ließ das Geschimpfe mit gleichmütiger oder schuldbewußter Miene über sich ergehen, und wenn er versuchte, einen Einwand zu machen, wurde er sofort von einer neuen Wortlawine niedergewalzt.

Jedesmal, wenn ich mit dem absurden Gedanken gespielt habe, zu heiraten, ist mir dieses Bild von der Ehe in den Sinn gekommen: ein Mann und eine Frau eingeschlossen in einer winzigen fahrenden Schachtel aus Plastik und Blech, die ihre Münder bewegen, ohne sich zu verstehen, ohne sich etwas zu sagen.

Ich hätte nie gedacht, daß ich einmal ohne Worte auskommen könnte. Als ich zwanzig war, waren sie meine einzigen Waffen, egal in welcher Situation: um mit den Lehrern zu diskutieren, um die Freunde zum Lachen zu bringen, um den Feinden zu begegnen. Und, natürlich, bei den Frauen, denn ich gehörte zu denen, die hart an einer Unterhaltung arbeiteten, um mein Gesicht vergessen zu machen. Worte waren für mich der Ursprung von allem, der Liebe, der Treue, der Freundschaft.

Dennoch bin ich heute froh, daß ich aufgehört habe

zu sprechen. Nach der letzen Auseinandersetzung mit meinen Freunden hatte ich nichts mehr, wirklich gar nichts mehr zu sagen. Ich konnte nur noch banale Allgemeinplätze oder Höflichkeitsfloskeln oder kleine Lügen mit Personen austauschen, die mich nicht interessierten.

Inzwischen kamen mir die Worte und das Gerede der anderen lächerlich und hohl vor. In neunzig Prozent der Fälle konnte ich nach ihrem ersten Satz schon sagen, was der nächste sein würde, und in hundert Prozent der Fälle wußte ich, daß ich schon keine Lust mehr hatte, ihn zu hören. Ich stellte mir vor, wie ich mit einem ebenso überflüssigen Satz antwortete, worauf mein Gegenüber seinerseits etwas ähnliches von sich gäbe. Und während ich diesen virtuellen Dialog in meinem Kopf bereits bis zum Schluß durchgespielt hatte, war der andere noch immer nicht mit dem ersten Satz zu Ende, und ich war zu erschöpft, um zu antworten.

Mit Giovanna passierte mir das oft: sie konnte stundenlang über ihre Freundinnen, ihre Verwandten und über Klamotten reden oder darüber, woran man den besten rohen Schinken erkannte. Nach zwei Sätzen hörte ich ihr nicht mehr zu, und manchmal mußte ich an Elena denken, daran, wie wir uns über Religion oder über Gedichte unterhalten hatten, und ich fragte mich, mit welcher der beiden ich dem Glück ferner gewesen war.

Was für eine großartige Stadt, dieses Budapest. Ein Doppelzimmer mit eigenem Bad, viertausend Lire. Ein Taxi vom Bahnhof bis dahin, achthundert Lire pro Kopf. Ein richtig fettes Essen im »Apostolok«, einem der besten Restaurants der Stadt, weniger als zehntausend Lire für jeden.

Ungläubig und endlich reich laufen Mario und ich durch diese Stadt, die an Paris erinnert: baumbestandene Alleen, überall Himmel, die Donau wie das Seineufer, mit eleganten Bars und Restaurants, in denen jemand Geige spielt. Rundherum sieht man wunderschöne Häuser, und Schlösser und Festungen auf den Hügeln. Und inmitten des Flusses liegt die Margareteninsel, auf der man sich nach stundenlangem Rumlaufen hinlegen und ausruhen kann.

Zur ersten Verabredung am Morgen sind wir zu spät gekommen und haben Robi und Teo verpaßt. Theoretisch müßten wir abends wieder zum Bahnhof kommen, aber das Rod Stewart Konzert ist verlockender. Die Plakate mit seinem Gesicht hängen überall, es scheint noch nicht so oft vorgekommen zu sein, daß ein westlicher Sänger hier auftritt. Möglicherweise haben unsere Freunde dieselbe Idee, aber auch wenn wir sie dort nicht treffen sollten, laufen wir ihnen sicher früher oder später über den Weg: So groß eine Stadt auch ist, die Touristen sind irgendwann doch immer an den gleichen Orten.

Also entscheiden wir uns für den finanziellen Aderlaß, kaufen zwei Karten (dreißigtausend Lire, der einzige Westpreis in der ganzen Stadt), und denken, daß da wohl nicht so viele Leute hingehen werden: ziemlich unwahrscheinlich, daß die ungarische Jugend sich so etwas leisten kann.

Statt dessen ist das große Népstadion bereits um acht Uhr proppevoll. Alles Jungen und Mädchen, die sich so gut es geht amerikanisch zurechtgemacht haben, mit Jeans, Lederjacken und Stiefeln. Viele sind schon betrunken, Drogen gibt's nicht, jedenfalls ist nichts davon zu sehen, aber das ganze Publikum steht unter Strom.

Langsam und geduldig arbeiten wir uns nach vorn, bis wir ziemlich nah an der Bühne stehen, und ertragen eine Stunde lang zwei grausame ungarische Rockbands, die das Publikum vollkommen ausrasten lassen. Um zehn Uhr erscheint endlich Rod, superlässig und athletisch, mit seiner blonden Mähne und der unverwechselbaren Röhrstimme. Rod legt mit dem ersten Lied los, und die Leute singen im Chor mit, sie kennen den englischen Text auswendig und hängen ihm hingerissen an den Lippen. Nach einer halben Stunde herrscht eine unglaubliche Atmosphäre, und selbst der sintflutartige Regen kann die Begeisterung nicht trüben.

Gegen Ende des Konzerts werde ich plötzlich energisch zur Seite gestoßen, und zwei wunderschöne Mädchen drängeln sich an mir vorbei, um näher zur Bühne zu kommen. Ich sehe sie bezaubert und verärgert an. »Tschuldigung«, sagt die Blonde, zieht dabei ein Schippchen, wie eine, die weiß, daß man ihr alles verzeiht, und geht weiter. Ich habe einen kurzen Blackout, dann dämmert es mir, daß sie italienisch gesprochen hat. Ich stoße Mario an: »Hey, sieh dir mal die beiden da an ... Ich glaub, das sind Italienerinnen.« Jetzt sind wir dran, uns nach vorne zu drängeln und die Leute zur Seite zu schieben, um die beiden einzuholen. »Ey, wo kommt ihr her?« frage ich die Blonde. Sie sieht mich an, und ihre Augen leuchten auf: »Italiener? Oh, wie schön!« Sie freut sich wie ein Kleinkind, fällt Mario regelrecht um den Hals und schmatzt ihm zwei Küsse auf die Wangen. Vertrauensvoll drehe ich mich zu ihrer Freundin um: sie ist brünett, genauso schön, aber mit mehr Sex-Appeal, smaragdgrünen Augen und einem Körper wie aus der Kaubonbonwerbung. Sie grüßt uns lächelnd, aber ziemlich ungerührt, springt mir nicht an den Hals und gibt mir auch keinen Kuß.

Mario kann sich über Mercedes' ansteckende Begeisterung gar nicht wieder einkriegen, sie erklärt, daß sie Ungarin ist, aber unsere Sprache in der Schule gelernt hat und alles liebt, was mit Italien zu tun hat. Andreina, die Dunkle, kennt nur ein paar Worte, aber scheint sich nicht allzu große Mühe geben zu wollen, sie zu aktivieren. Ich kann es kaum fassen, zwei so schöne Mädchen getroffen zu haben, den letzten Teil des Konzerts erleben wir in einer Art Trance. Als Rod *You're in my heart* anstimmt, leuchten überall Feuerzeuge und Streichhölzer auf, Mario und Mercedes nehmen sich gerührt in die Arme. Ich lege Andreina den Arm um die Schultern, sie stößt mich nicht weg, aber ihr Blick sagt: »Bis hier hin und nicht weiter.«

Wir verlassen das Stadion, und Mario ist Mercedes schon völlig erlegen. Sie ist erst sechzehn, ziemlich klein, aber sehr gut gebaut, mit einem Gesicht wie ein Model: blond, blaue Augen, Stupsnase, perfektes verschmitztes Lächeln. Sie ist gut angezogen, ohne dabei aufreizend zu sein wie Andreina, die einen enganliegenden Rock und rote Stöckelschuhe trägt und vor uns hergeht. Wobei »geht« nicht das richtige Wort ist: Ihre Art, sich zu bewegen ist eigentlich nicht jugendfrei, so geschmeidig und rund, mit einem Arsch, der zweifellos zu den besten drei gehört, die ich je gesehen habe und je sehen werde.

Wir laufen gut zwanzig Minuten durch eine trübe Vorstadtlandschaft, alles Sozialbauten, Zubringer und verwilderte Felder. Dann sieht Andreina die Lichter eines großen Hotels für Westler (die für sechzig Dollar die Nacht, komplett jenseits unserer Möglichkeiten), und verabschiedet sich kurzerhand: »Ich geh in die Bar was trinken.« Mercedes gibt ihr ein unterkühltes Küßchen, und kaum ist Andreina außer Hörweite, dreht sie sich zu Mario um und seufzt: »Meine Freundin Andreina ... ein bißchen Nutte.«

»Warum?« frage ich fast beleidigt, als hätte sie wenigstens einen Moment lang zu mir gehört, »was hat sie dir denn getan?«

»Nichts. Wie sagt man in Italienisch? Sagt man nicht Nutte?«

Wir sind ein wenig verunsichert und denken, daß Mercedes vielleicht sauer auf ihre Freundin ist, weil sie weggegangen ist, und es deshalb mit den Worten nicht so genau nimmt.

Wie auch immer, wir reden nicht weiter darüber und begleiten sie im Taxi nach Hause. Auf einem Platz, an dem mindestens sechs oder sieben vollkommen gleiche graue und trostlose Mietskasernen stehen, steigt sie aus. Sie bedankt sich bei Mario mit einem Küßchen auf den Mund, flüchtig, aber voller Verheißungen, und wirft mir eine Kußhand zu. Wir verabreden uns für den nächsten Tag um zwei an der U-Bahn-Station Deak tér. Wir kehren zu unserer Bleibe zurück, ich rede, aber Zecke antwortet nur einsilbig, und seine Augen starren ins Leere.

Um viertel vor zwei haben wir bereits Stellung bezogen. Aus Angst, zu spät zu kommen, hat Mario mich dazu genötigt, das Essen in Windeseile runterzuschlingen und mir noch nicht einmal Zeit gelassen, einen Kaffee zu trinken. Dem Anlaß entsprechend, hat er sich an diesem Morgen ein sauberes T-Shirt und dunkle Jeans angezogen, auf denen man den Dreck weniger sieht. Er hat sich die Haare gewaschen, Aftershave aufgelegt und sich nach dem Essen auf dem Klo des Restaurants die Zähne einzeln geputzt. »Vielleicht kommt Andreina ja auch mit«, sagt er, um mich aufzumuntern.

»Das glaub ich nicht«, sage ich, »aber vielleicht bringt sie ja 'ne andere Freundin mit.«

Um fünf nach zwei läßt Mercedes sich noch nicht blicken. Mario ist ganz entspannt: »Keine Frau kommt pünktlich zur ersten Verabredung.«

Um viertel nach zwei keine Spur von Mercedes. Mario ist ganz unbesorgt: »Ich weiß schon, was sie für eine ist: süß und ein bißchen verzogen. Es gefällt ihr, einen warten zu lassen.«

Um halb drei ist Mercedes' Verspätung besorgniserregend. Mario sagt: »Wir stehen doch wohl nicht an der falschen U-Bahn-Haltestelle?« Ich beruhige ihn: ich war gestern auch dabei, ein Irrtum ist ausgeschlossen.

Um viertel vor drei wird Mario nervös: »Ihr wird etwas zugestoßen sein.«

Um Punkt drei Uhr werfe ich das Handtuch. »Laß uns gehen, Marietto, die hat dir 'nen Korb gegeben.«

Er sieht mich streng an: »Nein. Ihr ist bestimmt etwas passiert. Ein Korb wäre total unlogisch, dann hätte sie's mir auch gestern abend sagen können. Aber du hast sie doch auch gesehen ...« Er muß noch den Geschmack ihres Kusses auf den Lippen haben.

»Na gut. Vielleicht ist es kein Korb. Vielleicht ist ihr was dazwischengekommen. Auf jeden Fall ist sie nicht aufgetaucht. Und deshalb gehen wir jetzt wohl besser.«

Aber er bleibt hart: »Und wo gehen wir hin? Der einzige Ort, an dem wir sie treffen könnten, ist hier. Wenn was passiert ist und sie sich verspätet, kommt sie hierher. Und deshalb bleiben wir jetzt wohl besser.«

Ich glotze ihn baff an. Es ist drei Uhr durch. Wie lange will er hier denn noch die Salzsäule machen? »Tschuldige mal«, sage ich sanft, »da draußen wartet ganz Budapest auf uns. Wir können 'nen Haufen toller Sachen sehen. Es gibt da auch endlos viele hübsche Mädels. Laß gut sein.«

Aber er will nicht auf mich hören. »Geh ruhig, ich will dich zu nichts zwingen. Ich bleibe noch ein bißchen.

Dabei laufen mir vielleicht sogar Robi und Teo über den Weg: Wir sind am zentralen U-Bahn-Knotenpunkt, früher oder später kommen die auf jeden Fall hier vorbei. Geh ruhig, mach 'nen Spaziergang. Und wenn du fertig bist, kommst du wieder her und holst mich ab.«

»Na schön, aber wann? In zwei Stunden, oder in drei?«

»Komm doch so gegen Abend. Ach, und wenn ich nicht mehr hiersein sollte, dann ist Mercedes gekommen, und wir sehen uns um neun im Apostolok.«

Um halb neun schlagen Teo, Robi und ich bei Deak tér auf. Ich habe sie auf der Insel Margarita getroffen, wo sie mit zwei türkischen Mädchen Ball spielten. Große Stadt, Touristen, die gleichen Orte: Quod erat demonstrandum. Wir verstecken uns ein wenig im Hintergrund, um Mario zu beobachten, der noch immer am U-Bahn-Eingang steht. Er zeigt keinerlei Anzeichen von Müdigkeit oder Ungeduld. Um die Wahrheit zu sagen, zeigt er sowieso nicht sonderlich viele Anzeichen von Leben. Nur ab und zu, wenn er eine U-Bahn kommen hört, konzentriert er sich und beobachtet die Leute, die an ihm vorbeilaufen. Wenn alle durch sind, dreht er sich um und sieht wieder zur Tür hinaus: Man kann nie wissen, Mercedes könnte zu Fuß kommen, oder mit dem Bus.

»Und der steht echt seit zwei Uhr so da?« fragt Matteo.

»Mamma mia, diesmal übertrifft Zecke sich selbst«, sagt Robi ungläubig, »aber ist das Mädel denn wirklich so hinreißend?«

»Ja, sie ist ziemlich süß«, sage ich, »aber auch ziemlich arschig, wenn ihr versteht, was ich meine.«

Wir beobachten ihn noch ein paar Minuten lang, dann wird Robi sauer: »Also echt, jetzt holen wir ihn ab und gehen was essen.«

Wir springen aus dem Hinterhalt und fallen ihm um den Hals. Wir schreien und verstrubbeln ihm das Haar und knuffen ihm in den Magen. Er sollte sich eigentlich freuen, Teo und Robi wiederzusehen, aber statt dessen grüßt er sie nur abwesend mit einem gezwungenen Lächeln. »Nichts, sie ist nicht gekommen«, sagt er zu mir.

»Das sehe ich: So etwas wird im Fachjargon Korb genannt. Und nun laß gut sein, jetzt gibt's erst mal Futter.«

Mario versucht noch immer, Widerstand zu leisten, er möchte dort bleiben, »höchstens ein Stündchen, keine Minute länger«. Zum Glück sind die anderen beiden dabei, und zu dritt schleifen wir ihn mühsam weg.

In diesen zwei Jahren bin ich viel zum Nachdenken gekommen. Das hatte ich seit einer Ewigkeit nicht mehr getan. Wenn du lebst, schaffst du es nicht, zu denken. Wenn du sprichst, schaffst du es nicht, auch noch auf die Stimmen zu hören, die laut in dir schreien. Und ich habe angefangen zuzuhören, was meine Erinnerungen mir zu sagen hatten.

Manchmal versuche ich mir wie der Fürst Salina in *Der Leopard* darüber klarzuwerden, von wie vielen Momenten ich behaupten kann, sie wirklich gelebt zu haben. Wie viele Jahre, Tage, oder Minuten meines Lebens denkwürdig gewesen sind. Die Bilanz des alten Fürsten auf dem Totenbett ist niederschmetternd: zwei Wochen vor und sechs Wochen nach seiner Hochzeit, die eine oder andere Unterhaltung. Ein paar Stunden des Sternebeobachtens. Eine halbe Stunde redlichen Stolzes bei der Geburt des ersten Sohnes. Und einige flüchtige Bilder, die Hunde, die Jagd, Gelächter, kurze Momente der Leidenschaft. Von seinen dreiundsiebzig Jahren kann er zwei, höchstens drei Jahre retten, die es wirklich wert waren, gelebt zu werden. Der Rest war Langeweile und Schmerz.

Ich weiß nicht, wie meine Bilanz am Ende aussehen wird. Im Augenblick bin ich noch nicht einmal halb so alt wie er, aber ich glaube dennoch viel länger gelebt zu haben, angefangen bei dem Monat Inter Rail, von dem ich keine einzige Minute missen möchte. Auch die ersten sechs Monate mit meiner ersten Freundin waren schön, und diese beiden letzten Jahre voller Frieden und Stille. Aber vielleicht waren die schönsten Momente auch jene, die ich auf dem Basketballfeld zugebracht habe, denn nur da konnte ich gleichzeitig konzentriert und gedankenlos, verantwortungsbewußt und sorglos sein.

Selbst wenn ich an den bedeutendsten Moment meines Lebens denke, kommt mir nicht ein Augenblick der Inter-Rail-Tour in den Sinn und auch nicht mein erster Kuß oder das erste Mal, daß ich mit einer Frau geschlafen habe. Ich denke dann an ein Basketballspiel, das mit einem Wurf von mir in der letzten Sekunde entschieden wurde. Ich kann mir dieses Spiel tausendmal ins Gedächtnis zurückrufen, ohne dessen müde zu werden. Es erscheint mir als der Höhepunkt meines Lebens, als der göttliche Moment, in dem ich das größte, das vollkommene Glück empfunden habe.

Ich habe diese Sekunden wie in einem amerikanischen Film erlebt, in Zeitlupe, und auch heute sehe ich sie noch so: Die Uhr zeigt die letzten Sekunden des Spiels an, und der Held hat den Ball, es sind zehn oder vielleicht nur fünf unfaßbar lange Sekunden, die im Takt des auftitschenden Balles und des Herzschlages der Zuschauer vergehen. Die Tafel zeigt die Punkte an, sechsundsiebzig zu fünfundsiebzig für die Gegner, die Titelverteidiger, arrogant und unausstehlich in ihren makellosen Trikots. Der Held bringt den Ball über die Mittellinie und umdribbelt den Verteidiger. Er wirft einen Blick auf die Uhr und sieht, daß es nur noch drei Sekunden bis zum Ende sind. Es herrscht vollkommene Stille, in der man nur seinen Atem und das Quietschen der Schuhe auf dem Parkett hört. Der Held kreuzt den wässerigen Blick seines Gegners, in dem bereits die Niederlage abzulesen ist, und die Kamera zeigt die Augen des Helden in der Totalen, sie sind wach und konzentriert, Siegeraugen, und in dem Moment täuscht er an, hält inne, springt hoch über die gereckte Hand des Verteidigers hinaus, die Kamera zeigt den Ball, seine Flugbahn, dann geht sie zurück auf den Helden, der in der Luft zu hängen scheint, in der Ungewißheit zwischen Sieg und Niederlage, dann schwenkt sie auf den Trainer, Typ harte Schale, weicher Kern, die Uhr springt auf Null, die Sirene, die Gesichter der Mitspieler, die Gegnerbank, die aufgesprungenen Zuschauer, und dann WOOFF, der Korb, der befreiende Schrei, der ausbrechende Jubel, Geräusche und Farben, die Mitspieler, die den Helden triumphierend in die Höhe heben, der Fernsehkommentator, der schreit: »Weltmeister! Weltmeister!«

In Wirklichkeit sind wir natürlich nicht Weltmeister geworden, es war nur ein unwichtiges Tabellenspiel, aber das Maß der Freude richtet sich nicht nach der Bedeutung des Spiels. An jenem Abend sah ich mich der schicksalsträchtigen Frage gegenüber: Wenn dein Leben von einem einzigen Wurf abhinge, wer sollte ihn machen? Und ohne lange nachzudenken, ohne Zweifel oder Angst, habe ich geantwortet: Ich!

Als ich angefangen habe zu arbeiten, mußte ich auch mit dem Basketball aufhören. Für eine ziemlich lange Zeit hat mir das Spielen mindestens ebenso gefehlt wie die Reisen, und meine Mannschaftskameraden habe ich mindestens genauso vermißt wie meine Freunde. Dann habe ich mich, um nicht aus der Form zu kommen, bei einer Art Sportclub eingeschrieben, mit Tennisplätzen, Schwimmbad und Fitneßraum. Viel zu spät ist mir aufgefallen, daß alle drei Sportarten extrem geräuschlos sind.

Mario ist heute morgen ganz früh aufgestanden. Er hat gesagt, daß er Mercedes suchen geht. Beim Abendessen hatte er den Mund nur zum Essen aufgemacht, ohne auf unsere gnadenlose Folter aus Witzen und Foppereien zu reagieren.

Genau so hat er es gesagt, als er an meinem Bett vorbeikam: »Ich gehe sie suchen«, und weg war er. Ich war noch im Halbschlaf und wußte nicht einmal, ob ich das geträumt hatte oder nicht. Als ich ein paar Stunden später aufgewacht bin, hatte Zecke sich schon von einem Taxi zu dem Platz bringen lassen, wo das Mädchen am vorletzten Abend ausgestiegen war, und klapperte die Geschäfte und grauen, traurigen Mietskasernen ab, um die Leute zu fragen: »Entschuldigen Sie, kennen Sie ein Mädchen namens Mercedes?«

»Der Scheiß ist, daß keiner hier Englisch spricht, und sie sind supermißtrauisch. Ich habe den ganzen Morgen gebraucht und sie nur gefunden, weil ich zum Glück irgendwann ihre Tante getroffen habe.« Die gute Zecke strahlt stolz über das ganze Gesicht: Jetzt sitzen er und Mercedes mit uns am Tischchen einer Konditorei. Ihre Hände sind ineinander verschränkt, sie verschlingen sich mit den Augen, und hin und wieder geben sie sich ein Küßchen auf den Mund.

»Ich war zu Hause, ich wußte, daß Mario mich finden würde«, flötet sie mit ihrem Kinderschippchen. Sie erklärt mir: »Gestern konnte ich nicht kommen. Wegen meiner Mutter.«

Jetzt ist sie ganz aufgeregt, vier italienische Jungs hängen ihr an den Lippen: Mario wartet auf die Prämie für seine Ausdauer, und wir bitten sie, ein paar Freundinnen aufzutreiben, mit denen wir den Abend verbringen können.

Und da sind sie schon, die Freundinnen von Mercedes. Sie sind mit vierzig Minuten Verspätung zur Verabredung gekommen, aber das Warten vor dem Eingang der Disko «Fortuna« mit Blick auf Budapest, dem einzigen »westlichen« Lokal der Stadt, hat sich gelohnt. Wir haben einen Haufen italienischer Autos davor parken sehen, vor allem Luxusschlitten aus Mailand, Rom oder Bergamo. Und wir haben eine Menge Italiener zwischen vierzig und fünfzig hineingehen sehen, glatzköpfig, fett, einige mit dunkler Sonnenbrille, und alle in Jackett und Krawatte. Wir sind überzeugt, daß das keine ernsthaften Konkurrenten sind, und die süßen knackigen Mädels in Minirock, die dutzendweise in der Diskothek verschwinden, könnten alle unser sein.

Was für eine unglaubliche Entdeckung, diese Ungarinnen! Ich fasse es einfach nicht, wie schön sie sind, vielleicht die schönsten Frauen in ganz Europa! Sicher, wir haben auch eine ganze Reihe häßlicher Entlein rumlaufen sehen: schlecht angezogene, aschfahle Kreaturen, die am Arm ihrer gräßlichen, ebenfalls schlecht angezogenen, schnurrbärtigen Freunde hingen und uns drohend anglotzen. Aber die Mädchen im Fortuna sind was ganz anderes, hinreißend wie die Schwedinnen, aber viel unterschiedlicher, mit braunen, blonden oder roten Haaren und bunt gemischten Klamotten, von der Lederjacke mit Jeans und Stiefeln bis zum superkurzen, enganliegenden Kostüm. Aber das Außergewöhnlichste sind ihre Augen: Das Grün ist wirklich smaragdgrün und funkelt wie ein Edelstein, das Blau ist ein Swimmingpoolblau, in das man vom Beckenrand aus hypnotisiert hineinstarrt, und es genügt ein Wimpernschlag, um dich ohnmächtig ins Wasser fallen zu lassen. Wir haben genügend Zeit, uns in diesen klaren Augen zu verlieren, denn keine senkt den Blick oder sieht woanders hin. Im Gegenteil: je länger wir sie anstarren, desto mehr starren sie zurück und lächeln uns an, und zwar nicht nur Robi oder Mario, sondern auch Teo und mich. Für mich ist das total ungewohnt, und ich muß sagen, daß das eine ganz neue und herrliche Erfahrung ist, es muß an der Reise liegen, die mich verändert, die mich männlicher und attraktiver gemacht hat.

Bei dieser Misswahl schneiden Mercedes' Freundinnen alles andere als schlecht ab: alle drei sind jung, so um die siebzehn, und ganz schön schnuckelig. Eva hat schulterlanges blondes Haar, ein makelloses Gesicht, und unter dem schlichten beigefarbenen Baumwollkleid läßt sich eine Bombenfigur erahnen. Onikoi ist ebenso gut gebaut, außerdem hat sie rötliche Haare, die mich verrückt machen, und die leicht gebogene Nase läßt sie zwar weniger schön aussehen, aber dafür um so interessanter. Bei der dritten habe ich den Namen nicht verstanden, ich war zu sehr damit beschäftigt, den Mund wieder zuzukriegen angesichts des braunen Pagenkopfes, der großen dunklen Scheinwerferaugen und des hinreißenden Lächelns.

Blond, rot, braun, wie drei Bond-Girls. Es kommt mir vor wie ein Traum, daß sie mit uns tanzen und lachen, für den sagenhaften Robi ist das normales Tagesgeschäft, aber Teo und ich kneifen uns gegenseitig in den Arm und tauschen fassungslose Blicke aus.

Wir setzen uns auf die Sofas, um eine Pause zu machen, und die Aufteilung ergibt sich ganz von selbst. Onikoi sitzt links von mir, Eva rechts, dann kommt Teo, die Brünette von Robi, und am Ende Mercedes und Mario, die sich aber fast sofort wieder eng umschlungen auf die Tanzfläche verdrücken. Teo hat angefangen, Eva in Beschlag zu nehmen, und jetzt dreht sie mir den Rücken zu, aber das ist egal, denn Onikoi hat bereits in bestem Italienisch eine Unterhaltung begonnen und lächelt mich aufmunternd an.

»Wo hast du unsere Sprache denn so gut gelernt?« frage ich.

»Ein bißchen in der Schule, und ein bißchen beim Reden mit Italienern. Mein Freund lebt in Italien, er heißt Bruno. Er ist aus Bologna, kennst du ihn?«

Der Hinweis auf den Freund bremst mich sofort, das ist ein Wink mit dem Zaunpfahl. Ich versuche ihr zu erklären, daß Italien doch größer ist, als man denkt, und daß man von meiner Stadt bis nach Bologna eine ganz hübsche Strecke zurücklegen muß. Aber sie lächelt trotzdem nett, egal was ich sage, und sieht mich mit ihren hellgrünen, ach so unschuldigen Augen an, die so gut zu ihrem hellen, entzückend sommersprossigen Teint passen. Ich erwarte nichts, rede entspannt weiter, obwohl wir ein bißchen eng sitzen, und der Druck ihres nackten Knies meinen Puls auf Touren bringt. Hin und wieder gibt Onikoi mir lachend einen Klaps auf die Hand oder auf die Schulter, und es ist, als würden ihre glühenden Finger rote Male auf meiner Haut hinterlassen. Auf einmal beugt sie sich vor, um mit Eva zu reden, und legt »ganz nebenbei« ihren Busen auf meinen Arm. Ich spüre, wie ich einen Megasteifen kriege, und drehe mich weg, um auf andere Gedanken zu kommen, aber einen Zentimeter vor meiner Nase ist das makellose Gesicht von Eva, die sich auch vorbeugt, um mit Onikoi zu reden, und mir dabei eine Hand auf den Schenkel legt, und unter ihrem Kleid zeichnen sich überdeutlich die Brustwarzen ab. Ich spüre, wie es in meinen Baumwollhosen ächzt wie bei Hulk. Eva und Onikoi tun so, als wäre nichts, aber mir schwant, daß sie es bemerkt haben, und ich versinke vor Scham in meinem Whisky, der mir, anstatt mich zu beruhigen, das Blut in die Schläfen treibt.

Onikoi wendet sich wieder mir zu, sie will alles über mich wissen, und auch das scheint mir ein gutes Zeichen, sie ist also tatsächlich interessiert und macht nicht nur höflich Konversation.

Was ich mache? Ich studiere. Und wie bin ich nach Budapest gekommen, mit dem Auto, mit dem Flugzeug? Nein, mit dem Zug, wir machen eine Inter-Rail-Tour durch ganz Europa. Ich fange an, ihr von unserer Reise zu erzählen, aber das scheint sie nicht besonders spannend zu finden.

»Bruno, mein Freund, hat einen Ferrari, weißt du?«

Autsch. Schon wieder der Freund. »Der Glückliche«, sage ich, »was ist er denn von Beruf?«

»Weiß ich nicht genau, irgendwas beim Film.«

Ich versuche, das Thema zu wechseln, sie ein bißchen über Ungarn auszufragen, über den Kommunismus, und wie es sich hier so lebt.

»Inzwischen lebe ich allein, in einer kleinen Wohnung. Aber die Miete ist sehr teuer, weißt du: hunderttausend Lire im Monat. Nachmittags arbeite ich in einem Kleiderladen, um ein bißchen Geld zu verdienen, aber es ist hart. Zum Glück ist Bruno diesen Sommer gekommen, er ist bei mir gewesen und hat die Miete und die anderen Ausgaben gezahlt.«

Langsam geht dieser Bruno mir dezent auf die Nerven. Was denn, du bist hier mit mir, nimmst meine Hand, lächelst, und hörst trotzdem nicht auf, mir diesen dämlichen Bologneser unter die Nase zu reiben?

Robi und Teo flachsen mit ihren Mädels rum, aber sie scheinen keine großen Fortschritte zu machen. Wir werfen uns wieder ins Gewühl, tanzen zu ein paar schnellen Liedern und trinken noch einen Whisky.

»Und, was meinst du?« frage ich Teo.

»Na, ich weiß nicht, die scheinen mir ganz schön auf Luxus abonniert zu sein, irgendwie kommen sie mir komisch vor, allen voran Mercedes. Vielleicht irre ich mich auch, aber ich hab das Gefühl, daß die sich nicht rumkriegen lassen.«

Robi, wie immer ganz Grandseigneur, läßt nichts durchblicken und sagt nur: »Ach komm, jetzt kriegt mal keine Paranoia und genießt den Abend, wie's läuft läuft's.«

Wir setzen uns wieder hin, und Onikoi lächelt noch immer. »Italienische Jungs find ich total toll, weißt du? Sie sind nett, gut erzogen ... Du bist auch süß. Was machen denn deine Eltern so?«

Was ist denn das für eine bescheuerte Frage?

»Meine Mutter ist Lehrerin, und mein Vater ... na ja, das ist ein bißchen kompliziert, er ist so 'ne Art Angestellter. Warum?«

»Und sind sie reich?«

»Na, reich nicht gerade, normal.«

»Hast du keinen Ferrari?«

Jetzt werde ich sauer. »Jetzt halt mal die Luft an mit diesem dämlichen Ferrari. Ich habe keinen! Ich habe einen alten Cinquecento, den man anschieben muß, ich bin nicht reich, ich arbeite nicht beim Film, ich bin nur ein ganz normaler Typ, der sich nett mit dir unterhalten will und dich dann vielleicht im Taxi nach Hause begleitet, wenn du Bock drauf hast. Das kann ich mir gerade noch leisten.«

Onikoi ist wie vor den Kopf geschlagen, das Lächeln verschwindet in Sekundenschnelle. Ich bin vielleicht ein bißchen lauter geworden, aber ich hätte nicht gedacht, daß sie so heftig darauf reagiert. Sie entschuldigt sich, steht auf und verschwindet kurz auf dem Klo. Nach ein paar Sekunden stehen auch die anderen auf und folgen ihr. als sie wieder zu den Sofas zurückkommen, machen sie ernste Gesichter, der Zauber ist verflogen, es herrscht dicke Luft, und unsere Zeit ist abgelaufen.

»Entschuldigt, aber wir müssen jetzt gehen«, sagt Eva.

Matteo hat sie den ganzen Abend hindurch mit Blikken verzehrt, und muß sich zusammenreißen, um nicht loszuheulen.

»Ja, es ist schon spät, danke und auf Wiedersehen«, sagt die Brünette und gibt Robi die Hand.

»Was ist denn los?« frage ich Onikoi und berühre leicht ihren Arm. »Habe ich was Falsches gesagt? Bist du sauer?«

»Nein, wieso sauer? Es ist nur schon spät, ich muß gehen. Läßt du bitte meinen Arm los?« sagt sie und sieht mich an, als wäre ich Lichtjahre von ihr entfernt.

Die Stimmung ist eisig, die Mädchen gehen zur Tanzfläche, verabschieden sich von Mario und Mercedes, verlassen die Diskothek, und mit ihnen geht all der strahlende Glanz dahin.

Matteo und Robi sind sprachlos. Wir versuchen uns einen Reim drauf zu machen und rekonstruieren die einzelnen Unterhaltungen auf der Suche nach Mißverständnissen oder Fehltritten. Ich sage, daß Onikoi nicht aufgehört hat, mir mit diesem Bruno und dem Ferrari auf den Sack zu gehen, daß es also meine Schuld ist und daß es mir leid tut.

»Eva hat auch von einem italienischen Freund geredet«, sagt Teo, »anscheinend ein Bombentyp, der beim Fernsehen arbeitet. Zweimal im Jahr kommt er sie besuchen, vielleicht heiraten sie auch und sie zieht nach Italien.«

»Die haben echt komische Fragen gestellt ...«, sagt Robi, »hat sie dich auch gefragt, ob du reich bist, und was deine Eltern machen?«

»Ja.«

»Und was hast du ihr gesagt?«

»Die Wahrheit: daß ich studiere, weder arm noch reich bin, jetzt aber gerade keine müde Lira auf der Naht habe.«

»Aber hört mal, das sind doch kleine Mädels, die auch nur studieren«, sagt Teo, »was soll's die denn schon jucken, ob wir Geld haben oder nicht?«

Und in dem Moment, als er das sagt, sehe ich, wie ihn

ein Geistesblitz durchfährt, und auch ich begreife, und Robi ebenfalls. Auf einmal kommen wir uns unendlich blöd vor. Wieso haben wir das nicht sofort kapiert? Wie kann man bloß so behämmert sein?

Wir holen Mercedes zu uns an den Tisch: »Tschuldige, aber deine Freundinnen … weißt du, warum die gegangen sind?«

Sie sieht ängstlich zu Mario hinüber und verzieht den Mund: »Meine Freundinnen … sind ein bißchen Nutten. Vielleicht habt ihr irgend etwas gesagt, keine Ahnung.«

Ich will das jetzt ein für allemal klarstellen.

»Hör mal, Mercedes, wenn du Nutten sagst, was meinst du dann damit? Daß sie blöde Ziegen sind? Oder daß es leichte Mädchen sind, die's mit allen treiben?«

»Nein, mit allen treiben sie's nicht. Nur mit denen, die ihnen gefallen, aber dafür wollen sie auch was haben.«

»Das heißt, sie wollen bezahlt werden«, brüllt Teo, »das sind echte Huren!«

Mercedes sieht sich verschreckt um und macht uns Zeichen, leiser zu reden, obwohl die Musik ziemlich laut ist.

»Die wollen nicht unbedingt Geld dafür. Was anderes ist auch okay: Geschenke. Hast du ihre Kleider gesehen, ihre Schuhe? Das gibt's in Ungarn nicht. Und wenn, dann ist es sehr, sehr teuer. Irgend jemand hat sie ihnen geschenkt, irgendein Italiener oder Franzose oder Deutscher.«

»Tschuldige mal, aber du hast doch auch Kleider und hübsche Schuhe«, sage ich und wünsche im gleichen Moment, daß mich der Blitz treffen möge. Mario durchbohrt mich mit einem Killerblick, und wieder rauscht ein Eisberg auf uns nieder.

»Ich bin keine Nutte«, antwortet Mercedes ganz ruhig, »du glaubst also, daß ich eine Nutte bin?«

»Neiiin, üüüberhaupt nicht … eben deshalb … hab ich dich gefragt … na ja … wieso …«

»Mir geht's gut, meiner Familie geht's gut«, sagt sie knapp, »andere Mädchen, denen es schlechter geht ... müssen es machen, wie sie.«

Sie verzieht den Mund zu einem traurigen Lächeln, nimmt Mario an der Hand und zerrt ihn wieder auf die Tanzfläche.

Teo und Robi sehen mich sprachlos an: »Um Gottes Willen, Steve, das Fettnäpfchen war echt oscarreif.«

»Entschuldigt«, sage ich, »entschuldigt, entschuldigt, entschuldigt. Ich bin betrunken und durcheinander und sauer, und heute Abend habe ich echt nichts begriffen, null.«

Robi tröstet mich: »Na komm, mach dir nichts draus, wir hätten's eh nicht weit gebracht. Ich würde nie eine bezahlen, auch wenn sie siebzehn ist und sich noch so sehr für ein anständiges Mädchen ausgibt.«

»Einen Scheißdreck. Ich hätte Eva mit Gold überhäuft«, sagt Matteo. »Sie will 'ne Monatsmiete? Soll sie haben! Das kostet genausoviel wie zwei Abende mit irgendeiner italienischen Ziege, die meint, 'ne vergoldete Muschi zu haben, aber die hier ist tausendmal geiler und macht's dir bestimmt auch auf die unterschiedlichsten Arten. Morgen rufe ich zu Hause an und laß mir Geld schicken, und dann sollt ihr mal sehen, was ich der nächsten erzähle: unter Agnellis Enkel läuft nichts ...«

Wir haben Mario seit fast drei Tagen nicht gesehen: Er verschwindet früh am Morgen, wenn wir noch schlafen, und kommt spät nachts zurück, wenn wir schon im Bett sind. Robi, Teo und ich haben Budapest von hinten, vorne, oben und unten gesehen, wir hatten Spaß, aber allmählich wird es Zeit, weiterzuziehen. Wir sind fast sicher, daß unser Freund uns fahren läßt und hierbleibt: inzwischen hat sich Mercedes' Gesicht schon auf seiner Netzhaut eingebrannt.

Aber statt dessen kommt Mario an diesem Abend

zurück, als wir noch wach sind. Er ist stinkwütend und grüßt uns fast nicht. Er verschwindet im Bad, bleibt zwanzig Minuten drin, und als er wieder herauskommt, sieht er aus wie ein Zombie, kreidebleich und abgezehrt.

Wir sehen uns lange wortlos an, dann sage ich: »Wir fahren morgen. Was machst du? Bleibst du, oder kommst du mit uns mit?«

»Wohin?«

»Wissen wir noch nicht genau. Ich würde nach Rumänien fahren, wie's geplant war. Die anderen wären eher für Griechenland.«

»In Griechenland war ich schon. Wenn ihr nach Rumänien fahrt, komme ich mit.«

Robi rümpft die Nase, Teo schnauft.

»Na kommt, Jungs«, sage ich, »wir haben nur noch eine Woche, trennen wir uns nicht schon wieder. Wir fahren nach Rumänien, und von da aus können wir noch immer einen Abstecher nach Griechenland machen und mit der Fähre zurückfahren.«

»Fähre ist zu teuer.«

»Na, dann fahren wir halt nach Jugoslawien und hauen uns die letzten Tage an den Strand.«

Schließlich sagen sie »Wir denken drüber nach«, und das vielleicht eher aus Rücksicht auf Marios Zustand, als um meiner Argumente willen.

Am nächsten Morgen beim Frühstück macht Mario sich endlich Luft: »Ich habe drei total beschissene Tage hinter mir. Zu jedem Treffen kam sie zu spät, oder sie kam überhaupt nicht. Ich habe vor ihrem Haus auf sie gewartet, und sie hat sich unfaßbare Ausreden ausgedacht, mir gesagt, ihrer Mutter ginge es schlecht, ihre Eltern würden sich gerade trennen ... irgendwie komisch, ihre Nerven müssen völlig durch sein. Gestern hat sie mir gesagt: ›Mach dir keine Sorgen, in zwei Jahren gehe ich in die Schweiz, und von da aus komme ich dich in Italien besuchen.‹ Ich hab sie gefragt: ›Und wie willst du hier rauskommen?‹, und sie hat gemeint: ›In zwei Jahren kommen wir doch alle in die Schweiz‹ ›Wer alle?‹ ›Na wir, alle Ungarn.‹ Ich habe angefangen zu lachen, und sie ist sauer geworden und hat kein Wort mehr gesagt.«

»Hör mal«, sagt Teo, »hast du sie denn wenigstens ...«

Mario schüttelt den Kopf: »Sie wollte nicht. Wir waren ein paarmal allein bei ihr zu Hause, aber sie hat nein gesagt, weil sie ein anständiges Mädchen sei, und keine Nutte wie ihre Freundinnen, und weil sie nicht alles kaputtmachen wolle.«

Dann erzählt er uns, daß er trotzdem ein paar Punkte zusammengekratzt hat und geht in die Details. Und es ist merkwürdig, sehr merkwürdig, daß Mario uns gegenüber so offen ist. Vielleicht will er sich selbst davon überzeugen, daß Mercedes schon Schnee von gestern ist.

Aber er irrt sich. Als er in das dritte Stück Torte beißt, ahnt er noch nicht, daß er wenige Monate später zu Silvester wieder in Budapest sein wird, mit einem großen Koffer und dem Herz voller Hoffnungen. Daß er vom frühen Abend bis tief in die Nacht im Schneetreiben auf Mercedes warten und schließlich in einem der Sechzig-Dollar-Hotels Zuflucht suchen wird. Daß weitere vier qualvolle Tage vergehen werden, ohne daß er sie versteht und ohne daß er mit ihr schlafen wird. Daß er dann nach Italien zurückkehren und eine Weile nichts von ihr hören wird. Bis Mercedes ihn einige Monate nach Mauerfall aus Florenz anruft: »Ich bin mit ein paar Freundinnen nach Italien gekommen, sie sind Tänzerinnen und arbeiten in Clubs. Wollen wir uns sehen?«

Und Mario wird sich ein unendlich schmerzhaftes »Nein« aus den Eingeweiden reißen.

September

Seit ich nicht mehr arbeite, habe ich keine finanziellen Probleme mehr. Das Gehalt wurde mir sofort nach meiner Unterredung mit dem Direktor gesperrt, aber dafür bekam ich ungefähr ein halbes Jahr nach meiner Kündigung eine nette Abfindung, und ein Jahr lang habe ich sogar Arbeitslosengeld bezogen. Ich hatte ein paar Ersparnisse zur Seite gelegt, die ich bis heute nicht angerührt habe. Ich lebe in meiner eigenen Wohnung und muß keine Miete zahlen, und die Unterstützung meiner Eltern habe ich immer abgelehnt, obwohl ich weiß, daß sie mir sofort unter die Arme greifen würden. Natürlich kann ich nicht ewig so weitermachen, aber es ist tröstlich zu wissen, daß ich von wenig leben kann, jetzt wo ich nichts brauche.

Das Gefühl hatte ich schon einmal, auf unserer Inter-Rail-Tour, als alles, was ich mir wünschte, ein Sandwich und ein Bett zum schlafen war, und manchmal konnte ich sogar darauf verzichten. Der Rest, die Bekanntschaften, die Eindrücke, und sogar die Liebe, waren gratis. Im Lauf der Jahre sind meine Bedürfnisse dann zusammen mit meinem Monatslohn gewachsen, und keine Gehaltserhöhung konnte sie aufhalten. Manchmal merkte ich am Ende des Monats, daß ich drei oder vier Millionen Lire ausgegeben hatte, und mir war völlig schleierhaft, wo sie geblieben waren. Es machte mich wütend, zu denken, daß ich mich zu Unizeiten viel reicher gefühlt hatte, als ich noch auf schlecht bezahlte Gelegenheitsjobs angewiesen war, aber trotzdem immer noch genug für eine Pizza oder die Disko übrigblieb.

Heute haben sich meine Bedürfnisse wieder auf das Wesentliche beschränkt. Ich kaufe zu Essen, wovon ich viel weniger als früher brauche, und schenke mir Bücher. Bücher kosten wahnsinnig wenig, und wenn ich selten genug doch auf eines stoße, das zu teuer ist, gehe ich in die Bibliothek. Ich leihe es mir aus oder lese es da, jeden Tag ein bißchen, umgeben von der wunderbaren Stille.

Seit zwei Jahren gehe ich weder ins Restaurant noch ins Kino oder ins Theater. Ich kaufe mir nichts zum Anziehen, keine Zigaretten und keine Zeitungen. Ich habe das Auto verkauft, das pro Jahr schon allein zwei Monatsgehälter gekostet hat. Ich habe die Freundin verlassen, die pro Jahr schon allein vier Monatsgehälter gekostet hat. Ich mache keine Ferien, weil ich nicht wüßte, wovon ich mich erholen sollte. Das Schöne ist, daß mir all diese Dinge nicht fehlen, ich betrachte sie lediglich als Gebühren, die ich zahlen mußte, um mir die Zeit zu vertreiben, was jetzt aber nicht mehr nötig ist, weil die Zeit auf einmal rasend schnell vergeht und ich nicht verzweifelt versuchen muß, sie auszufüllen.

Die einzige große Ausgabe, die mir geblieben ist, ist die Telefonrechnung. Aber ich habe das Telefon nicht abmelden wollen, um meine Eltern nicht zu beunruhigen, die mir Nachrichten und Einladungen zum Mittagessen hinterlassen, und ich antworte ihnen mit einem Klingelcode, zweimal klingeln: ja, dreimal klingeln: nein. Der Anrufbeantworter verhindert, daß sie oder irgend jemand sonst unerwartet hereinschneien, und außerdem rechne ich jederzeit mit einer Überraschung, mit der einzigen Nachricht, die ich sofort beantworten würde.

Das Telefon ist die letzte Verbindung mit der Vergangenheit, und auch diese werde ich zerreißen, bevor ich mich auf den Weg zur Verabredung mache.

»Ihr seid also wild entschlossen, nach Rumänien zu fahren? Im Zug? Na, dann viel Glück. Das werdet ihr brauchen.« Der junge Italiener, den wir in Budapest in der Disko getroffen hatten, war nicht gerade ermutigend gewesen. Im Gegenteil, er hatte gut zwanzig Minuten versucht, uns von unserem Vorhaben abzubringen, und erklärt, daß es da unten absolut nichts zu sehen gäbe, von Dreck und Armut abgesehen. »Wenn man wenigstens im Auto hinführe, dann wäre man ja geschützt. Aber im Zug … das ist glatter Selbstmord.«

Wir hatten ihm keine Sekunde geglaubt: inzwischen waren wir lässig und weltmännisch genug. Wir dachten, daß wir schon so einiges gesehen hätten, und uns nichts mehr wirklich umhauen könnte. Und außerdem waren Mario und ich wild entschlossen, bis nach Konstanza, dem östlichsten mit Inter Rail zu erreichenden Punkt, zu kommen, und keiner konnte uns davon abbringen. Es erschien uns einfach als ein Muß, zu Hause erzählen zu können, daß wir im Schwarzen Meer gebadet hatten: »Von Budapest aus ist das höchstens ein Tag entfernt«, hatten wir den anderen beiden immer wieder gesagt, die ein wenig skeptisch und sehr versucht waren, sich an irgendeinen griechischen Strand zu knallen. Um sie zu überzeugen, hatte ich in einem Moment der Erleuchtung noch ein anderes Argument aus dem Hut gezaubert: Dracula, das Schloß, der nächtliche Friedhof … »Das muß auf dem Weg nach Bukarest liegen, aber wenn wir erst einmal da sind, können wir ja auch fragen.« Und schließlich war auch Teo, ein großer Fan von Horrorfilmen, in unser Lager gewechselt. Robi hatte lediglich gute Miene zum bösen Spiel gemacht und gesagt: »Wir werden sehen.«

Bis zur rumänischen Grenze verlief die Reise völlig normal. Wir hatten das übliche Abteil besetzt und von den Dumpingpreisen geschwärmt, die wir dort unten antreffen würden: »Wenn's schon in Ungarn nichts kostet, dann stellt euch erst mal Bukarest vor. Ich wette, daß man da für fünf Steine essen kann bis zum Abwinken.«

Und während es draußen dunkel wurde, kam der Zug an die Grenze, an einen Ort, der Curtici hieß, und fuhr langsam in einen Dorfbahnhof mitten in der Pampa ein.

»Ich glaub, wir sind da: Das ist Rumänien«, sage ich fröhlich und schiebe das Fenster runter. Sofort schlägt mir ein ekelhaft nach Jauche und Schweiß stinkender Schwall stickiger Luft entgegen. Vor meinen Augen spielt sich eine Szene aus einem neorealistischen Film über den Krieg ab: In dem kleinen Bahnhof hocken Haufen von Männern, Frauen und Kindern übereinander. Die Frauen sind ganz in schwarz gekleidet und tragen Kopftücher. Die Männer haben schlecht rasierte, traurige Bärte und sind bepackt mit Säcken, Päckchen, Kisten und Kartons. Die Kinder sind in riesige Schals gehüllt, starren vor Dreck und haben ernste Gesichter. Vor mir tauchen Bilder aus dem Warschauer Ghetto auf, die man aus Geschichtsbüchern kennt, das jüdische Kind mit der Kappe, das von den Nazis geschnappt worden ist. Ich sehe massenweise Flüchtlinge an Bord der Titanic, wittere den Gestank und die Verzweiflung, und höre das Gebrüll dieser Herde, die sich im nächsten Moment in unser ungarisches Separée ergießen wird. Die anderen stehen hinter mir und beobachten sprachlos die Szene. Erst als der Zug endlich steht, geben wir uns einen Ruck: »Schnell, verbarrikadier die Tür, wir schließen uns ein.« Wir ziehen die Vorhänge zu, Robi reißt sich den Gürtel aus der Hose und fängt an, die Griffe zusammenzubinden, als eine Art Zigeunertruppe hinter uns auftaucht und direkt durch das Fenster einsteigt, und da der

Damm nun schon einmal gebrochen ist, fällt ganz Rumänien in unser Abteil ein: Wir ertrinken in Päckchen und Schweiß und den Schafsaugen dieser ärmlichen Bäuerlein, die uns halb erstaunt, halb mißtrauisch ansehen, und uns schüchtern lächelnd ihre verfaulten Zähne zeigen.

Für gut zehn Minuten kriegen wir kein Wort heraus. Dann versuchen Mario und ich, die Situation ein wenig herunterzuspielen: »Was soll's, wir befinden uns am Arsch der Welt und sind auf eine Horde Bauern gestoßen. Wenn man in Ungarn auf's Land fährt, sehen die Leute auch nicht besser aus. Aber in Bukarest ist es bestimmt ganz anders.«

Unsere Freunde sehen nicht sonderlich überzeugt aus. »Jesses, so etwas habe ich in meinem ganzen Leben noch nicht gesehen«, sagt Robi.

»Fast, als hätten wir einen Zeitsprung um vierzig Jahre zurück gemacht«, echot Teo. »Und außerdem«, fügt er hinzu, »wir sind bestimmt alles andere als sauber, aber die hier stinken vielleicht ...«

Ich versuche, mit den vier Rumänen, die sich in unsere Zufluchtsstätte gequetscht haben, Kontakt aufzunehmen, und stelle fest, daß sie eigentlich gar nicht so schrecklich sind, abgesehen vom Geruch, den Klamotten, die direkt aus der Altkleidersammlung zu stammen scheinen, und der Tatsache, daß einer von ihnen gerade eine Flasche Bier mit den Zähnen aufgemacht hat.

»Wir sind Italiener. Italians. Wir suchen das Schloß von Dracula«, versuche ich die Unterhaltung in Gang zu bringen.

Keiner kapiert was. English? Nein. Français? Auch nicht. Spagnolo, Latein? Nada de nada.

»Russian«, antwortet mir der Willigste.

Ich versuche mich nicht entmutigen zu lassen: »Dracula, der Vampir. Dracula, Fledermaus, Blut.« Alle glotzen mich an wie die Kuh das Scheunentor, also ziehe ich die Oberlippe hoch, zeige die Eckzähne, rudere mit den Armen, um einen Umhang zu mimen, und springe Mario an den Hals, der mich zurückstößt, die Finger kreuzt und schreit: »Nein, Dracula, ahhhh!«

Da lacht der Rumäne. Sie haben verstanden, daß wir Dracùla kennen, wie sie ihn nennen. Aber um ihnen klar zu machen, daß wir wissen wollen, wo sich dieses leidige Schloß befindet, muß die Landkarte herausgekramt und für gut zehn Minuten wild mit dem Finger draufgezeigt werden: »Where? Bukarest? Wo ist Dracùla? Donde está el vampiro? Museum ... Castle, you know Dracùla castle? Wo: Montagne? Ubi est Transilvania?«

Hoffentlich haben wir sie richtig verstanden, denn wir haben uns auf ihre Auskunft verlassen, und waren blöd genug, in Tirgoviste auszusteigen. Andererseits hätten wir es auch nicht mehr viel länger in dem Zug ausgehalten, der sofort nach der rumänischen Grenze nur noch mit Dreißig dahinzockelte, als könnte auch er seinen Augen nicht trauen. Uns wurde klar, daß wir in dem Tempo den ganzen Tag bis Bukarest brauchen würden, aber wir hatten nichts im Magen, eine durchgemachte Nacht auf dem Buckel, und deshalb schien es uns logisch, bei Dracula haltzumachen, ein gutes Hotel und ein Restaurant zu suchen und ausgeruht zum Schwarzen Meer aufzubrechen.

Im Zug hatte ein ziemlich unfreundlicher Schaffner unsere Papiere und Visa kontrolliert und in schlechtem Englisch gefragt: «Wieviele Tage bleibt ihr?« »Hm, kommt darauf an, drei oder vier. Sie wissen nicht zufällig, wo das Schloß von Dracula ist?« »Ihr müßt zehn Dollar pro Kopf und Tag wechseln: ein Dollar, zehn Lei.« »Geht in Ordnung: Und Dracula?«

Der hörte uns noch nicht einmal zu, er war mit unserem Geld verschwunden, halb Lire, halb Dollars, und ließ uns mit einer Hand voll Lei zurück. Wir waren sicher, daß sie bei der Armut ein Vermögen wert sein mußten.

In Tirgoviste stoßen wir auf ein Hinweisschild zum Fremdenverkehrsamt. Unter den verblüfften Blicken der Passanten schleppen wir uns mühsam dorthin und schleifen unsere Rucksäcke hinter uns her. Wir laufen eine asphaltierte, von verkümmerten Bäumen gesäumte Hauptstraße entlang. Hier und da ein paar Häuser, alle Stil ausgebombtes Postamt, ganz selten ein Auto Stil Fiat Seicento Multipla oder sogar noch welche mit zweitürigem Kofferraum, den man wie einen Schrank aufmacht. Ansonsten Pferdewagen, merkwürdige, laute Mopeds, ein paar graue Fahrräder.

Im Fremdenverkehrsamt, bei dem im Jahr vielleicht so um die zwanzig Leute vorbeikommen, sitzen mindestens neun Angestellte. Alle sauhäßlich, und alle sprechen nur Rumänisch oder Russisch. Ab und an nuschelt eine auch mal eine Silbe Deutsch.

Wir lassen unsere übliche Dracula-Leier vom Stapel: »Stimmt es, daß hier sein Schloß ist?«

Wir können noch nicht einmal ausreden: »Zigaretten? Schokolade?« fragen sie auf Italienisch. »Jeans, Parfüm?« In ihren Augen liegt ein gieriger Hoffnungsschimmer, sie kommen näher, berühren unsere Rucksäcke, als wären sie der Sack vom Weihnachtsmann, und geben uns mit ihren Blicken zu verstehen, daß sie auch lieb und nett sein können. Ich bin total verlegen und hilflos, mir kommt der neorealistische Film vom Vorabend wieder in den Sinn: Das muß die Szene mit den amerikanischen Soldaten und den »Fräuleins« sein. Als sie endlich begriffen haben, daß wir nur dumme Bübchen sind, die nichts in der Tasche haben, schicken sie uns einfach weg.

»Und Dracula?«

»Ach ja, vor dem Dorf ist so eine Art Turm«, erklärt uns die am wenigsten unfreundliche, »man sagt, daß dort vielleicht Dracùla gewohnt hat, schaut, auf dem Foto an der Wand da.«

Ein Häufchen Steine, eine Art Maulwurfshügel. Ein Scheiß.

Wir gehen wieder auf die Straße und verfluchen Dracula, Rumänien und uns selbst. »Okay, Jungs«, sage ich, »also ich bin am Ende. Jetzt suchen wir uns ein Zimmer, und dann essen wir was.«

Das einzige Hotel, das wir finden, fügt sich harmonisch in das übrige Erscheinungsbild der Stadt: Ein vier- oder fünfstöckiger Faschistenbau mit vergilbter Fassade und einer Freitreppe davor. In der Halle, deren Teppich einmal rot gewesen sein muß, treffen wir wieder auf den üblichen unfreundlichen Angestellten: »Ja, ich habe zwei Zimmer, die kosten jeweils vierzig Dollar pro Nacht.«

»Wie, vierzig Dollar?« sage ich, »Sie machen Witze. Wir sollen zehn Dollar pro Tag wechseln, und dann kostet schon Schlafen allein vierzig? Wieviel ist das in Lei?«

»Nix Lei. Zahlen in Dollars oder in Deutschmark. Nix Lei.«

»Na, dann sagen Sie uns doch, wo wir ein Hotel finden, das Lei nimmt.«

»Andere gibt's nicht. Wenigstens nicht für euch.«

Wir gehen hinaus und schleifen Robi hinter uns her, der ihm an den Hals springen will. »Dieses Drecksschwein! Dem schlage ich den Schädel ein, dieser Sau!«

Wir sind müde, nervös und ausgehungert. Inzwischen haben wir gelernt, daß sich in dieser Verfassung nichts lösen läßt. Das beste, was man tun kann, ist innehalten, den Magen füllen und mit vollem Bauch weitersehen.

»Okay. Wir dürfen nicht die Nerven verlieren«, sagt Teo, »jetzt holen wir erst mal tief Luft und gehen was essen. Dann überlegen wir in Ruhe, was zu tun ist.«

Es ist Mittag, als wir uns in einem Restaurant am Hauptplatz an einen Tisch setzen. Plastiktischchen, schmutzige Servietten, scharenweise Fliegen. Eine griesgrämige Kellnerin (mal was Neues) nimmt unsere Bestellung auf: Hühnchen, Püree, Erbsen, dann wackelt sie davon.

»Hallo, Entschuldigung, und zu trinken?« rufe ich.

Sie sieht mich an, als wäre ich vollkommen von Sinnen. »Trinken? Hier gibt's zu essen, nicht zu trinken: Das ist ein Restaurant.«

Wieder müssen wir Robi festhalten, der schon vom Stuhl gesprungen ist. Ich stehe auf, gehe über den Platz zu einer Bar, und komme mit vier Fläschchen widerlicher Limonade zurück. Auf dem Teller finde ich ein Stück verhungertes Huhn, Püreeschleim und grünlichen Rotz vor. Wir lassen alles stehen, obwohl wir gedacht hatten, daß wir bei dem Hunger alles runterkriegen würden. Wir zahlen hundert Lei pro Kopf, zehn Dollar, um ein Huhn anzufassen und vor Durst zu sterben. Wir streiten heftig mit der Kellnerin, und nach einer halben Stunde stehen wir wieder am Bahnhof.

»Wenn ihr mich fragt, hat uns die Arschgeige im Zug mit dem Wechselkurs beschissen«, geht es Mario schließlich auf, »es kann doch nicht sein, daß das Leben hier teurer ist als in Italien.«

»Stimmt, wie sollen sich denn die Rumänen, die im Restaurant saßen, das leisten?« frage ich.

»Ich wette, die zahlen weniger: Du siehst doch, daß es Hotels für Westler gibt, in denen du in Dollar zahlst und fertiggemacht wirst, und andere, in denen die aus den Kommunistenländern wohnen. Der in der Hotelhalle hat's uns ja gesagt: Für euch ist in den anderen Hotels nichts frei.«

»Würdet ihr denn etwa in ein Hotel für Rumänen gehen?« fragt Robi. »Schon das für Touristen war saueklig, wie sollen dann erst die anderen aussehen. Laßt uns zurückfahren, und Tschüs, Rumänien.«

Mario ist dagegen, denn das »Programm« muß schließlich eingehalten werden, und Matteo ist unentschlossen. Ich versuche zu vermitteln, auch weil ich es nicht für eine gute Idee halte, nach Budapest zurückzukehren. »Jetzt, wo wir schon mal hier sind, können wir auch bis nach Bukarest fahren: Das ist die Hauptstadt, da werden wir schon was finden, genau wie in Ungarn. Wenn nicht, dann können wir ja sofort wieder fahren.«

Robi ist derartig erschöpft, daß er noch nicht einmal Lust zum Diskutieren hat. Er verdreht die Augen, macht die übliche Grimasse und schnauft: »Okay. Aber echt sofort.«

Wir haben noch zwei Stunden Zeit, bis der Zug nach Bukarest ankommt. In der Zwischenzeit sehen wir einige Züge durchfahren, die wir für Bummelbahnen halten, mit denen die Bauern von den Feldern nach Hause fahren und umgekehrt, oder die Tirgoviste mit den umliegenden Käffern verbinden. Sie sind uralt, und viele haben offene Waggons, wie im Wilden Westen. Auf dem Bahnsteig haben sich viele Menschen angesammelt und warten, aber als der Zug kommt, sehen wir, daß nicht alle einsteigen: mindestens zwanzig Leute wandern weiter auf und ab und behalten dabei das Gleis im Auge. Dann, als der Zug sich in Bewegung setzt und allmählich schneller wird, rennen alle los, erreichen den Zug, halten sich an einem Griff fest und springen auf.

Ein kleines Mädchen bleibt als letzte zurück, sie ist zu spät losgelaufen und keucht gefährlich taumelnd nur wenige Zentimeter neben den Rädern her. »Die ist ja total durchgeknallt, die bringt sich noch um!« schreit Mario. Für fünf ewig lange Sekunden halten wir den Atem an, dann strecken sich zwei Hände aus dem Abteilfenster und hieven sie mühsam hoch.

Wieder einmal sehen wir uns sprachlos an. »Was zum Teufel machen die denn da?« fragt Teo.

»Das wird deren Zeitvertreib sein«, antwortet Robi, »da kann man mal sehen, daß es hier wirklich nichts anderes zu tun gibt.«

Auch der Zug nach Bukarest ist eine Art Gütertransport, mit harten Holzbänken dritter Klasse, und unendlich langsam. Er ist vollgestopft mit Bauern, ein paar Zigeunern, bitterarmen Menschen. Ich sitze neben einer vielleicht vierzigjährigen Frau. Sie stinkt entsetzlich, und der Geruch nach Käsefüßen und Schweiß ist mehr als nur störend, es ist, als hinge man in einer dicken Abgaswolke, in einem Sumpf, in einer Jauchegrube. Diese arme Rumänin hat seit Monaten keine Seife gesehen, sie weiß nicht, was ein Rasierer ist: Ihr Schnurrbart ist länger als meiner, wenn ich ihn wachsen ließe, und ihre Beinbehaarung kann es ebenfalls mit meiner aufnehmen.

Die Reise ist lang, sehr lang. Oft hält der Zug auf freier Strecke, im absoluten Nichts, wo höchstens mal ein Bäuerlein eingesammelt oder auf den Feldern abgeladen wird. Ganz allmählich fangen die Mitreisenden in unserem Waggon an, sich für uns zu interessieren, sie versuchen ein paar Worte mit uns zu wechseln oder eine Zigarette zu schnorren. Ich erfahre, daß meine Nachbarin erst dreiundzwanzig ist und behauptet, alle Folgen von Dallas gesehen zu haben, von der ersten bis zur letzten.

»Das glaub ich nicht«, sage ich zu Mario, »kann mir doch keiner erzählen, daß die in Rumänien so extrablöd sind und den Leuten Dallas zeigen, die Villen, die Millionen von Dollar, Sue Ellen und Pamela ... die würden doch durchdrehen.«

Da fängt die Rumänin an, die Serienmelodie vor sich hin zu singen, diese bahnbrechende Tonfolge, tattàààààààà tattààààà tattà tàta tà ..., und das schnappen drei oder vier andere im Abteil auf, die sofort einfallen. Es ist unglaublich, die kennen echt alles: Ich sage »Dschei Ar«, und alle machen ein böses Gesicht, nach dem Motto: ist der fies. Ich sage »Pamela«, und die Männer lachen breit, als wollten sie sagen: »Wenn ich die in die Finger bekäme ...« Ich sage »Bobby«, und meine Nachbarin rollt die Augen gen Himmel und seufzt hingerissen. Ich stelle mir vor, was die für ein tolles Paar wären, sie und Patrick Duffy, und wenn's nur für eine Stunde wäre.

Als wir vollkommen fertig in Bukarest ankommen, ist es neun Uhr abends. Wir haben seit mehr als vierundzwanzig Stunden nichts gegessen. Wir stürzen aus dem Bahnhof, weichen dabei mehreren üblen Halsabschneidern aus, die Schwarzgeld tauschen wollen. »Ein Dollar dreihundert Lei«, dreißigmal der offizielle Wechselkurs. Der Bahnhofsvorplatz ist wegen Straßenarbeiten aufgerissen, das ganze, im faschistisch-stalinistischen Stil erbaute Viertel von einem grauen Film aus Staub und Trostlosigkeit überzogen. Wir laufen durch die Seitenstraßen, aber alle Rolläden sind runtergezogen. Wir schlüpfen in ein Hotel, in dem die Küche schon geschlossen hat, keiner macht die geringsten Anstalten, uns ein Brötchen zu schmieren, und zum Schlafen verlangen sie wiedermal den üblichen astronomischen Preis.

Die Stadt kommt uns häßlich, superhäßlich vor, und sie scheint auch gefährlich zu sein, so ausgestorben, wie sie ist, ohne Touristen, ohne Leben.

»Freunde, jetzt hab ich echt die Schnauze voll«, verkündet der sagenhafte Robi, »macht, was ihr wollt, aber ich fahre noch heute abend mit dem ersten Zug wieder ab. Seid vernünftig: Wir essen irgendwas, schlafen im Zug, und morgen früh sind wir wieder in der zivilisierten Welt.«

Mario versucht kleinlaut dagegenzuhalten: »Und Konstanza?«

Aber diesmal bin selbst ich nicht mehr auf seiner Seite. »Zum Teufel mit Konstanza, bei der Reisegeschwindigkeit brauchen wir zwei Tage bis dahin und kriegen obendrein noch einen Nervenzusammenbruch. Ich würde auch sagen, wir sollten abhauen.«

Er will gerade etwas erwidern, als wir in der x-ten Seitenstraße endlich auf ein geöffnetes Lokal stoßen: Es erscheint wie eine Fata Morgana, auf dem Schaufenster steht »Pizza«, und drinnen sieht es gar nicht mal so finster aus, mit Stoffservietten, Bildern, und einem großen elektrischen Ofen. Ungläubig treten wir ein, am Tresen steht die übliche muffige Frau: »Kein Platz.«

»Wie, kein Platz?« sage ich und sehe auf die vollkommen leeren Tische, »und die da?«

»Nein, nein, alles reserviert.«

Hysterisch werfen wir die Rucksäcke auf den Boden. Roberto tritt ganz nah an sie heran, bis sein Gesicht nur wenige Zentimeter von ihrem entfernt ist, sieht ihr ganz ruhig in die Augen und sagt in überdeutlichem Italienisch: »Hör gut zu, du häßliche Schlampe, du gibst uns jetzt was zu essen, denn wenn nicht, mache ich aus dem Laden hier Kleinholz. Und dann bringe ich dich um.«

»Wir zahlen in Dollar«, sagt Mario und zieht einen Zehner aus dem Portemonnaie.

Sie glotzt uns erschrocken und verunsichert an, möglicherweise darf sie Westtouristen eigentlich nicht bedienen, aber die Dollars sind eine zu große Versuchung. »Na gut, setzt euch.«

Die Pizzen kommen uns wahnsinnig gut vor, und wir verdrücken dreizehn insgesamt. Robi, Teo und ich jeweils drei, Mario, der uns immer übertrumpfen muß, vier.

Zum Schluß drücken wir der Frau zwanzig Dollar in die Hand, und bekommen dafür das erste Lächeln seit unserer Einreise nach Rumänien.

Der Zug nach Belgrad geht um Mitternacht. Der Bahnhof ist krachvoll mit Menschen, lange Schlangen mit Emigranten und Russen, Gruppen von Bauern, die sich freiwillig oder zwangsweise von einem Ende des Landes zum anderen verfrachten lassen. Wir fragen, wo wir Plätze reservieren können, weil wir bereits schlechte Erfahrungen gemacht haben. Jemand zeigt auf eine riesenlange Schlange vor einem Schalter, hundert, hundertfünfzig Personen, die brav darauf warten, daß sie drankommen. Wir stellen uns an: zwei Minuten, fünf Minuten, es geht nicht voran. Keiner spricht eine lebende oder tote Sprache, irgend jemand gibt uns zu verstehen, daß er nach Moskau fahren muß. Wir gehen nach vorne und stellen fest, daß der Schalter geschlossen ist. Nirgendwo steht was geschrieben, weder Belgrad noch Moskau, nichts. Ich gehe zum Schalter nebenan und frage: »Ist das die Schlange für Platzreservierungen nach Belgrad?«

»Nein, der Schalter ist geschlossen.«

»Ja, aber wann macht er auf?«

»Weiß nicht, vielleicht morgen früh.«

»Morgen früh?! Wissen die ganzen Leute das?«

Die Schalterbeamtin zuckt mit den Achseln: deren Pech.

»Und nach Belgrad?« frage ich noch einmal.

Erneutes Achselzucken: dein Pech.

Als wir auf den Bahnsteig kommen, sind wir zu allem entschlossen. Ein Schaffner versperrt uns den Eingang zum Liegewagen: alles voll, wiederholt er. Roberto ist drauf und dran, ihm an die Gurgel zu springen, und Mario kann ihn nur durch ein Wunder zurückhalten. Wir steigen in einen normalen Waggon, es gibt freie Plätze und keine Anzeichen für Reservierungen. Wir haben gerade mal Zeit, die Rucksäcke abzustellen, da taucht schon der millionste Kontrolleur auf: »Ihr könnt hier nicht bleiben, alles reserviert.«

Wir schnellen hoch wie von der Tarantel gestochen, und schubsen ihn brüllend aus dem Abteil. »Wo ist hier bitteschön reserviert? Wo steht das geschrieben, du Arschloch?! Wir bewegen uns von hier nicht weg, hast du kapiert? Wir bleiben hier! Ruf doch die Polizei, wenn du uns rausschmeißen willst!«

Total verschreckt hastet er davon, während wir ihm Beleidigungen hinterherschreien und den Mittelfinger zeigen. »Du kannst uns mal am Arsch lecken, du und das ganze beschissene Rumänien!«

Eines der letzten Dinge, die ich um drei Uhr nachts im Radio gehört habe, war eine Diskussion über das menschliche Gehirn und die Urtriebe des Mannes. Unter den Gästen war ein Psychiater, der behauptete, jeder habe einen Odysseus-Komplex, was bedeute, mehrere Leben gleichzeitig leben zu wollen. Jeder wolle ein Zuhause haben, das nach jeder Reise auf ihn wartete, und eine Frau, zu der er nach jedem Seitensprung zurückkehren könne. Jeder wolle clever und mutig sein, stark und intelligent, wolle Karriere im Beruf machen und die Widersacher aus dem Weg räumen, aber gleichzeitig von den Kollegen für seine Menschlichkeit und Ehrlichkeit geliebt werden.

Der Psychiater sagte, daß Odysseus ein Symbol für diese grundlegenden Widersprüche sei, die Synthese der vielfältigen menschlichen Lebensentwürfe, doch für die große Mehrheit der Menschen sei er ein unerreichbares Vorbild. Odysseus sei ein Sagenheld und ein König, der es sich erlauben könne, alles zu tun und seinen Träumen zu folgen, aber wir gewöhnlichen Sterblichen müßten früher oder später Entscheidungen treffen und auf etwas verzichten.

Eine der wenigen Fragen, die der Psychiater seinen Patienten stellte, war, worin Odysseus ihrer Meinung nach am besten gewesen wäre, oder mit welchem Odysseus sie sich am ehesten identifizieren würden: dem Manager, der zehn Jahre lang rund um die Uhr gearbeitet und dadurch den Krieg um Troja gewonnen hatte, dem Abenteurer, der die Welt bereist, neue Länder und neue Frauen kennengelernt hatte, dem Ausgehaltenen, der aß, trank und mit Kalypso schlief, dem Ehemann und Vater, der in seinem gemütlichen Heim mit Hobbykeller lebte.

Ich habe lange darüber nachgedacht und bin zu dem Schluß gekommen, daß ich den Odysseus aus der *Göttlichen Komödie* gewählt hätte, den Odysseus der Herkulessäulen. Den Mann, der seiner letzten Niederlage heiter und bewußt entgegenging.

Es war gar nicht mal so einfach, Rumänien hinter sich zu lassen. Nach einer endlosen, nervenaufreibenden Reise blieb der Zug drei Stunden lang an der Grenze stehen, wo er von Dutzenden von Soldaten minutiös durchkämmt wurde: sämtliche Zwischenräume, die Sitze, Bäuche, Köpfe. Alle Koffer, Taschen, Päckchen, Schachteln und Kartons. Sie waren derartig besessen von dem Gedanken, daß ihnen Menschen und Dinge durch die Lappen gehen könnten, daß es einem unweigerlich so vorkam, als würde man ein Gefängnis verlassen.

Als wir aus Bukarest losgefahren waren, hatte sich eine magere und elegante Dame um die Fünfzig in unser Abteil gesetzt. Ungefähr eine Stunde lang sah sie mit traurigen Augen aus dem Fenster, während wir über die Rumänen herzogen, uns über den Gestank und die Auseinandersetzungen und den Hunger ereiferten, vor uns hin fluchten und uns schworen, nie und nimmer zurückzukommen.

»Erinnert ihr euch noch«, sage ich auf einmal, »an die Irren, die hinter dem fahrenden Zug hergerannt sind, um aufzuspringen?«

Die Stimme der Dame scheint von ganz weit her zu kommen, während sie noch immer aus dem Fenster sieht. »Das machen sie immer«, sagt sie in fast einwandfreiem Italienisch, »auch im Winter, wenn der Boden vereist ist. Manchmal rutscht einer aus und kommt unter die Räder, aber das ist ihnen egal: Ihnen ist es lieber, zu sterben, als so zu leben.«

Wir sind froh, jemanden getroffen zu haben, mit dem man endlich reden und von dem man sich die vielen absurden Dinge erklären lassen kann, die wir gesehen haben. Wir hören ihr gespannt zu, als sie uns kurz und zurückhaltend etwas über sich erzählt: Sie ist Rumänin, aber vor langer Zeit hat sie einen Italiener geheiratet, der sie mit ins Veneto genommen hat. Seit zwanzig Jahren ist sie nicht mehr in ihre Heimat zurückgekehrt, und sie ist mindestens genauso erschüttert wie wir. »Wißt ihr, Jungs«, sagt sie, und kann dabei die Tränen nicht unterdrücken, »es war nicht immer so. Die Menschen haben nichts zu essen, nichts anzuziehen, nicht einmal Seife gibt es. Dieses Land ist noch nie so arm gewesen. Ich hätte nicht gedacht, daß er zu so etwas fähig wäre, dieser Verrückte von Ceauşescu.«

»Na ja«, sage ich, »das wird doch nicht alles seine Schuld sein ...«

»Natürlich ist es seine Schuld. Seine und die seiner Familie, seiner Frau und seines Sohns Nicu. Das ist eine Bande von Verrückten, von Mördern, sie saugen das Land aus und leben von Korruption und Terror. Habt ihr gesehen, in welchem Zustand das Zentrum von Bukarest ist? Ein Krater, in dem neue Häuser hochgezogen und andere, die ihm nicht gefallen, abgerissen werden. Und auf dem Land? Ceauşescu macht dort vielleicht mal eine Stippvisite, sieht ein Dorf, das ihm nicht gefällt, und gibt seinen Befehl: alles abreißen, wir bauen was Schöneres, Moderneres. Versprechungen, um mit seinen Freunden aus der Baubranche Geschäfte zu machen. Und dabei wird den Leuten von einem Moment zum nächsten alles weggenommen. Und das Benzin? Sie verkaufen das gesamte Erdöl heimlich ins Ausland, und den Menschen bleibt nicht einmal ein Tropfen.«

Sie redet schnell, verhaspelt sich, ist aufgewühlt. In ihren hellen Augen liegen unendliche Wut und Trauer. Sie muß einmal sehr schön gewesen sein, und sie hat das große Glück gehabt, einen Italiener zu finden und mit ihm fliehen zu können.

»Aber warum tun die Leute denn nichts?« fragt Robi. »Sollen sie den Ceauşescu doch um die Ecke bringen, und Tschüs.«

»So einfach ist das nicht. Im Leben gewöhnt man sich an alles, auch an die haarsträubendsten Ungerechtigkeiten. Und außerdem haben die Menschen Angst: Ceauşescu gibt sein Geld auch für die Geheimpolizei aus, die Securitate. Inzwischen bin ich Italienerin und habe vor diesen Dingen keine Angst mehr. Aber wenn ein Rumäne so etwas sagt, bringen sie ihn sofort um.«

Wir stehen im Gang, als der Kontrolleur kommt. Er verlangt, daß wir einen Zuschlag von neunzig Lei pro Kopf zahlen. Wir fangen an zu streiten, und zum Schluß frage ich ihn nach der Quittung und gebe ihm dreihundertsechzig Lei in Bar. Er sagt: »Nein, einer nach dem anderen.« Er nimmt den ersten Hundert-Lei-Schein, steckt ihn ein, und gibt mir ein Ticket. Er nimmt den zweiten, noch ein Ticket. Das gleiche mit dem dritten. Dann nimmt er die restlichen sechzig, sieht mich an und gibt mir zu verstehen: »Es fehlen noch dreißig.«

Robi hat die Szene beobachtet, packt ihn am Jackenkragen und knallt ihn gegen die Gangwand. »Leck mich am Arsch, du Drecksau, wir haben jetzt echt die Schnauze voll von euren Spielchen!«

Der Kerl wird rot, weiß nicht so recht, was er tun soll, und glotzt uns mit offenem Mund an, doch sofort mischt sich ein ungefähr fünfundzwanzigjähriger, arabisch aussehender Typ ein: er hakt den Kontrolleur unter, drückt ihm hundert Lei in die Hand, und bietet ihm eine Zigarette an. Die Spannung legt sich, der Mann brummelt etwas, wirft uns vernichtende Blicke zu und haut ab.

»Ihr seid total verrückt, Freunde«, sagt der Typ, »sowas könnt ihr hier nicht bringen. Es ist immer besser, den Leuten was zuzustecken, ein bißchen Trinkgeld, sonst kommt ihr hier nicht weit ... Zigarette?«

Es ärgert uns, wie Rumänen behandelt zu werden, aber seit zwei Tagen rauchen wir unmögliches, filterloses Kraut aus Pech und Teer. Wir stürzen uns auf das Marlboro-Päckchen und bedanken uns bei Ishtar, der uns in miesem Englisch erklärt, daß er Omanit ist. Er hat sehr dunkle Augen, einen Flaum auf der Oberlippe, ist klein und verschlagen. Er wirkt unsicher, schleimig, wie einer, der es gewohnt ist, einen Haufen Lügenmärchen zu verzapfen.

»Meine Eltern sind reich, in Oman sind wir alle reich, da gibt's 'ne Menge Erdöl«, erklärt er. »Ich studiere in Craiova, ich bin auch in London gewesen, aber da gefiel's mir nicht. Hier herrscht zwar Armut, aber wenn man Geld hat, ist das Leben gar nicht mal so übel: ein Zigarettenpäckchen hier, ein Trinkgeld da, und dir öffnen sich alle Türen, genau wie mit dem Kontrolleur«, kichert er.

Ich denke nicht daran, ihm seine hundert Lei wiederzugeben, und sage ihm, daß wir uns von keinem bescheißen lassen wollen und bereit waren, bis zum Äußersten zu gehen, und wenn die Polizei gekommen wäre.

»Aber wieso?« fragt er, »was sind für uns denn schon hundert Lei? Der hat kaum was zum Leben, er hat sicher Kinder zu Hause, und wenn er sich nicht auf diese Weise behelfen würde, käme er gar nicht über die Runden. Hier ist das immer so: Vor ein paar Tagen bin ich in einen Spielzeugladen gegangen, weil ich etwas Schönes im Schaufenster gesehen hatte. Das hat vielleicht, sagen wir, fünfzig Lei gekostet. Ich gehe rein, frage den Verkäufer danach, und der sagt mir, das haben wir nicht. Ich sage, wie, das ist doch da im Schaufenster. Und er: Schon, aber das gibt's nicht. Na ja, die ganze Leier. Dann ist mir plötzlich ein Licht aufgegangen, ich habe hundert Lei rausgezogen und sie ihm in die Hand gedrückt. Er hat das Spielzeug aus dem Regal genommen und mir gegeben. Wenn der Staat sein Volk im Stich läßt, muß jeder sehen, wo er bleibt. Es sind die vielen kleinen Schmiergelder, die einen über Wasser halten.«

Langsam dämmert es mir, und ich fange an, ein bißchen Mitleid für diese Menschen zu empfinden. Aber die Unhöflichkeit der Leute geht mir einfach nicht aus dem Kopf: Unwissenheit und Armut scheinen mir keine hinreichende Entschuldigung zu sein, denn woanders sind die Armen ja auch gastfreundlich und nett. Und ich kann mir damit auch nicht die Arroganz all derer erklären, die wir an einem Bankschalter, einer Hotelrezeption oder unter einer Kontrolleursmütze getroffen haben. Und wo ich schon mal dabei bin, gefällt mir auch dieser Ishtar nicht, der alles mit seinen erdölverklebten Dollars kauft, jetzt gerade Mario zuzwinkert und ihm erklärt, daß ein Mann am Bahnhof von Bukarest ihm vor ein paar Tagen angeboten habe, bei ihm zu übernachten und seine Frau zu vögeln. »Stell dir das mal vor, die wird mindestens Fünfzig gewesen sein. In Craiova muß ich die Studentinnen nur zum Abendessen einladen, und sie springen mir fröhlich ins Bett.«

Mir ist schlecht, und ich habe Durst, seit zwei Tagen habe ich kein Auge zugetan, meine Nerven liegen blank, und ich haue lieber ab, bevor ich mich an diesem Scheißomaniten vergreife, der fröhlich Zigaretten anbietet und sich vorkommt wie der Herr der Welt.

Als ich etwas weiter vorn im Gang sitze, sehe ich einen wunderhübschen blonden Jungen, der einen echten, köstlichen Pfirsich ißt, gelb und saftig. Unsere Blicke treffen sich, er fischt einen zweiten aus seiner Plastiktüte und hält ihn mir lächelnd hin. Ich setze mich neben ihn auf den Boden, beiße in den Pfirsich und fühle, wie meine Lebensgeister zurückkehren und die Spannung, die Wut und der Durst aus meiner Kehle verschwinden.

»Du bist Italiener, stimmt's?« fragt mich Nicolae bewundernd, als wäre das mein Verdienst. »Es muß schön sein, in deinem Land zu leben, wie gerne würde ich einmal dort hinfahren.«

Auch ich sehe ihn fasziniert an, er ist zweifellos der schönste Mensch den ich in ganz Rumänien zu Gesicht bekommen habe: groß, kräftig, mit weißen Zähnen und wunderhübschen blauen Augen, die noch nicht erloschen sind, sondern voller Hoffnungen und Träume.

»Was machst du denn so?« frage ich.

»Ich studiere, in Craiova. Medizin. Das ist ganz schön hart, aber ich will es auf jeden Fall schaffen. Ich muß in diesem Jahr noch zwei Prüfungen bestehen, sonst bin ich draußen. Dann muß ich Landarbeiter werden und von morgens bis abends buckeln.«

Wir unterhalten uns lange und vestehen uns sofort gut. Er spricht ganz leidlich Englisch und kann ein paar Worte Italienisch und Französisch. In so einem Land ist das etwas Außergewöhnliches. Man sieht, daß er neugierig ist und jede Gelegenheit wahrnimmt, mit einem Ausländer zu reden und seinen Wortschatz zu verbessern. Ich erzähle ihm von unserer Reise und dem, was wir gesehen haben. Ich versuche, nicht allzu begeistert zu klingen, weil ich fürchte, daß er das alles nie wird sehen können. Er möchte alles über Italien wissen, und was wir so machen. Es ist eines der seltenen Male, daß sich die Unterhaltung nicht auf Paolorossi und Cicciolina beschränkt, mit denen sie uns die ganze Reise über auf den Zeiger gegangen sind.

Nicolae hört viel zu und redet wenig. Ich würde ihn auch gern über sein Land ausfragen, über Ceauşescu, über junge Leute wie ihn. Aber ich habe Angst, etwas Falsches zu fragen und ihm damit zu nahe zu treten oder ihn in Schwierigkeiten zu bringen. Er bietet mir noch einen Pfirsich an, aber diesmal lehne ich verlegen ab.

Ich fühle mich unwohl und irgendwie schuldig dafür, daß dieser hübsche, intelligente Junge, der mehr oder weniger vier Sprachen spricht, gezwungen ist, sich jeden

Tag aufs neue durchzuschlagen, und Gefahr läuft, plötzlich Kartoffeln ernten zu müssen und zu einem der vielen dreckigen und heruntergekommenen armen Schweine zu werden, die wir in diesem Land gesehen haben. Mir wird ganz anders bei der Vorstellung, daß Nicolae bald in Craiova aussteigen und diesem Zug in Gedanken bis jenseits der Grenze hinterherreisen wird, bis zu einem Ort, an den zurückzukehren ich keine Lust habe, bis zu dem er aber liebend gerne zu Fuß laufen würde, wenn er nur könnte.

Und zum ersten Mal frage ich mich, ob wir nicht alles falsch gemacht haben, einfach alles, indem wir dieses uns so fremde Land aufs Korn genommen und erwartet haben, daß die Leute sich unseren Bedürfnissen anpassen, statt uns für sie, denen es unendlich viel dreckiger geht, zu interessieren. Wir haben dieses Rumänien mit angehaltenem Atem durchquert, ohne den Mut und die Bescheidenheit, den Gestank ganz tief einzuatmen und Mitgefühl aufzubringen.

»Aber warum wehrt ihr euch denn nicht?« platze ich heraus. »Warum geht ihr nicht auf die Straße?«

Nicolae sieht mich ein wenig erschrocken und dann erstaunt an. Er ist einen Augenblick lang unsicher, ob er mir anworten soll oder nicht, doch dann geht ihm auf, daß ich kein Spitzel sein kann.

»Aber hast du die Leute denn nicht gesehen? Hast du nicht gesehen, wie fertig sie sind?« sagt er leise und zeigt auf die anderen Rumänen im Gang. »Was sollen die denn schon machen?«

Er schweigt einen Moment, dann sieht er mir direkt in die Augen: »Gemeinsam kann man hier nichts erreichen. Jeder muß an sich selbst denken. Und ich werde es schaffen«, stößt er hervor. »Ich werde es schaffen, für mich, und für meine Freundin. Sie ist ganz wunderbar, weißt du? Sie ist nicht wie die anderen, sie ist wirklich etwas Besonderes. Schön wie eine Italienerin.«

Er zieht ein Foto aus dem Portemonnaie, und sein Gesicht fängt an zu strahlen. Auf dem Bild sieht man ein großes, dunkelhaariges, gepflegtes, lächelndes Mädchen. Es sieht nett aus, vielleicht eine Spur hinterlistig.

»Die sieht ja super aus«, sage ich und übertreibe ein bißchen, »da hast du aber echt Glück.« Und kaum habe ich das gesagt, kommt mir das Wort aus meinem Mund unangebracht vor, der ich aus dem Westen bin und hier Ferien mache, Geld, ein Auto und ein Haus habe und mir morgen den Job aussuchen kann, der mir Spaß macht. Fast bitte ich ihn um Entschuldigung, aber Nicolae lächelt ehrlich zufrieden und betrachtet liebevoll das Foto.

»Ja«, sage ich noch einmal überzeugt, »du hast echt Glück. Und du verdienst es.«

Vielleicht habe ich heute angefangen, mich ein bißchen zu lieben. Ein ganz kleines bißchen. Das ist mir klargeworden, als ich gegen sieben Uhr abends das erste Mal Lust bekommen habe, mir ein Geschenk zu machen und mich zum Essen auszuführen.

Genau. Irgend etwas in mir hat klick gemacht, vielleicht ausgelöst durch die Erinnerung an den Hunger in Rumänien, oder durch die Aufregung wegen der Verabredung übermorgen. Auf jeden Fall habe ich mich angelächelt, mich im Geiste gefragt, willst du mit mir Abendessen gehen, und mir im Geiste geantwortet, ja gerne, danke.

Ich habe erst einmal ein anständiges Vollbad genommen, ein Hochgenuß. Dann habe ich mich nach zehn Tagen endlich mal wieder rasiert. Ich war kurz versucht, mir einen schönen Anzug und einen Schlips anzuziehen, aber dann habe ich mir gesagt, nein, das ist die erste Verabredung, da sollte man nicht allzu formell sein. Also habe ich beschlossen, in bequemen Klamotten zu bleiben, Segelschuhe, weite, rotschwarz gestreifte Intifada-Hosen und ein weißes T-Shirt mit Palmen drauf und dem Schriftzug »Venice Beach«.

Ich bin rausgegangen und habe einen wunderschönen Spaziergang gemacht, erst eine gepflasterte Gasse hinauf und dann immer am Meer entlang, die Luft roch süß nach Spätsommer, und der laue Wind fuhr durch jede Pore meiner Haut und blies den Staub fort. Es waren wenige Leute unterwegs, und es freute mich fast, sie zu sehen, wie sie fröhlich und leicht bekleidet die letzen schönen Tage genossen.

Ich bin zu dem Restaurant gekommen, das ich ausgesucht hatte, eines der teuersten der Stadt, dessen Türglas übersät ist mit Aufklebern voller Gäbelchen, Gläser und Sterne.

Da sitze ich nun am Tisch und habe das Gefühl, als täte ich etwas Verbotenes, Eigenartiges, denn ich bin nicht daran gewöhnt auszugehen, und das letzte Mal, daß ich so in einem Restaurant saß, wollte ich Eindruck auf ein Mädchen machen, und nicht auf mich selbst. Aber ich habe beschlossen, mir diesen Luxus zu gönnen, und dies könnte tatsächlich der erste Schritt dazu sein, daß ich mich vielleicht wieder ein wenig zu lieben beginne.

Der Kellner kommt beflissen an meinen Tisch, ich bestelle durch Fingerzeig ein Tintenfischragout mit Kartoffeln, roten Zwiebeln und verschiedenen anderen aphrodisierenden Schweinereien, ich bestelle Spaghetti Frutti di Mare und gebackenen Seebarsch und fange an, Champagner zu schlürfen, jawohl, denn übermorgen werde ich runde dreißig Jahre alt, und angesichts dieses betrüblichen Ereignisses kann mir nur die Witwe Cliquot zu gesunder, unbeschwerter Trunkenheit verhelfen.

Nach den ersten zwei Gläsern auf leeren Magen fühle ich mich sofort wohl, ich fange an, den Blick durch den Raum wandern zu lassen auf der Suche nach einem Opfer, über das ich lästern kann. Ich finde es sofort: Fast direkt vor mir, vier oder fünf Meter entfernt auf der rechten Seite, sitzt ein Pärchen, das fast schon mit dem zweiten Gang fertig ist. Er ist um die fünfzig, gestikuliert beim Reden wild herum, etwas, das meine linke Augenbraue sofort rasend macht und sie die gerunzelte Position einnehmen läßt, was wiederum die linke dazu zwingt, in die sogenannte Englischer-Butler-Stellung hochzurutschen. Er hat noch etwas anderes an sich, das mich rasend macht, und zwar, daß dieser fünfzigjährige Typ derartig fettige Haare hat, daß er daraus wunderbare Spaghetti mit Knoblauch, Öl und Schuppen machen könnte, Gott, an so etwas Ekliges sollte man bei Tisch wirklich nicht denken, aber ich verstehe einfach nicht, warum sich einer ganz passabel anzieht, Jackett, Krawatte, Schnallenschuhe, seine Freundin ins beste Restaurant der Stadt ausführt, und sich noch nicht mal eine beschissene Haarwäsche gönnt.

Eben, denn ihm gegenüber sitzt ein Mädchen, das – laß mich nicht übertreiben ... - vielleicht zweiundzwanzig Jahre alt ist. Blond natürlich. Geschminkt natürlich. Schühchen (o je, Schühchen: die hat mindestens Größe 40) mit Absatz, viel nackter Oberschenkel und Titten, die wie zwei Leuchtbojen in ihrem Ausschnitt wogen.

Ich überrasche mich bei der Frage, wer zum Teufel die beiden sind, sie sehen nicht aus wie schmieriger Zuhälter und Ostblockschnecke, aber ebensowenig wie lombardischer Industriellensack und junge Friseuse, die sich das Gehalt aufbessert. Vater und Tochter habe ich sofort ausgeschlossen, es liegt erotische Spannung in der Luft, die Spannung der ersten Verabredung, oder besser, die Spannung der entscheidenden Verabredung. Das könnte es sein, vielleicht sind es Professor und Studentin, oder stellvertretender Leiter einer Zeitung und freie Mitarbeiterin, oder Unternehmensleiter und zukünftige PR-Frau.

Ich spitze die Ohren wie Spock. Mein Gehör ist noch immer ultrasensibel, und ein weiterer Schluck der Witwe Cliquot bringt mich auf die richtige Wellenlänge.

»... das mußt du unbedingt lesen«, fuchtelt der Schmierige, »nimm zum Beispiel die Begegnung des Fürsten mit dem Bürgermeister, da ist bereits alles drin, verstehst du? Alles. Und als sie nach Donnafugata fahren, am Anfang! Jedesmal, wenn ich diese Seiten lese, rieche ich den Staub, ich spüre den Staub in der Kehle. Sicherlich hast du den Film gesehen, den von Visconti.«

»Äh, weiß nicht ... ich kann mich nicht erinnern ...« stottert die Schnecke.

»Ich muß sagen, der Film ist einer der wenigen, der seiner Vorlage teilweise gerecht wird, aber ich habe ihn nie ganz gesehen, nur den Teil mit Paolo Stoppa, der den Bürgermeister spielt, denn das ist ja die entscheidende Stelle. Also, wenn ich nur ein Buch mit auf eine einsame Insel nehmen dürfte, hätte ich keinen Zweifel: *Der Leopard*. Von wegen Dante, Dante sagt mir überhaupt nichts ...«

»Ach ja, den fand ich auch total nervig ...«, schnauft sie.

»Versteh mich nicht falsch, ein Genie, ganz ohne Zweifel. Aber wie soll ich sagen ... das ist tote Materie, verstehst du? Tot und begraben, was kann sie uns heute noch sagen? In *Der Leopard* dagegen ist, wie wir heute noch sehen, alles schon drin, wenn du *Der Leopard* nicht gelesen hast, kannst du nicht verstehen, was in den letzten hundert Jahren in Italien passiert ist.«

Die Schnecke glotzt ihn an, als hätte er ihr gerade eine Matheaufgabe gestellt. Die muß ich bis morgen machen, da führt kein Weg dran vorbei. Aber ich trau mich nicht. Sie lächelt, die arme Kleine, aber ihr ist aus hundert Meter Entfernung anzusehen, daß sie das nur aus Höflichkeit tut, und um sich irgendwie zu beschäftigen und das Martyrium noch ein wenig hinauszuzögern, ißt sie mit quälender Langsamkeit.

Ich habe mich ein wenig von ihrem Mund und ihren langen Fingernägeln ablenken lassen, diese falschen quadratischen, rotlackierten. Ich finde sie unfaßbar vulgär, aber trotzdem regt sich etwas in mir, denn im Grunde geht es mir in sexueller Hinsicht wie einem, der zwei Jahre in Einzelhaft saß.

Ich habe einen Moment lang den Faden verloren, der Schmierige hat sich inzwischen auf die Pfade der Kunst begeben: »Für mich gibt es nur zwei echte Impressionisten: Tulus Lotreck und Fangoch. Die anderen ... Monnee, Mannee, na gut, wenn ich sie sehe, denke ich:

ganz nett, die Seerosen, aber das ist auch alles ... die sagen mir nichts. Tulus und Fangoch dagegen, da kommt was ganz anderes rüber, verstehst du? Du siehst sie an, und da ist alles drin ...«

Ach was, war das nicht *Der Leopard*, wo alles drin war?

»... in Amsterdam habe ich drei Stunden vor dem Sonnenblumenfeld von Fangoch gestanden, verstehst du? Drei Stunden. Und ich konnte einfach nicht genug kriegen, immer habe ich was Neues entdeckt.«

Jetzt komme ich mir gerade vor, wie in dieser Szene aus einem Film von Woody Allen, er steht in der Schlange vor dem Kino, und der Typ hinter ihm hört nicht auf, zu dozieren und über den Regisseur und die Bedeutung seines Werkes klugzuscheißen, und Woody sagt: »Gott noch mal, wie gerne hätte ich jetzt eine große Schaufel voller Pferdeäpfel ...« Mist, ich habe schon wieder den Faden verloren.

»... weil Sciascia die Seele Siziliens vermittelt ...«

Grrrrrr!

»... Umberto Eco dagegen, was vermittelt der uns? Da fragt man sich doch! Wie kann der denn erwarten, daß die Leute wissen, was die Templer sind? Und *Das Foucaultsche Pendel*? Erstens, keiner weiß, wer Foucault ist, und noch weniger, was sein Pendel sein soll. Und zweitens ist die Hälfte in Hebräisch geschrieben, verstehst du? In Hebräisch!«

Stimmt doch gar nicht! Los, tu was, Schnecke, sag ihm, daß das nicht stimmt. Einspruch, Euer Ehren!

»Abgewiesen. Und *Der Name der Rose* ... na schön, das war ein netter Krimi. Ein netter Krimi, aber mehr auch nicht.«

Grrrrrrr! Gnade, bringt ihn zum Schweigen! Gnade, Gnade, Gnade. Da kommt das Ragout. Dem Himmel sei Dank.

Tintenfischragout mit Kartoffeln, Zwiebelchen und anderen erotischen Schweinereien. Man nehme drei winzige Tintenfische, schneide sie ganz klein, damit sie nach mehr aussehen, gebe die ebenfalls ganz klein geschnittenen Zwiebelchen und ein paar (ganz wenige!) zu Konfetti geschnippelte Kartoffeln hinzu. Alles in einem Liter Zitronensaft ertränken, um die Aromen der verschiedenen Zutaten zu vermischen und möglichst unkenntlich zu machen, und lauwarm zu einem Preis von zweiundzwanzigtausend Lire servieren.

»... weil der Barbier eine aussterbende Institution ist ...«

Gott Grundgütiger.

»... und die kleinen Dörfer, mit den Fischern, den urigen Menschen, den Skatpartien in der Bar. Im Skat ist alles drin, verstehst du?«

Jesus, nein! Sogar im Skat?!

»... weißt du, wenn es nach mir ginge, würde ich mir ein Bauernhaus mit Scheune kaufen, oder nein, ich würde mich an einem hübschen Flecken in Sizilien niederlassen, in einem winzigen Kaff am Meer. Da ist es schöner als in Polynesien, weil du trotzdem noch in Italien bist, und sie dich so nehmen, wie du bist ...«

Ein echter Armleuchter. Na los, Schnecke, du kannst doch sprechen, das war das richtige Stichwort, er sagt, weil sie dich so nehmen, wie du bist, du hakst ein, und zack: »Ein echter Armleuchter«, das wäre super gekommen, daran hättest du dich dein ganzes Leben lang erinnert, und er sich auch. Statt dessen nichts, du hast die Klappe gehalten und schleckst müde an deinem Sorbet, noch eine verpaßte Gelegenheit für die Frauenbewegung.

»... weit weg von der Stadt, verstehst du? Von der Hektik, der Falschheit.«

Na, wer spricht denn da von Falschheit? Einer, der diesem armen Geschöpf seit zwei Stunden die Ohren abkaut, statt ehrlich zu sagen: Ich finde dich sehr anziehend, schon seit Anfang des Jahres träume ich davon, dein Sorbet zu sein. Ich weiß, daß ich schleimig, saublöd und widerlich bin und daß das meine einzige Chance ist, an ein Mädchen wie dich ranzukommen, indem ich dir helfe, die Prüfungen zu schaffen oder eingestellt zu werden. Und deshalb denk noch mal über mein Angebot nach.

Ah, die Spaghetti, Gott sei Dank.

Spaghetti Frutti di Mare. Knapp sechzig Gramm Spaghetti in kochendes, aber auf keinen Fall gesalzenes Wasser werfen und nicht länger als dreieinhalb Minuten darin lassen. Zwei Miesmuscheln, zwei Venusmuscheln, ein Paar Tintenfischarme und beliebig viele winzige Müschelchen dazugeben. Keine Tomate, nur Knoblauch und einige Tropfen Öl, das aber von bester Qualität. Kochend heiß für fünfundzwanzigtausend Lire servieren.

»... lebe, Deborah. Du mußt leben, solange du jung bist.«

Mist, Drecksspaghetti, jetzt habe ich das Beste verpaßt, das große Finale zum Carpe Diem. Er hat jetzt seine Hand auf ihre gelegt, und sie sieht ihn wieder an, als wäre er der Nachbarshund: Sie hat sich dazu breitschlagen lassen, mit ihm Gassi zu gehen, jetzt muß sie auch den Haufen wegmachen.

»... und? Soll ich nach der Rechnung fragen, und wir trinken bei mir noch was?«

Schnecke schlägt die Augen nieder, dann sieht sie wieder auf.

»Was ist los? Keine Lust? Wenn du nicht willst, ist das völlig in Ordnung ...«

Jetzt wird Schnecke lächeln, möchte ich wetten. Na bitte.

»Nein, überhaupt nicht ... ich bin nur ein bißchen müde, vielleicht habe ich zuviel getrunken ...«

Ich weiß schon, was er sagen wird. Sag es nicht, sag es nicht, ich bitte dich, sag es nicht.

»Wenn wir bei mir sind, mache ich dir noch einen Kaffee. Ich trink wohl auch besser noch einen, sonst komme ich mit dem ganzen Wein im Blut noch auf dumme Gedanken ... hm, hm!«

Er hat's gesagt. Dann hat er sie recht unsanft am Arm gepackt, als würde sie jetzt ihm gehören, und sie hat sich ein schwaches kleines Lachen abgepreßt, so schwach, daß es wie ein verzweifeltes Seufzen klang.

»Der Seebarsch, mein Herr.«

Gebackener Seebarsch mit gedünstetem Gemüse. Man nehme ein frisch geborenes, winzig kleines Seebarschbaby. Nein, noch kleiner, eine Seebarschkaulquappe. Man schiebe sie in den Ofen und lasse sie garen, dann schneide man sie in der Mitte auf und ziehe die Gräten heraus, lasse aber die tückischsten drin. Dann nehme man die Haut und die Enden weg, eigentlich alles bis auf zwei mikroskopische Filets. Man füge das gedünstete Gemüse zu folgenden Teilen hinzu: acht Erbsen, zwei runde Kartöffelchen, vier Karottenscheiben. Man serviere einem Gast eines der beiden Filets, das andere einem zweiten, wobei man selbstverständlich auch das Gemüse aufteilt, zum Preis von jeweils achtunddreißigtausend Lire.

Der Schmierige und die Schnecke sind gegangen. Er hat kein Trinkgeld dagelassen, sie hat sehnsüchtig auf ein Päckchen Grissini gestarrt. In Kürze werden sie sich eng umschlungen in einer Schuppenwolke wälzen.

»Noch einen Nachtisch, der Herr?«

Meine linke Hand schnellt in die Beuge meines rechten Armes. Der Kellner macht erschrocken einen Satz zurück.

Ich ziehe zweihunderttausend Lire aus dem Portemonnaie und werfe sie auf den Tisch. Mit zwei Machetenhieben befreie ich die Witwe Cliquot aus dem Sektkühler, sie seufzt und beschließt, mit mir zu fliehen und mir die letzten Deziliter ihres Lebens zu schenken.

Ich habe noch zwanzigtausend Lire übrig, gehe zur nächsten Eisdiele und kaufe mir eine Wanne voll Schokolade Erdbeer Zitrone Pistazie. Bis zum Morgengrauen sitze ich auf den Stufen, die zum Strand hinunterführen, und halte meine Witwe fest in den Armen.

Pola, Vorposten Italiens, Pola, Oase der Träume, Pola, prallvoll mit Stränden, Diskotheken und Restaurants. Was für eine Wohltat, wieder in die westliche Welt und zum Konsum zurückzukehren und sich in fröhliche Musik und bunte Läden zu stürzen. Das häßliche, schmutzige, gemeine Rumänien haben wir hinter uns gelassen. Wir haben Lust, zu tanzen, zu lachen und es richtig krachen zu lassen. Wir sind alle vier aufgekratzt und wild entschlossen, die letzten Böllerschüsse unserer Ferien in vollen Zügen zu genießen: In drei Tagen verfällt unser Inter-Rail-Ticket und wir müssen wohl oder übel nach Hause zurück.

Aber zunächst einmal haben wir eine einzigartige, unglaubliche und unbändige Lust zu scheißen. Seit Budapest sind wir nicht mehr aufs Klo gekommen, und das ist schon drei Tage her. In Rumänien war es derartig dreckig daß einem schon allein bei dem Gedanken, aufs Klo zu gehen, jegliche Lust vergangen ist, und auch im jugoslawischen Zug, in dem jedes Klo von zwei Zigeunerfamilien besetzt war, war einfach nichts zu machen.

Und nun sind wir endlich da. In Pola. In einem Zimmer mit Bad nebenan, das wir bei einer Familie gemietet haben. Wir betreten den Raum wie vier Pistoleros, jeder behält die Bewegungen des anderen im Auge, um ihn niederzuschießen, bevor er die Tür erreichen kann. Keiner will der letzte sein nach drei Leuten, die drei Tage an sich gehalten haben.

»Ich seit vier Tagen«, sagt Mario, »also bin ich als erster dran.«

»Dein Pech«, antworte ich, »wir losen.«

Auch das Losen wird zu einem kleinen Ritual, das die Qual und das Vergnügen des Wartens in die Länge zieht. Wir machen vier kleine Zettel, tun sie in ein Glas und bitten die Enkelin der Hausherrin ein Los zu ziehen. Ich komme als erster dran, dann Mario, Matteo und Robi, der seufzt: »Ich glaube, vor morgen setze ich da keinen Fuß rein.«

Gott, was für eine Wohltat, das Bad von Pola. Hell, mit all den schönen, blankgeputzten Fliesen, duftend und sauber. Ich habe die *Gazetta dello Sport* mitgenommen, das erste, was Robi kaufen mußte, als wir die zivile Welt betreten haben. Ich lasse mir Zeit, genieße die Vorfreude und zögere das so lang ersehnte Vergnügen masochistisch hinaus.

Dann geht es los und scheint nicht mehr aufzuhören. Das ist besser als Vögeln.

Ich wische mir den Hintern ab und beschließe, die Spülung nicht zu ziehen. Die Luft ist natürlich unerträglich, aber der eigene Gestank ist nie so schlimm wie der der anderen. Man hält es eine Weile damit aus.

Jetzt habe ich wieder gute Laune. Ich denke an die armen Jungs im Nebenzimmer, die leiden und darauf warten, daß sie endlich dran sind, und meine Laune wird noch besser. Ich lese noch ein paar bahnbrechende Artikel in der Gazzetta, das Interview mit dem Berater von Milan und Meister Herreras Beurteilung der neuen Juventus, bis der Gestank auch für mich unerträglich wird. Ich werfe das Ende der Kette in den Spülkasten und lasse den Klodeckel offen. Ich vergewissere mich, daß das Fenster hermetisch geschlossen ist. Dann der letzte Schliff: Im Schrank ist ein kleiner Föhn, ich stelle ihn auf das Waschbecken und richte das Gebläse auf die Kloschüssel. Heiße Luft, natürlich.

Mit einem Tom-und-Jerry-Lächeln komme ich wieder in das Zimmer. Mario kann es kaum noch aushalten, leistet aber keinen Widerstand mehr: »Kann man reingehen, oder soll ich besser noch zehn Minuten warten?«

»Nein, nein, geh ruhig«, sage ich, »das Fenster steht weit offen, die Luft ist aprilfrisch.«

Kaum ist er raus, breche ich lachend auf dem Bett zusammen und mache den anderen Zeichen, leise zu sein. Teo und Robi kapieren zuerst nicht, dann hören sie den Schrei. Mario kommt wutschnaubend wieder herein, und alle vier liefern wir uns eine riesige Kissenschlacht, lachen wie die Blöden, bis die Hausherrin ins Zimmer platzt.

Die Diskothek hieß »Pyramida«. Der beste Ort, um auf eine Mumie zu treffen, wie ich später feststellen sollte. Nach der Scheiß-Orgie am Nachmittag hatten wir uns ein ausgiebiges italienisches Essen gegönnt: Pasta Frutti di Mare, Nachtisch, Weißwein. Robi und Teo hatten schon so gut wie kein Geld mehr, und so hatten wir beschlossen, unser ganzes Restgeld zusammenzuschmeißen. Aber Mario, der mit mehr Geld als wir losgefahren und am sparsamsten gewesen war, hatte seines nur geliehen und dafür ein Lacoste-Hemd von Teo und Robis zwei Lieblingshemden als Pfand genommen. Trotzdem hatten wir genug, um die letzten drei Tage würdig über die Runden zu kommen.

Das Pyramida ist ein Hexenkessel voller Italiener, die aber nicht geil und breit sind wie in Barcelona: Hier kann ein hübsches Mädchen tanzen, ohne gleich von vierzehn sabbernden Kerlen umringt zu sein, die feixen, sich herumschubsen, fluchen und allen Umstehenden auf die Füße latschen. Die Musik ist gut, es gibt eine große Leinwand, Lasereffekte und eine Terrasse. Man kommt sich wirklich vor wie in Italien, Lichtjahre entfernt nicht nur von Rumänien, sondern auch von Belgrad und Südjugoslawien.

Nach weniger als einer halben Stunde ist Mario im Würgegriff einer kleinen Deutschen in Minirock verschwunden. Wir werden ihn erst am nächsten Morgen wiedersehen.

Teo, Robi und ich tanzen ruhig und entspannt vor uns hin. Ehrlich gesagt denkt keiner von uns an Frauen, wir sind schon hochzufrieden, in eine vertraute und beruhigende Umgebung zurückgekehrt zu sein. Wir fangen an zu trinken, Marios Geld geht schneller weg als gedacht, aber keiner macht sich Sorgen, denn er ist ja nicht da und kann uns nicht kontrollieren. »Besser zwei Tage aus den Vollen«, urteilt Robi, »als drei mittelmäßige.«

Ausgerechnet bei Robi, der mal wieder ganz auf nebenbei macht, beißt natürlich ein Mädchen an. Die beiden geben auf der Tanzfläche ein komisches Paar ab, er ist so mager, daß es schon fast besorgniserregend ist, tanzt aber ganz lässig, bewegt sich locker und spielerisch. Sie ist groß, massig und unbeholfen, mit einem langen Rock und flachen Schuhen. Sie ist keine Schönheit, aber ihre blonden Haare und die netten, vielversprechenden Augen machen das wieder wett.

Wir stellen uns einander vor. Sie heißt Anja und kommt aus Belgrad. Nach ein paar Minuten bringt sie uns an ihren Tisch und präsentiert uns ihre Freundin Monica. Ich bin wie vom Donner gerührt: groß, gut gebaut, braunes, schulterlanges Haar, wunderschöne dunkle Augen, leuchtend rote Lippen und ein absoluter Nuttenblick. Ich setze mich neben sie, und sofort fährt sie mir mit der Hand durch das kurzgeschorene Haar und lacht: »Die sind aber schön. Weißt du eigentlich, daß du Jerry Lewis ähnlich siehst?«

Wir unterhalten uns alle ganz entspannt, als würden wir uns seit Jahren kennen. Dauernd bestellen wir etwas Neues und räumen die Kasse: Matteo hat beschlossen, daß »ein einziger unvergeßlicher Abend besser ist, als zwei Tage aus den Vollen, und Mario kann uns mal am Arsch lecken«.

Auch Anja und Monica lassen sich nicht lumpen, Gin,

Whisky, teuflische Mixgetränke. Wir reden über Belgrad, über Italien, über Musik und Sex. Bis Matteo in Anjas Handtasche einen Kajalstift findet: »Freunde, warum schminken wir uns eigentlich nicht?«

»Au ja, komm, wir lassen uns von ihnen helfen!«

Monica lacht, die Idee gefällt ihr: In wenigen Sekunden malt sie mir gekonnt die Lider an, dann nimmt sie die Wimperntusche und vollendet ihr Werk. Noch ein kleiner Hauch Lippenstift, und schon bin ich fertig: Teo und Robi machen sich vor Lachen fast in die Hosen, die Leute an den Nebentischen sehen zu uns herüber, aber uns ist das scheißegal, wir sind betrunken und glücklich.

Geschminkt stürzen wir uns wieder auf die Tanzfläche, tanzen ausgelassen und merken, wie um uns herum die Neugier und das Interesse wachsen. Der Barmann gibt uns einen Drink aus, die Mädchen lächeln uns zu: Manchmal tanzt sogar eine an uns heran und fragt, woher wir kommen und wie wir heißen. »Schau dir diese dämlichen Kühe an«, sagt Matteo sauer, »Frauen finden wirklich die bescheuertsten Sachen toll. Von heute an jeden Abend Wimperntusche!«

Anja und Monica sitzen an ihrem Tisch und sind stolz darauf, daß wir zur Attraktion des Abends geworden sind. Als wir zurückkommen, sind wir auf Hochtouren und fangen sofort mit dem Wahrheitsspiel an, dem *ludus veritatis*. Eine Tortur, der sich alle Mädchen unterziehen müssen, die wir treffen. Normalerweise geht's mit harmlosen kleinen Fragen los, dann steuern wir langsam aber sicher auf den Sex zu, und am Ende werden Themen aufgefahren, die einem Pornostar das Blut ins Gesicht treiben würden: Wenn du vögelst, liegst du lieber oben oder unten? Masturbierst du? Woran denkst du, wenn du masturbierst? Hast du schon mal Hilfsmittel dazu benutzt? Was ist besser, Oralsex oder Analsex? Und so weiter.

»Das Spiel besteht darin, reihum Fragen zu stellen«,

erkläre ich den Mädels vorsichtig, »und wer antwortet, muß immer die Wahrheit sagen. Das muß von vornherein klar sein, sonst braucht man gar nicht erst zu spielen. Ach, und natürlich keine Fragen wie ›Wie alt bist du‹ und sowas: Es müssen schon ein bißchen peinliche Fragen sein, sonst macht's keinen Spaß. Alles klar?«

Anja lächelt. »Alles klar, alles klar, das machen wir in Belgrad auch manchmal.«

»Na super. Du fängst an.«

Sie wirft Monica einen Blick zu, flüstert ihr etwas ins Ohr, die kichert und nickt. Anja zeigt auf Teo und fragt: »Wie lang ist deiner?«

Jetzt geht die Party richtig los, das ist der Anfang einer Art Verbalorgie, bei der wir alle erzählen, wie wir's am liebsten treiben, er unten, zu dritt, zu viert, mit Marihuana, mit Koks, sie als Squaw, er als Cowboy ... hin und wieder gucke ich Teo und Robi an, und wir prusten los, wir können es nicht glauben, zwei so sportliche Mädels getroffen zu haben.

»Die werden doch hoffentlich nicht nur das Blaue vom Himmel heruntererzählen«, sage ich, »und am Ende läuft nichts?« Und gerade, als ich das sage, stelle ich überrascht fest, daß es mir vollkommen wurscht ist. Ich erwische mich auf einmal bei einem merkwürdigen Gedanken, einem Gefühl, das ich seit Beginn der Reise zum erstenmal habe. Ich merke, daß ich zum erstenmal seit ewig langer Zeit richtig Spaß habe, daß ich mich zu hundert Prozent locker gemacht habe, ohne Angst, ohne Vorbehalte. Statt heimlich aus mir herauszutreten, um mich zu beobachten und zu kontrollieren, habe ich mich kopfüber in mich selbst hineingestürzt, um auf dem Grund einen Haufen Unbeschwertheit zu finden, die ich auf einmal an die Oberfläche befördern kann. Und es ist mir wirklich absolut egal, wie der Abend enden wird, denn dieser erhellende Glücksmoment allein war schon die ganze Reise wert.

Plötzlich spüre ich, wie mir die Beine zittern, ich schaue auf und sehe, daß Monica mich fixiert. Ich halte ihrem Blick stand und frage: »Mit welchem Schauspieler würdest du gerne ins Bett gehen?«

Sie wirft mir ein verschmitztes Lächeln zu. »Mit Jerry Lewis.«

Ich beuge mich ein wenig über den Tisch, und sie lehnt sich zu mir herüber, ich schließe die Augen, und unsere Lippen legen sich perfekt aufeinander, öffnen sich und machen den Zungen Platz. Es ist ein langer, zärtlicher und sinnlicher Kuß, begleitet von den Pfiffen und Booahs der anderen drei.

Fünf Minuten später haben wir die Diskothek verlassen. Robi verabschiedet sich und geht nach Hause, einerseits, weil er total betrunken ist, andererseits, weil uns klargeworden ist, daß ein flotter Fünfer selbst für diese beiden Mädchen ein bißchen zuviel des Guten wäre. Teo und ich sehen uns an und können es kaum glauben, daß der sagenhafte Robi diesmal auf der Strecke geblieben ist, und daß wir beide mit diesen drei oder vier Jahre älteren Frauen dastehen, die wild entschlossen sind, uns Hören und Sehen vergehen zu lassen.

Wir trampen wie im Film, die Ladys am Straßenrand, wir hinter den Büschen. Nach zwei Minuten nimmt uns jemand mit, und eine halbe Stunde später sind wir beim Campingplatz, auf dem Anja und Monica einen Wohnwagen stehen haben. Es gibt zwei schmale Betten, einen Tisch, einen Kühlschrank, alles winzig klein. Ein Vorspiel ist gar nicht mehr nötig, Anja sinkt auf ihr Bett und zieht Matteo zu sich herunter. Monica hat schon angefangen, mich auszuziehen und zu küssen, aber ich bin nicht so ganz bei der Sache. Im Halbdunkel spähe ich gebannt auf das andere Bett, ich habe das Gefühl, einen grobkörnigen Billigpornofilm zu sehen: Er ist oben, vollkommen nackt, dünn und käseweiß, mit haarigen Beinen. Sie liegt unten, ihre riesigen Brüste hängen zur

Seite, der Rock ist hochgezogen, und sie hat noch Schuhe an. Teo dringt energisch in sie ein, aber nach einer Sekunde hört man ein gepreßtes Stöhnen, und er sagt mir auf Italienisch: »Heilige Scheiße, ich bin schon gekommen.« Anja scheint nicht zu verstehen, dann sieht sie ihn befremdet an: »Are you a rabbit?« Bist du ein Kaninchen?

Monica und ich fangen laut an zu lachen, Matteo ist nicht beleidigt, aber macht mir trotzdem klar, daß ich ihn mal kreuzweise kann: »Ey, hast du nichts Besseres zu tun, als hier rüberzuglotzen und zu lachen?«

Dann ist bei Monica Schluß mit lustig, sie drückt mich aufs Bett und steigt auf mich drauf. Sie ist in BH und weißem Höschen, und das Gewicht ihres festen, gebräunten Körpers nagelt mich fest. Ich habe zu viel getrunken, und mein Kopf dreht sich, im Nu bin ich vollkommen nackt und sie beißt mir in die Brustwarzen, ich kreuze Teos Blick, der sich nichts entgehen läßt, ich spüre, wie meine Erregung steigt, und Monica küßt mich und hält immer kurz vor dem Unvermeidlichen inne. Der Wohnwagen um mich herum dreht sich, ich höre Matteos Kommentare und Anja, die ihn zurechtweist. Jetzt bin ich auf Monica, sie hat meinen Kopf zwischen ihre Hände genommen und preßt ihn gegen ihren Busen, dann drückt sie mich immer weiter nach unten, und ich bin völlig benebelt von ihrem Geruch und ihren Seufzern. Sie hält mich so lange unten, bis sie anfängt, zu kommen, dann reißt sie sich los, rollt wieder auf mich drauf, packt meinen Schwanz und schiebt ihn sich verblüffend geschickt rein. Sie kommt fast sofort, und als ich ihren langen Schrei höre, wird mir klar, daß ich mich nicht mehr beherrschen kann, ich versuche, ihn herauszuziehen, aber Monica hält mich mit Beinen und Armen fest und schenkt mir den heftigsten und schönsten Orgasmus meines Lebens.

Wir kippen vollkommen erschöpft auf die Seite. Im

Bett nebenan sehe ich, wie Teo wieder zur Sache kommt wie einer, der sich eine Revanche holen will, und höre, wie Anja immer lauter stöhnt.

So gegen sieben Uhr wache ich in einer ägyptischen Grabkammer auf. Neben mir schläft die Mumie ihren tausendjährigen Schlaf. Sie hat eine wahnsinnig hohe Stirn und eine Hakennase. Der halbgeöffnete Mund gibt den Blick auf die Parodontose frei. Nachdem der Alkohol, das Make-up und das Diskolicht verschwunden sind, hat sich meine dunkle Nymphe in einer einzigen Nacht in ein furchterregendes Skelett verwandelt. Ich schlüpfe aus dem Bett, rüttle Matteo wach und versuche, dabei kein Geräusch zu machen: Ich weiß, welche entsetzlichen Flüche über denjenigen kommen, der es wagt, den Schlaf der Pharaonen zu stören. Ich fordere meinen Freund auf, sich leise anzuziehen, dann zeige ich ihm meine archäologische Entdeckung. Er macht ein erschrockenes Gesicht, und flüstert mir ins Ohr: »Es wird besser sein, wenn ich meine gar nicht erst anschaue.«

Anja dreht sich verschlafen um.

»Wir gehen jetzt«, sagt Teo leise zu ihr, »wir sehen uns heute abend im Pyramida.«

Wir schleichen über den schlafenden Campingplatz und erreichen die Straße. Nach ungefähr zwanzig Minuten nimmt uns ein wohlerzogener, netter Herr aus Brescia mit, der uns verdutzte Blicke zuwirft. Allmählich begreife ich, dann mache ich Teo ein Zeichen, in den Spiegel zu sehen: Wir sind noch immer geschminkt und sehen aus wie zwei Stricher, die eine harte Nacht hinter sich haben.

Wir beißen uns auf die Lippen, um nicht loszulachen, und ich zwinkere Teo zu, der sofort kapiert.

»Na, Schatz«, sage ich, »bist du glücklich?«

»Ich muß dir etwas beichten, du«, sagt er, »das war das erste Mal für mich, heute nacht.«

»Ach? Aber du hattest mir doch letzen Winter gesagt ...«

»Ich weiß, aber ich habe gelogen, und das tut mir irre leid. Aber ich habe mich einfach so geschämt, daß ich noch Jungfrau war. Und auch letzte Nacht, ich weiß nicht, ob ich's geschafft hätte, wenn du nicht gewesen wärst.«

Er spielt, aber er sagt auch die Wahrheit. Da bin ich mir ganz sicher.

»Und jetzt?« sage ich lächelnd, »wie fühlt es sich denn so an, ein Mann zu sein?«

»Ganz großartig.«

Ich erkenne den Ausdruck in seinen Augen wieder, es ist der gleiche, den er an jenem Abend am Strand hatte, aber viel heiterer. Ich umarme ihn und küsse ihn auf den Hals, dann auf die Wange. Und plötzlich sind unsere Lippen aufeinander, und ich schmecke seinen eigenartigen, intensiven und metallischen Geschmack, den Geschmack nach jungem Mann. Unsere Zungen berühren sich, und als hätten wir einen Schlag bekommen, zucken wir heftig zurück.

Der Herr aus Brescia ist auf die Bremse getreten: »Ihr steigt sofort aus.«

Ich strecke meine Hand aus, berühre sein Gesicht und sage: »Hey, Süßer, du brauchst doch keine Angst vor deiner Homosexualität zu haben.«

Er fährt angstvoll zurück. »Ihr steigt aus, oder ich rufe die Polizei.«

Wir machen die Tür auf und springen lachend heraus.

»Hey, Stefano, jetzt können wir noch mal fünf Punkte dazurechnen.«

»Nein, viel mehr.«

Ich habe mich noch nie so gut gefühlt. Ich habe Teo wiedergefunden, meinen kleinen Teo.

September

Ich habe noch nie so viel geweint, wie in diesen letzten zwei Jahren. Das letzte Mal, daß ich geheult hatte, bevor das Faß im Büro übergelaufen ist, war mit fünfzehn nach einer mündlichen Prüfung in Geschichte. Ich hatte gepaukt, aber diese blöde Sau von Lehrerin haßte mich, davon bin ich noch heute überzeugt, und versuchte mit allen Mitteln, mich fertigzumachen. Sie hat es natürlich geschafft, und das kam mir so gemein und ungerecht vor, daß ich, kaum war ich wieder zu Hause, ein bißchen geheult habe, und ob der Tatsache, daß ich geheult hatte, heulte ich noch ein bißchen mehr. Ich schämte mich so wahnsinnig dafür, mit fünfzehn Jahren wegen einer Geschichtsprüfung zu heulen, daß ich beschloß, nie mehr eine Träne zu vergießen. Andererseits kannte ich keine anderen Tränen als die der Niederlage und der Wut oder des physischen Schmerzes und der Angst und wollte sie nie wieder weinen.

An dem Tag im Büro, hingegen, habe ich sofort gemerkt, daß das andere Tränen waren, sie waren mir eher aus Befreiung und Rührung als aus Wut gekommen. Sie gefielen mir, und seitdem habe ich ihnen freien Lauf gelassen. Ich habe geweint, als ich Giovanna verlassen habe, und ich habe geweint, als mein Faschistengroßvater gestorben ist. Aber dann habe ich auch einfach nur so geweint, zum Beispiel, wenn ich mir alte Videos angeguckt habe, total banale amerikanische Kitschfilme eingeschlossen. Und manchmal habe ich auch bei Büchern geweint, vor kurzem sogar bei einem Cowboycomic, als der gute Neger mit der Mundharmonika von der verrückt gewordenen Meute zu Tode getrampelt wird.

Heute, wo es nur noch wenige Stunden bis zur Verabredung sind, heute, wo wieder ein Sommer zu Ende geht und ich versuche, aus den letzten Jahren Bilanz zu ziehen, könnte ich die Dinge vereinfachen und sagen, daß mich die Inter-Rail-Reise das Lachen und die Stille das Weinen gelehrt hat. Deshalb bin ich bereit, aufzubrechen und noch mal auf diesen Hügel zu steigen. Wie auch immer es enden wird, ich glaube, beide Dinge, die ich gelernt habe, werden mir nützlich sein.

August

Ein anonymer, betonierter Playground. Ein kleiner Basketballplatz wie hundert andere auch, mit hölzernen Brettern und einem leicht nach unten verbogenen Korbring, an dem ein zerrissenes Netz hängt. Auf einer Seite des Platzes liefern sich sechs kleine, zwölf- oder dreizehnjährige Jungs ein erbittertes Drei gegen Drei: Sie bewegen sich gut, schubsen und rempeln, ohne dabei unfair zu werden. Nach jedem Korb grinsen sie glücklich und klatschen sich laut ab, wie in amerikanischen Filmen.

Auf der anderen Seite des Platzes trainiert ein etwa sechzehnjähriger Junge allein vor sich hin: Er wirft aus den unterschiedlichsten Positionen auf den Korb und trifft fast immer. Nach jedem erfolgreichen Wurf kommt der Ball so auf, daß er dem Jungen wie durch einen Magnet angezogen zurück in die Hände springt.

Ich sitze in Leinenschuhen und Badehose am Rand: Mein Sportdress, den ich in der Hoffnung improvisiert habe, jemanden zu finden, der mit mir spielt. Doch jetzt, wo ich sehe, wie gut und konzentriert der kurzhaarige Junge seine Wurfübungen absolviert, traue ich mich nicht, ihn anzusprechen.

Es vergehen ungefähr zehn Minuten, in denen ich an die hundert Würfe und mindestens achtzig Körbe zähle. Auf einmal dreht er sich zu mir um und hält mir den Ball hin: »Hast du Lust zu spielen?«

Ich lächele verlegen. Er ist um einiges jünger als ich, aber viel größer und kräftiger. Und außerdem habe ich ihn gerade in Aktion gesehen. »Vielen Dank, aber ich fürchte, daß du zu gut bist. Vielleicht mach ich ein paar Würfe, nur so zum Spaß.«

»Na schön, wie du meinst.«

Ich stelle mich an meine Lieblingsposition auf der Verlängerung der Freiwurflinie. Nach mehr als einem Monat Spielpause ist der Kontakt mit dem Ball einfach großartig: Ich spüre, wie sich die kleinen Noppen an meine Handflächen schmiegen, höre das Auftitschen des Balles auf dem Asphalt und merke, wie das Handgelenk vorschnellt, um dem Ball den befreienden »Hieb« zu geben. Und dann kein Geräusch, kein Treffer auf Eisen oder Holz, oder das »Zafff« des Netzes, nur das entwürdigende Aufschlagen des um einen halben Meter zu kurzen Wurfes und der freundliche und verständnisvolle Blick meines neuen Kumpels, der mir den Ball zurückgibt.

»Es ist schon ein Weilchen her, seit ich zuletzt gespielt habe«, deute ich an, »ich bin nicht besonders in Form.«

Ich nehme all meinen Willen zusammen und versuche es noch einmal, gehe richtig in die Knie, und höre das Klong des Balles auf dem Eisen. Beim vierten Versuch treffe ich endlich, und auch die nächsten drei Male. »Hey«, pfeift er, »du kommst ja richtig in Fahrt.«

Ich weiß nicht, wie lange wir so vor uns hin spielen und abwechselnd werfen, wir merken noch nicht einmal, daß die Sonne untergeht und die anderen Jungen schon nach Hause gegangen sind. Als ich mich im Handgelenk einigermaßen sicher fühle, fordere ich ihn zu meinem Lieblingsspiel heraus: »Laß uns ›Giro d'Italia‹ spielen. Weißt du, wie das geht? Du fängst an, aus der Ecke zu werfen, und wenn du einen Korb machst, gehst du immer um eine Markierung weiter, dann zum Freiwurf, und so weiter, bis du die ganze Runde gemacht hast. Wenn du danebenwirfst, kriegt der Gegner den Ball.«

»Okay«, lächelt er, nimmt den Ball und stellt sich in der Ecke auf, »›Giro d'Italia‹ hast du gesagt? Und was ist das hier dann für ein Ort, Venedig?«

»Hm, ja, du bist im Nordosten, sagen wir, du fängst in Venedig an.«

Er zielt und wirft, und von der Lagune aus landet der Ball sanft im Korb. Dann wirft er aus Verona, Korb. Aus Bologna, wieder Korb. Dann aus Florenz, Genua, Turin, Aosta. Er macht die erste Runde ohne einen einzigen Fehler und fragt: Was kommt jetzt?

Ich bin einen Augenblick lang sprachlos, dann erkläre ich, daß er aus dem Vorfeld herausgehen und sich hinter die Drei-Punkte-Linie stellen muß. Ich denke mir immer entferntere und eigenartigere Positionen aus, aber er zuckt nicht mit der Wimper und trifft aus Assisi, Rom, Neapel und Perugia. »Wo bin ich hier, Stefano?« »In Siena.« Okay, drei Punkte aus Siena. »Und hier?« »Avvelino.« Auch aus Avvelino ein Korb.

Er wirft so etwas wie achtzehn Körbe hintereinander, während mir langsam die Städte ausgehen, und ich versuche, ihn noch weiter in den Süden zu verbannen, nach Lecce, Reggio Calabria und auf die Isola delle Femmine. Am Ende wirft er wie durch ein Wunder aus Brindisi, fast auf der Mitte des Spielfeldes, daneben und gibt mir mit einem kleinen Lächeln den Ball: »Du bist dran.«

»Sag mal«, platze ich heraus, »willst du mich verscheißern, oder was? Du spielst doch in der A-Liga!«

»Ach Quatsch, ich bin nur Junior«, lacht er, »hast du nicht gewußt, daß wir hier in Jugoslawien den ganzen Tag lang Körbe werfen? Hier gibt's 'nen Haufen Jungs wie mich.«

Ich komme nicht dahinter, ob er mich auf den Arm nimmt oder wirklich so unschuldig und bescheiden ist. »Das glaub ich nicht«, antworte ich, »ich habe noch nie einen gesehen, der so wirft. Höchstens Dalipagic, oder Kicanovic.«

»Na, jetzt übertreib mal nicht«, sagt er und wird rot, »das sind echte Champions. Wenn ich in der Verteidigung besser werde und mir noch ein paar Muskeln antrainiere, kann aus mir in zwei oder drei Jahren ein ganz guter Spieler werden.«

Ich gebe ihm den Ball zurück. Es ist wohl besser, erst gar nicht anzutreten, als gleich von Venedig aus eine schlechte Figur zu machen. Wir verabschieden uns mit einem Handschlag.

»Sehen wir uns morgen?« fragt er.

»Nein, leider nicht. Echt schade, aber meine Ferien sind rum, heute nacht fahre ich zurück nach Italien.«

»Na ja, Stefano, vielleicht sehen wir uns ja mal auf einem italienischen Platz. Dann machen wir den Giro di Jugoslavia ...«

Der unbezwingbare Slawe geht davon und läßt den Ball bei jedem Schritt zwischen den Beinen hindurchspringen.

Ein paar Jahre später habe ich Arian Komazec im Sportpalast in Rom wiedergesehen, im Trikot der jugoslawischen Nationalmannschaft und mit der Goldmedaille um den Hals. Aber ich habe mich nicht getraut, ihn zu fragen, ob er tatsächlich der Junge ist, den ich damals auf dem Playground in Pola getroffen habe.

September

Ich habe bis Mitternacht darauf gewartet, daß sie anrufen. Daß wenigstens einer von ihnen anruft. Ich war mir sicher, daß sie es tun würden, daß wir uns absprächen, um zusammen zu fahren. Aber offensichtlich wollte jeder lieber auf eigene Faust zu der Verabredung kommen, die lange Strecke allein mit dem Auto zurücklegen, um die Vorfreude auszukosten, als erster auf den Hügel zu steigen und auf die anderen zu warten oder als letzter anzukommen und alle wartend anzutreffen, und die Überraschung und die Wiedersehensfreude zu steigern. Ich spüre, daß, wenn wir endlich wieder zusammen sind, ich auch meine Stimme wiederfinden werde, die mit der Flasche vergraben ist.

Es kann natürlich auch sein, daß einer von ihnen nicht kommt. Daß einer nicht Wort hält. Aber das glaube ich eigentlich nicht, ich glaube nicht, daß sie die Verabredung an meinem dreißigsten Geburtstag tatsächlich vergessen haben könnten. Matteo jedenfalls nicht. Selbst wenn Mario nicht Wort halten sollte, selbst wenn Robi (was ich nicht glaube) nicht Wort halten sollte, Matteo wird da sein. Ich fahre für ihn hin, wieder einmal, und er wird für mich kommen.

Ich habe bis Mitternacht gewartet, und jetzt ist es Zeit zu fahren. Ich habe mir das alte Auto meines Vaters geliehen, und mit dem brauche ich mindestens zehn Stunden von hier bis nach Cadaques, vielleicht auch ein bißchen länger, denn immerhin fahre ich allein und muß hin und wieder eine Pause einlegen. Und ich möchte die ganze Strecke in Ruhe genießen, ohne mich zu hetzen. Ich brauche noch ein bißchen Zeit, um nachzudenken und zu verstehen, was mit uns passiert ist, und um all die

Fragen beantworten zu können, die ich irgendwie immer wieder verdrängt und mir nie zu stellen gewagt habe.

Ich schnappe mir den kleinen Rucksack mit der Thermoskanne, einen dünnen Pullover, den Soundtrack von *Der große Frust* und noch ein paar andere Sachen, die ich auf der Reise brauche. Ich ziehe die rote Baumwolljacke an und setze den Rucksack auf. Ich lasse meinen Blick noch einmal durch meine kleine Wohnung wandern und überrasche mich bei dem Gedanken, daß ich sie womöglich zum letzten Mal sehe, weil ich vielleicht gar nicht wiederkomme, und ich weiß nicht, ob das eine Erleichterung oder eine weitere Niederlage wäre.

Draußen riecht es nach abgasfreier Stadt, und ein riesiger, praller, orangefarbener Vollmond hängt am Himmel. Mir gefällt die Idee, zu dieser symbolischen Reise rückwärts bei Dunkelheit aufzubrechen. Die Riviera aus beklemmenden Tagen, die Côte d'Azur aus belanglosen Pärchenferien zu durchqueren und schließlich wieder nach Spanien zu kommen. Ich bin seitdem nie mehr in Spanien gewesen. In anderen Ländern schon, aber dorthin wollte ich lieber nicht zurückkehren, das Risiko, einmalige Erinnerungen zu zerstören, wäre zu groß gewesen, und außerdem ist der einzige Grund, wieder nach Spanien zu fahren, dieser hier und kein anderer.

Ich steige ins Auto, fahre los, mache das Radio an. Wenn ich in Cadaques ankomme, wird es bereits heller Morgen sein, und der unverwechselbare Haschgeruch wird in der Luft liegen. Bevor ich auf den Hügel steige, werde ich auf der Terrasse der legendären Bar einen Caffè Corretto trinken und die fertigen Gestalten auf dem legendären Platz begrüßen. Ich möchte als erster ankommen, ich möchte sehen, wie sich meine Freunde einer nach dem anderen den Hügel hinaufschleppen. Ich möchte sie umarmen und ihnen mit meiner Stimme sagen, wie sehr sie mir gefehlt haben.

Seit der Inter-Rail-Tour sind neun Jahre vergangen. Seit dem letzten Mal, daß ich Robi, Teo und Mario gesehen habe, sind zweieinhalb Jahre vergangen.

Ich hasse es, das zuzugeben, aber es ist genau das passiert, was ich befürchtet hatte: Nach und nach haben wir uns den Unausweichlichkeiten des Lebens gefügt und uns schließlich aus den Augen verloren. Mir war schon seit längerem klar, daß das Leben in verschiedenen Städten, die unterschiedliche Arbeit, die Familie und die Kinder unsere Freundschaft am Ende erschüttern würden. Das war mir vollkommen klar, denn schließlich habe ich achtzehn Mal *Der große Frust* gesehen. Aber wir hatten uns hoch und heilig geschworen, daß es bei uns anders sein würde, daß wir nicht genauso enden würden wie andere Ferienfreundschaften: unzertrennlich und felsenfest mit achtzehn oder zwanzig Jahren, noch lebendig, wenngleich auch mit ein paar Rissen bis dreiundzwanzig oder fünfundzwanzig, und plötzlich nichts als ein Trümmerhaufen, sobald man aufhörte, sich darum zu kümmern und die kleinen Instandhaltungsarbeiten durchzuführen, die die Freundschaft hätten retten können: ein Brief, eine Glückwunschkarte, ein Überraschungsbesuch, oder einfach eine Verabredung auf halber Strecke, um eine Pizza zu essen.

Aber statt dessen. Die Jahre vergehen, und der erste Freund heiratet, dann geht ein anderer ins Ausland ... es gibt nicht mehr drei Monate Ferien, sondern nur noch drei Wochen, die man mit der Frau oder der Freundin verbringt. Und nach einer Weile kommen die ersten Kinder, und dann liegt es nah, nach Pietra Ligure zurückzukehren und die Buggies und Kinderwagen über die Strandpromenade zu schieben. Du triffst einen deiner alten Freunde, der in der gleichen Lage ist wie du, und deine Frau kann in diesem dicken, glatzköpfigen Papa nicht die Spur des wunderbaren Jungen entdecken, von dem du so viel erzählt hast. Und er wiederum findet in deiner Frau nicht eine der Gesten und Blicke wieder, die dich mit zwanzig in Wallung gebracht haben.

Kurz und gut, wir haben uns aus den Augen verloren. Zwar nicht sofort nach der Reise, denn im Sommer darauf haben wir die legendäre Coast-to-Coast-Tour durch Amerika gemacht. Aber danach ist es passiert: Ich habe angefangen zu arbeiten und Giovanna kennengelernt. Robi, ausgerechnet er, hat sich innerhalb weniger Jahre verlobt und geheiratet. Mario hat die Sommer über als Tennislehrer in Sankt Moritz gearbeitet: Massenweise hübsche Damen, die ihm fünfzigtausend Lire die Stunde geben, um sich von ihm die Arme und manchmal auch was anderes anfassen zu lassen: Für Zecke ist das schöner als das Paradies.

Ich muß sagen, daß wir alle wirklich darum gekämpft haben, es nie zu einem endgültigen Bruch kommen zu lassen. Teo und ich haben uns noch mindestens drei Jahre lang geschrieben, und er und Robi haben sich noch eine Weile gesehen, allein oder mit den jeweiligen Frauen. Sie verstanden sich noch immer gut, die beiden. Und inzwischen fand ich das in Ordnung.

Als ich an die französische Grenze komme, ist die Kassette mit *Der große Frust* schon drei- oder viermal durchgelaufen, und ich lege was Neues ein. Ich entscheide mich für einen anderen Soundtrack, der mich auch an unsere Reisen erinnert, *Le Grand Bleu.* Es hat keinen Sinn, sich zu wehren, ich habe ihn in diesen Jahren der Stille ungefähr eine Million Mal gehört, und trotzdem schafft er es immer wieder, sich irgendwo bei mir einzuschleichen, verborgene Saiten zum Schwingen zu bringen und etwas Bedeutendes an die Oberfläche zu spülen. Jetzt, wo das Auto fast von allein durch die Dunkelheit fährt, läßt diese Musik eine Erinnerung in mir aufsteigen, die ich seit langem mit mir herumtrage und immer wieder versucht habe, aus meinem Bewußtsein zu streichen, zu vergessen. Ich wußte, daß das passieren würde, ich wußte, daß, bevor ich Cadaques und das leidige dreißigste Lebensjahr erreichen würde, ich mich mit ihr auseinandersetzen und sie analysieren müßte. Und jetzt, wo sie mir schon mal in den Rücken gefallen ist, diese Erinnerung an den letzten Abend mit Matteo und den anderen, kann ich genausogut klein beigeben und zulassen, daß sie mir noch einmal wehtut.

Nach den letzten Ferien in Amerika waren Teo und ich noch eine Weile in Verbindung geblieben: Hin und wieder ein Brief, ein Anruf, immer seltenere, aber dennoch intensive Treffen. Es gab keine Spannungen mehr zwischen uns, der merkwürdige Kuß in Pola hatte sie gelöst und das, was ein ganzes Jahr in der Schwebe geblieben war, klargestellt. Es war eine Art, sich zu sagen, siehst du, da ist gar nichts dabei, sich so sehr zu lieben, daß die Grenze zwischen Freundschaft und Liebe schon einmal verschwimmen kann. Und es ist nichts dabei, bis dahin und nicht weiter zu gehen. Nach diesem Kuß war uns beiden klar, daß wir wieder Freunde sein wollten, nichts als Freunde, ohne Eifersucht und ohne Besitzansprüche.

Wir hatten uns also wiedergefunden, wenigstens für eine Weile. Aber bald war der ganze Rest über uns hereingebrochen, Arbeit, Freundinnen, Urlaub, und die Treffen waren noch seltener geworden, bis es bei den zwei oder drei Malen pro Jahr, die wir es schafften, uns zu sehen, immer schwieriger wurde, die Überbleibsel der einstigen Vertrautheit und Zuneigung zu bewahren. Wir zogen es vor, unsere Unterhaltungen auf leichtere Themen zu beschränken, und fast immer redeten wir im Passiv.

Heute, und das scheint mir unglaublich, sind es zweieinhalb Jahre, die wir uns weder gesehen noch gesprochen haben. Ich war tausendmal versucht, Stift und Papier zu nehmen und Teo zu schreiben, was mir durch den Kopf ging. Aber nach dem letzten Treffen und dem

Streit, den wir hatten, meinte ich, daß er den ersten Schritt tun müßte. Eine idiotische Prinzipienfrage, die ich oft bedauert habe, aber bei der ich nie nachgeben wollte.

Ich erinnere mich an ein Ostern, Ostern 1993, an dem wir es geschafft hatten, uns alle wiederzusehen. Die Organisation war nicht einfach gewesen, und um noch größere Komplikationen zu vermeiden, hatten wir beschlossen, Frauen und Freundinnen mitzubringen. Das war ein riesiger Fehler gewesen. Am Tisch des Restaurants, zwischen den Mädchen, die sich nicht kannten und zu Tode langweilten, hatten wir uns höflich und belanglos unterhalten, und dann hatten wir Männer angefangen, in unseren Reiseerinnerungen rumzukramen, und alte Scherze, das Frauenrennen und die Ballspiele wieder auszupacken. Wir vesuchten, die Mädchen anzustecken, aber keine von ihnen fand es lustig, Schinken im Supermarkt zu klauen, oder sich in der Disko mit Wimperntusche zu schminken. Als ich von meinem Scheiße-Feldzug erzählte, hatte mich Robis Frau entsetzt angesehen und gesagt: »Ich bitte dich, wir sitzen beim Essen! Außerdem erwarte ich ein Baby …«

Ich traute meinen Ohren nicht, und die Antwort war mir einfach so rausgerutscht: »Na, dann wird es wohl ein bißchen beschissen zur Welt kommen.«

Allgemeines Schweigen. Eiszapfen am Lampenschirm. Verärgertes Schnaufen von Robi, nicht sein üblicher kleiner Schnaufer, seine Frau, die ins Bad rennt, gefolgt von meiner Freundin, die mir einen vernichtenden Blick zuwirft. In den Augen der anderen Mädchen lese ich: Schuldig. Teo lacht, aber ohne daß es jemand sieht, und Mario lenkt die Unterhaltung auf die Pizza Capricciosa.

Schließlich sind wir erleichtert vom Tisch aufgestanden, und jeder ist zu seinem Leben und seinem Alltag zurückgekehrt. Robis Frau hatte die Entschuldigung meiner Freundin angenommen. Auf meine konnte sie ewig warten. Kaum saßen wir im Auto, hatte Giovanna mir gedroht: »Das nächste Mal, wenn du deine Freunde und ihre bescheuerten Freundinnen sehen und dich danebenbenehmen willst, dann ohne mich.« Ich hatte geantwortet, daß vor allem sie muffig und langweilig gewesen sei und wesentlich dazu beigetragen habe, uns allen den Abend zu verderben. Es war eines der seltenen Male, daß wir richtig heftig miteinander stritten.

An Ostern des darauffolgenden Jahres hatten Mario, Teo, Robi und ich beschlossen, uns allein in Pietra Ligure zu treffen. Vor die Wahl gestellt: »Ich fahre hin, du kannst gerne mitkommen, wenn du willst«, hatte mich meine Freundin sofort allein losziehen lassen. Ich glaube, auch die anderen Freundinnen waren hochzufrieden, sich nicht wiedersehen zu müssen, und wir waren begeistert: Endlich frei, wie in alten Zeiten. Endlich konnten wir wieder Spaß haben, wie früher, »ohne Frauen, die uns auf den Sack gehen«, oder uns auch nur aus unseren Leben erzählen, ohne darauf zu achten, was wir sagten.

Statt dessen wurde es ein furchtbarer Abend. Wir fingen an, wie im Jahr davor und wie jedesmal, wenn wir uns trafen, die alten Witze und Albereien und Frauenrennen aufzuwärmen. Es kam nicht ein ernstes Thema auf, dabei hätte es davon wahrlich genug gegeben: Robi hatte eine Tochter bekommen und schien vollkommen unter dem Pantoffel seiner komplett behämmerten Frau zu stehen, Matteo hatte seine Träume über Bord geworfen und angefangen, in einer Bank zu arbeiten, und Mario lebte noch immer von Tennis und Abenteuern. Der eine war erwachsen geworden, der andere weniger, aber keiner hatte Lust, darüber zu sprechen. Jedesmal, wenn ich versuchte, die Unterhaltung auf ein derartiges Thema zu bringen, nach der Liebe, der Arbeit oder unserer »Selbstverwirklichung« fragte, bekam ich nur vage Antworten, die sofort in einem blöden Witz, einer Fopperei oder den alten Klischees über Frauen und das Managerdasein mündeten.

Wir waren Gefangene unserer Rollen, und jeder spielte seinen Part, als hätte sich nichts geändert. Als wollten wir um jeden Preis jung bleiben, wenigstens in den Augen der anderen.

Ich gebe es nur ungern zu, aber wir hatten uns nicht mehr viel zu sagen. Wir hatten keine Ferien und Erfahrungen mehr, die wir gemeinsam machen, und keine Zweifel oder Ängste, die wir teilen konnten. Jeder von uns lebte sein mehr oder weniger ausgefülltes Leben. Jeder von uns hatte sich verändert, aber versteckte sich, und keiner hatte Lust, den anderen zu entlarven, sondern bildete sich lieber ein, daß der, der da redete, der gleiche sagenhafte Robi, der gleiche Mario, genannt Zecke, war.

Ich konnte sie dennoch sehen, diese Veränderungen. Ich sah Teo, der noch immer schauspielerte und zu Mario sagte »Gott, bist du alt!«, und ich hatte den Eindruck, als läge in seiner Stimme etwas, das sagte: Gott, bin *ich* alt! Und ich hörte ihn erzählen, wie sehr er Manager sei, was er alles leistete, und wie unentbehrlich er sich gemacht habe, und wieder hörte ich heraus, ich bin ein zweitklassiger Angestellter in einer beschissenen Bank, ich bin einer von den kleinen Korinthenkackern, die ich immer gehaßt und für weniger als Scheiße gehalten habe. Ich hörte Mario lachen und uns von den Frauenrennen erzählen, die er noch immer mit seinen Freunden aus Sondrio machte, und von den großen Besäufnissen, die er veranstaltete, und ich wollte ihn fragen, sag mal, Marietto, hast du dich wirklich so verändert, hast du es wirklich geschafft, ein unbeschwerter Lebemann zu werden? Ich bitte dich, verrat mir, wie du das gemacht hast. Erklär mir, bitte, wie du, der du die Frauen geliebt und dich alle fünf Minuten in eine andere verguckt hast, es schaffen konntest, dein Wesen so umzukrempeln und sie nur zu benutzen und basta. Zeig mir, daß es nicht wahr ist, daß sich letztendlich niemand so grundlegend ändert. Und ich hörte Robi, der uns von den Sonntagen bei den Schwiegereltern erzählte und vom letzen Spiel von Inter, wo jetzt, man soll's nicht glauben, ein Chilene dabei ist, der's echt nicht drauf hat, noch nie so einen in der ersten Liga gesehen. Und ich hätte ihn fragen wollen, warum er, der sagenhafte Dorian Gray, beschlossen hatte, sein Porträt mit dem Messer zu attackieren.

Ich brachte den Abend damit zu, eine Lücke in ihrer Abwehr zu entdecken. Eine Empfindung, ein Thema, ein Vorhaben, daß uns noch einmal vereinen oder zumindest einander näherbringen konnte. Aber Teo redete noch immer von den Dealern in Barcelona und Robi vom Superpopper in Paris und Mario von den zehn Pfennig, mit denen wir Claudia ausgelost hatten. Ich hörte diese Geschichten zum tausendsten Mal, und es nervte mich, daß so getan wurde, als gehörten sie ein für allemal der Vergangenheit an oder als müßte man sie immer auf die genau gleiche Weise wiederholen, mit dem immer gleichen Vorschlag am Schluß: »Laßt uns alle zusammen noch mal 'ne Reise machen. Für zwei Wochen lassen wir alles hinter uns und fahren wieder nach Spanien.« Als wäre das alles, was wir drauf haben, als hätte es nicht auch die durchgemachten Nächte am Strand oder im Zug gegeben, in denen wir über uns und unsere Träume geredet hatten.

Ich, der ich innerlich immer schon dreißig gewesen war, hatte versucht, bei Mädchen, Kiffen und Diskotheken mit ihnen mitzuhalten, und am Ende hatte ich mich sogar ganz gut geschlagen. Jetzt stand ich auf der Schwelle zu meiner Welt, aber sie wollten einfach nicht eintreten.

Es ist nicht so, daß sie nicht erwachsen geworden

wären und sich geändert hätten, im Gegenteil. Doch mit zwanzig schämten sie sich noch nicht, hin und wieder auch mal ihre schwachen Seiten zu zeigen, die ich am meisten an ihnen liebte. Danach waren sie in die Welt hinausgegangen und hatten lernen müssen, sich zu verstellen, um sich vor dem großen Frust zu schützen.

Sollten sie doch ihr Leben leben, wie sie wollten, aber daß sie mir etwas vormachten, ertrug ich einfach nicht. Am Ende des Abendessens stand ich auf, bat um Ruhe und sah jedem einzelnen in die Augen.

STEFANO: Sehr schön, ihr Lieben. Ich freue mich, euch wiedergesehen und mich zu Tode gelangweilt zu haben. Jetzt brauchen wir uns wenigstens keine Gedanken mehr zu machen, haben unser Gewissen beruhigt, und für die nächsten zehn Jahre müssen wir uns nicht mehr wiedersehen.

ROBI: Bist du betrunken? Warum sagst du denn sowas?

STEFANO: Weil es die Wahrheit ist. Es ist das, was ich denke. Und da wir einmal so gut befreundet waren und es vielleicht irgendwie noch immer sind, möchte ich euch an meiner Empfindung teilhaben lassen. Auch, um zu wissen, ob ihr sie mit mir teilt: Langweilt ihr euch nicht? Fühlt ihr euch nicht unwohl, ein bißchen wie bei diesen elenden Klassentreffen nach zwanzig Jahren?

Ich war immer ehrlich gewesen, manchmal auch zu ehrlich. Ich wollte sie verletzen, sie aufrütteln.

ROBI: Hey, Stefano, was ist denn mit dir auf einmal los? Was haben wir dir denn getan?

STEFANO: Nichts. Überhaupt nichts. Die Zeit hat alles für uns getan. Wir sind alt geworden. Der eine auf traurige Art und Weise, wie du, Robi, der du keinen einzigen Schritt mehr ohne dein einfältiges Frauchen unternimmst, das nur von Vorhängen und Badeanzügen redet. Der andere auf noch traurigere Weise, wie Mario, der immer noch den Playboy spielt: Die Mädchen, die du nicht mit achtzehn gekriegt hast, machst du sowieso nicht mehr wett, Marietto. Und du, Teo, träumst noch immer davon, Manager zu werden, aber hast es noch nicht einmal geschafft, allein zu leben, ohne die Mama.

Ich wußte wo ich hinzielen mußte, wenn ich gemein wurde.

STEFANO: Und wißt ihr was? Es ist nicht das, was mich an euch nervt. Was mich nervt, ist, daß ihr mir nie erklärt habt, wie es zu diesen Veränderungen gekommen ist. Ihr habt immer weiter das gleiche Gesicht zur Schau getragen und den gleichen Blödsinn von euch gegeben, und währenddessen sind in euch entscheidende Dinge vor sich gegangen, die ihr mir verheimlicht habt. Und auch in mir sind entscheidende Dinge passiert, die ich euch gerne hätte sagen wollen, aber keiner wollte davon hören, keiner von euch will die Illusion zerstören, der alte geblieben zu sein.

TEO: Du hast zuviel getrunken, Kleiner. Du weißt doch, daß du keinen Alkohol verträgst. Oder vielleicht stimmt das auch nicht, vielleicht hast du einfach nur beschlossen, einen Streit vom Zaun zu brechen. Du willst Krach, aber darauf falle ich nicht herein, Steve. Wir alle haben *Der große Frust* gesehen, weißt du. Wer willst du denn heute abend sein? Der zynische William Hurt? Super, toll, dann sag uns, daß wir einander scheißegal sind. Aber du weißt, daß das nicht so ist, du weißt, daß wir immer noch aneinander hängen.

STEFANO: Ach ja, wir hängen aneinander? Das glaube ich nicht, Teo, das glaube ich wirklich nicht. Ich glaube, daß wir an unseren Erinnerungen hängen und sonst nichts. Und daß wir es nicht ertragen würden, zu sehen, was aus uns geworden ist. Ich weiß nicht, ob das meine oder eure Schuld ist, ich weiß nur, daß ihr mir gerade auf den Sack geht. Ich hasse euch, weil ihr nicht zugeben wollt, daß wir alt geworden sind, ich hasse euch, weil ich eingesehen habe, daß ihr auch ohne mich auskommt, ich aber nicht ohne euch. Ich hasse euch, weil ihr da wart, als wir Vollgas gegeben haben, und jetzt, wo wir uns mit dreißig oder vierzig Km/h den Berg raufquälen, leidet jeder lieber für sich allein.

MARIO: Du brauchst einen Psychiater. Gehst du zum Psychiater?

STEFANO: Ja, genau jetzt gerade. Findest du das hier nicht eine schöne Selbsthilfegruppe? Nur, daß ich als einziger auf der Couch liege und die Wahrheit sage, sage, wie die Dinge liegen. Unsere Freundschaft ist am Ende, Jungs. Und vielleicht gibt es dafür keinen besonderen Grund und es mußte halt so kommen. Echt, lassen wir's gut sein. Wir sollten uns einfach nicht mehr sehen. Wir haben inzwischen sowieso weder Zeit noch Lust, die Sachen zu machen, die wir früher gemacht haben, wir haben uns nichts mehr zu sagen, und wir sind nicht in der Lage, uns so zu akzeptieren, wie wir heute sind.

MARIO: Bist du fertig? Kann ich auch mal was sagen? Okay: Ich hab die Schnauze voll von dir, Stefano. Weißt du, was ich dir sage? Leck mich am Arsch. Du willst immer den Helden spielen, alles und alle beurteilen, sagen, wie wir unser Leben leben sollen. Ich lebe heute besser als damals. In einer Sache hast du vielleicht recht: Ich habe dich in den letzten Jahren nie sonderlich vermißt, und von heute an werde ich dich noch weniger vermissen.

MARIO *(ein wenig ruhiger)*: Ich glaube wirklich, daß es dir nicht gutgeht, Stefano. Und das tut mir ehrlich leid. Aber wenn es dir nicht gutgeht, dann geh zum Arzt, und leg dich nicht mit uns an.

ROBI *(schnauft kurz, verdreht die Augen, dann mit leiser Stimme)*: Stefano, hör doch auf. Ich weiß nicht, was dich gepackt hat, aber mach diese Freundschaft nicht kaputt, bitte. Sie ist mit das Wichtigste, was ich habe. Auch wenn wir uns nicht oft sehen, auch wenn wir weit auseinander sind: Zu wissen, daß es euch gibt, bedeutet mir was. Und wie du immer gesagt hast, hilft mir die Erinnerung an unsere Ferien manchmal über schwierige Momente hinweg.

STEFANO: Genau. Die Erinnerung. Nicht das Telefon. Nicht ein Brief. Nicht eine Bitte um Hilfe. Wir sind nichts als Erinnerungen.

TEO: Weißt du, was ich denke? Ich denke, daß du uns beneidest, weil wir noch Spaß haben können, während du dazu nie in der Lage warst. Was ist denn so schlimm dran, daß wir noch immer trinken, rauchen und Blödsinn machen wollen? Es steht nirgendwo geschrieben, daß wir das ganze Leben trübe Gespräche mit dir führen müssen. Und auch wenn wir Freunde sind, heißt das nicht, daß ich dir immer alles über mich erzählen muß. Das mache ich, wenn und wann ich Bock drauf habe, und wenn du ein wahrer Freund bist, bist du da, wenn ich dich brauche. Das Leben da draußen ist schon hart genug, und wenn ich euch sehe, will ich nicht auch noch darüber reden müssen, das ist doch klar. Ich will mich amüsieren, ablachen und 'ne schöne Tüte rauchen.

TEO *(jetzt sanfter)*: Was hast du denn gedacht, Steve? Daß wir vier uns für immer genügen würden? Daß unsere große Freundschaft bis in alle Ewigkeiten bestehen würde, daß wir alle zusammen in einer Kommune leben und arbeiten würden? Ich habe mein Leben, jeder hat sein Leben und sein Schicksal. Das, was wir füreinander tun können, ist, uns ein paar nette gemeinsame Abende zu machen, den Zauber am Leben zu halten, den wir in uns tragen, und den nichts und niemand beschmutzen oder uns wegnehmen kann. Und keiner verbietet uns, nächsten Sommer noch einmal zusammen wegzufahren.

ROBI: Ja, eine schöne Reise. Aber diesmal im Auto.

MARIO: Nach Prag. Laßt uns nach Prag fahren.

TEO: Riesengroßer Indianderfluch auf den, der nicht mitkommt.

Sie hielten die Hände über die Kerze, die auf dem Tisch stand, aber ich war schon aufgestanden und hinausgegangen. Das war das letzte Mal, daß ich meine Freunde gesehen habe.

Willkommen in Cadaques.

Willkommen im Paradies der Fertigen.

Die Bar mit der Terrasse ist noch immer da, und das Gebräu ist noch immer so gut wie damals. Aber die Bühne auf dem Platz ist verschwunden, wer weiß, wo die Dealer geblieben sind, wenn es die überhaupt noch gibt. Es ist gerade mal elf Uhr morgens, und ich glaube, für das Treffen ist es noch zu früh. Ich habe noch ein bißchen Zeit für mich, um diese letzten Stunden des Schweigens zu genießen. Ich gehe zum steinigen Strand hinunter, bade lange im eiskalten Wasser, schwimme gemächlich vor mich hin und atme tief ein und aus. Ich will nicht vollkommen außer Atem auf dem Hügel ankommen, es wird schon schwierig genug sein, meinen Herzschlag unter Kontrolle zu kriegen, wenn ich meine Freunde wiedersehe.

Tja, meine Freunde. Wer weiß, ob Robi und Teo zusammen kommen. Möglicherweise. Ich bin noch nicht einmal mehr eifersüchtig, es ist so viel Zeit vergangen, und inzwischen sind solche Sachen einfach passé. Für mich ist auch die Auseinandersetzung vergessen. Ich habe wohl etwas übertrieben. Vielleicht hatten sie recht, was ist denn schon Schlimmes dabei, sich ein bißchen hinter einer Maske zu verstecken, um sich mit den anderen zu amüsieren und Spaß zu haben? Und was ist schon Schlimmes dabei, die schönen Erinnerungen aufrechtzuerhalten? Nichts, wirklich nichts. Das Wichtigste ist, in den entscheidenden Momenten dazusein. Wenn jemand Hilfe braucht, oder wenn es darum geht, ein Versprechen einzulösen, das man sich vor vielen Jahren gegeben hat, egal was passiert, und zusammen eine Flasche Whisky auszugraben.

Ich erinnere mich noch daran, was ich an dem Tag gesagt habe, während der Joint von einem zum nächsten ging und die Flasche in ihren langen Schlaf fiel: Daß einer sterben müsse, damit sich die anderen wieder treffen könnten. Einer mußte sterben, um den anderen den Weg zu zeigen, den sie aus den Augen verloren hatten.

Die ganze Zeit über habe ich fest geglaubt, daß ich sterben würde. Ich habe es bis zur letzten Kurve vor Cadaques geglaubt, wo ich dachte, auf mein Schicksal zu treffen. Ich mußte sterben, ich mußte es tun, weil ich am wenigsten zum Leben fähig war, weil ich nie wußte, was ich damit anfangen sollte. Aber statt dessen war meine Aufgabe eine andere. Jetzt, wo es schon nach Mitternacht ist, jetzt, wo auf dem Hügel um mich herum nichts als Finsternis und Einsamkeit herrscht, begreife ich endlich, daß sie gestorben sind. Sie sind alle tot. Ich bin allein zurückgeblieben, das letzte kleine Negerlein, und es ist an mir, den Whisky auszubuddeln und auf sie zu trinken.

Ich fange an, mit dem Taschenmesser am Stamm des alten, noch krummeren und verwachseneren Olivenbaumes herumzugraben. An einer Stelle, die mir richtig erscheint, schneide ich eine rechteckige Scholle heraus, und wühle mich mühsam in die Tiefe. Hin und wieder stochere ich suchend herum. Erst ganz ordentlich, dann immer ungeduldiger und nervöser, die Erde klebt an meinen Händen, schiebt sich unter die Fingernägel, macht sie kaputt und läßt sie vor Schmerzen aufjaulen. Erst jetzt bemerke ich, daß mir kalt ist, die eisige Luft treibt mir die Tränen in die Augen, und ich kann das Zittern meiner Arme nicht kontrollieren. Immer wieder packt mich ein unwillkürliches, heftiges Schaudern, Schluchzer schütteln mich, und ich spüre, daß ganz tief in mir ein dumpfes, anhaltendes Klagen aufsteigt, wie der tiefste Orgelton in einer Totengruft. Jetzt habe ich Angst, Angst vor der Kälte und den Geräuschen und der verdammten Dunkelheit und davor, daß ich nicht aufhören kann, zu schluchzen, während ich grabe und zerre und blute, als würde ich in meinen Eingeweiden wühlen, und dieses Loch aushebe, in dem mein ganzes Leben verschwinden wird.

Und endlich stoßen meine Fingernägel auf Glas, ich kratze die Erde weg und berühre das Etikett, den Flaschenhals, den Verschluß. Sie kommt heraus wie ein Kind, schreiend und blutverschmiert. Und auch ich schreie, schreie das ganze Schweigen der letzen zwei Jahre heraus, und wieder weiß ich nicht, ob ich aus Wut oder aus Verzweiflung schreie, oder weil sich endlich der Kloß aus Tränen und Reue gelöst hat, den ich in der Kehle hatte.

Ich wiege die Flasche in den Armen, höre endlich meine Stimme, meine Stimme, die um zwei Jahre älter ist, die ihr zuflüstert sssshhh, sie sind tot, sie sind alle tot, Kleines, nicht weinen, es gibt nur noch dich und mich, dich und mich.

Ich wache auf. Ich liege mit dem Gesicht nach unten auf der Erde und habe Gras im Mund. Mein Kopf, o Gott, Mein Kopf ist ein Lederball, auf dem neunzig Minuten herumgetreten wurde, plus dreißig Minuten Verlängerung. Alles um mich herum ist von Licht und frühmorgendlichen Geräuschen erfüllt, und irgendein widerliches Insekt krabbelt mir über die Wange. Ich möchte pinkeln und kotzen, habe einen Geschmack nach ausgedörrter Jauchegrube im Mund und würde mir für einen Schluck Wasser und ein Pfefferminzbonbon den Arm abhacken lassen.

Ich komme auf die Knie, robbe bis zum Rucksack, und mit endlos langsamen, bizarren Bewegungen gelingt es mir, die Thermoskanne Kaffee aus dem Rucksack zu ziehen. Ein kalt gewordener Schluck ist noch übrig, aber es ist ein angenehmes Gefühl, wie er in die Eingeweide hinabläuft, und ganz allmählich erinnere ich mich, wo ich bin. Die Whiskyflasche liegt leer auf der Erde. Kaum sehe ich sie, überkommt mich der Brechreiz wie von einem heftigen Schlag in die Magengrube, zusammengekrümmt würge und spucke ich vor mich hin und spüre, wie ich in den elendsten, dreckigsten und trostlosesten Daseinszustand hinabsinke, den man sich überhaupt vorstellen kann.

Ich hole Luft.

Ich habe mich aus dem Schützengraben geschleppt, die Feinde haben mich für tot gehalten und sind über mich hinwegmarschiert. Um mich herum nichts als Waffen, Leichen, Blut und Granatenkrater. Meine Freunde liegen vollkommen zerfetzt am Boden. Doch jetzt kann ich sie in Ruhe betrachten, als wären sie nichts als Puppen oder Spezialeffekte. Ich bin am Leben, und das ist alles, was zählt.

Ich komme mühsam auf die Beine, mein Kopf dröhnt und fühlt sich an, als wäre er mit schnellhärtendem Zement ausgespritzt. Ich bewege mich, als schwömme ich in einem Aquarium, greife die Flasche, begleite sie bis zum Rand der Lichtung, lasse sie ohne böse Absicht in den Abgrund fallen und höre kurz darauf, wie sie auf einem Felsen zerschellt.

Ich hole Luft.

Mir kommen die Worte von Harold aus *Der große Frust* in den Sinn, als er zu seinen Freunden sagt: »Für mich war das Beste, daß ich von euch losgekommen bin. Wieviel Sex, Vergnügen und Freundschaft kann ein einzelner Mensch verkraften?« Ich habe diesen Satz sechsundzwanzigmal gehört.

Ich lächele.

Auf einmal habe ich Hunger, Hunger auf warmes Brot und Tomaten und gegrillten Tintenfisch. Ich habe Lust, wieder ins Auto zu steigen und meine Reise fortzusetzen.

Es ist die morgendliche Stunde, zu der Himmel und Meer die gleiche Farbe haben und die Linie des Horizonts vollkommen verwischt. Das Schiff, das in der Ferne vorbeifährt, scheint in der Luft zu schweben. Es ist ein Morgen Ende September, und zum ersten Mal seit ewig langer Zeit fühle ich mich leer, vollkommen leer und leicht.

Ich ziehe die Videokassette aus dem Rucksack, hundertzwanzig Minuten High-Fidelity. Es ist die englische Fassung mit der schönen Originalhülle. Ich lege die Kassette in das Erdloch und schütte es bedächtig zu, als würde ich Hände voll weicher Erde und Rosenblätter auf das Grab einer Braut werfen. Nick, Sam, Harold und die anderen lächeln zum letzten Mal unsicher zu mir hinauf. Ich schließe das Loch, bedecke es mit der Erdscholle und trete sie sorgfältig mit dem Fuß fest. Die Zeit und das Gras werden sie gut verheilen lassen.

Von Liebe und anderen unheimlichen Begebenheiten

BRET LOTT
Das Gewicht der Liebe
Jewel, eine einfache Frau aus dem amerikanischen Süden, läßt sich auf ein Duell mit Gott und der Schöpfung ein. Als sie ihr sechstes Kind zur Welt bringt, prophezeit ihr ein farbiges Dienstmädchen ein großes Unglück. Ein Sensationserfolg in den USA – der Roman über eine Frau, die für ihr Kind und für ein Wunder kämpft.
Roman. Aus dem Amerikanischen von Michael Kubiak. 405 Seiten. AtV 1807

LANA MCGRAW-BOLDT
Hexensommer
Die beiden Freundinnen Polly und Jo halten sich am liebsten auf verbotenem Terrain auf: am Haus, wo der Rhabarber wächst. Denn die Bewohnerin Miss Congreve gilt als Hexe und ihr Neffe Albert als gefährlicher Sonderling. Als in der Nähe des Hexenhauses ein Mädchen ermordet aufgefunden wird, ist Albert der erste Verdächtige. Die Mädchen aber haben eine ganz andere Vermutung.
Roman. Aus dem Amerikanischen von Alexandra Witjes. 296 Seiten. AtV 1473

JOANNA HERSHON
Mondschwimmen
Zum ersten Mal in seinem Leben ist Aaron wirklich verliebt – in Suzanne, eine ebenso schönes wie ungewöhnliches Mädchen aus New York. Doch als er mit ihr zu seinen Eltern fährt, beginnt seine Freundin ein Spiel mit dem Feuer. In einer lauen Mondnacht beschließt sie, seinen Bruder zu verführen.
»Joanna Hershon hat ein Auge für Orte, ein Ohr für fein gesponnene Dialoge und ein wahres Gefühl, Charaktere zu zeichnen. Dieser Roman zeugt von großer Schönheit.« LIBRARY JOURNAL
Roman. Aus dem Amerikanischen von Jörn Ingwersen. 301 Seiten. AtV 1348

JOSEPH PITTMAN
Sanft wie der Wind
Brian Duncan ist ein genialer Werbefachmann, als sein Leben plötzlich aus den Fugen gerät. Die Geschichte eines Mannes, der die große Liebe findet – und erkennen muß, wie zart und zerbrechlich sie ist.
Roman. Aus dem Amerikanischen von Ursula Walther. 323 Seiten. AtV 1750